U0137486

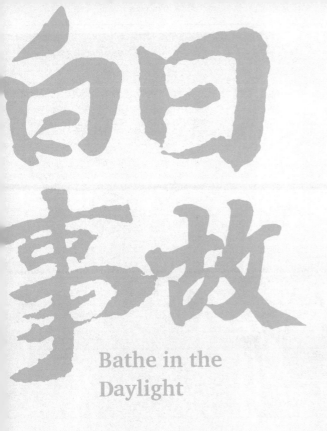

白日事故

Bathe in the
Daylight

高台
树色

著

湖南文艺出版社
HUNAN LITERATURE AND ART PUBLISHING HOUSE   博集天卷
CS-BOOKY

刹车，停住，易辙一眼就看到了站在门口的人。

大雨，他撑了一把黑色的伞。

那是他的避难所。

两根手指摁住了易辙的嘴角，轻轻向上，将它们提了起来。

易辙怔愣地看着眼前的笑脸。

"吃到糖不开心吗？"许唐成问他。

怎么会。

那块糖是从没有过的甜，像是自然醒来的清晨，阳光叠着昨晚的美梦。

而许唐成朝他一笑，梦都在晃。

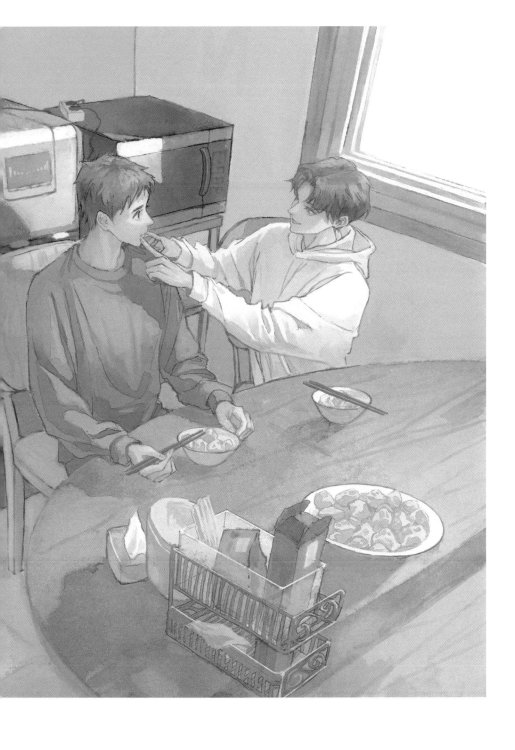

目　录

序章　**南极梦** /001

卷一　**草莓蛋糕**

第一章	**局外人** /002	第八章	**钥匙链** /056
第二章	**窗外鸟** /008	第九章	**向日葵** /066
第三章	**高三生** /018	第十章	**醉语人** /073
第四章	**耳机线** /025	第十一章	**两扇窗** /081
第五章	**夜色路** /034	第十二章	**伽利略** /087
第六章	**假期至** /041		
第七章	**羽绒服** /048		

卷二　盛夏虫鸣

第十三章　辞旧岁 /096

第十四章　虎头鞋 /104

第十五章　梦在晃 /113

第十六章　目的地 /123

第十七章　避难所 /129

第十八章　少年意 /136

第十九章　梦成真 /145

第二十章　眼中人 /155

第二十一章　入学季 /163

第二十二章　九月风 /171

第二十三章　又重逢 /180

第二十四章　灰尘叠 /187

卷三　新年焰火

第二十五章　电波里 /196

第二十六章　我背你 /202

第二十七章　桥归桥 /209

第二十八章　无解题 /220

第二十九章　绿茶饼 /227

第三十章　最边缘 /234

第三十一章　原谅我 /241

第三十二章　失落感 /250

第三十三章　白与黑 /259

第三十四章　西红柿 /267

第三十五章　闹哄哄 /274

第三十六章　晴天了 /283

番　外　年会舞 /287

有些事情并不是你知道是一起事故，就可以让自己不去做的。

所有的情感都生发于清醒，而清醒却不意味着不能疯魔。

即便前路混沌，同他走过，才算人间。

序 章

南极梦

徐壬推门进来，看到易辙又在雷打不动地裸着上身做着他的"独家室内铁人三项"，他赶紧把门锁上，摘下厚厚的手套，搓了搓手。

"你就是故意当着我的面，显摆显摆你的身材是不？"徐壬蹲在一起一伏的易辙身旁，笑着说，"听说过阵子俄罗斯人会举办裸跑大赛来庆祝重获阳光，为国争光就靠你了！"

易辙不理他，集中精神，把每一个俯卧撑都做得非常标准。

徐壬撇撇嘴，开始例行欣赏肌肉美男，外加日常一问"你冷不冷"。在得到一句"不冷"之后，徐壬又开始例行觉得自己审美疲劳，嚷嚷着"无聊"，坐到桌子前看起了邮件。

"我靠！"

距离今天的目标还有三个，易辙被徐壬吼得耳膜一震，终于抬头看了他一眼——毕竟，徐壬这个人平时虽然磨叨，但几乎不会爆粗口。

可徐壬在这一声吼之后却没了下文，直到易辙起身，抓起一件衣服套上，他才结结巴巴地说："怎……怎么办……"

"什么怎么办？"

"我女神……我女神好像……跟我表白了……"

易辙一滞。

徐壬一个劲儿地拿手搓着自己的大腿："我就扫了一眼，还没仔细看。不行不行，我得做一会儿思想准备。"

"叮"的一声响，打断了徐壬颤颤巍巍的"准备"。

"易辙易辙，你有邮件，你先来看吧！我……我喝口水酝酿一下情绪。"

易辙看向徐壬，只觉得这一眼望过去，所见都是一个"屎"字。

几个月来，易辙收到的邮件类型只有两种——垃圾邮件和来自赵未凡的，而昨天赵未凡才跟他吐槽过公司的食堂竟然用青椒炒豆腐丝，还做成了甜口，易辙觉得她今天应该不大会发邮件。易辙懒得去看，可徐壬一个劲儿催他，他便只好坐到电脑前，打算索性清理一下邮箱。

将邮箱窗口最大化之后，易辙握着鼠标的手却迟迟没有动作——来的这封邮件有名有姓，虽然他并不认识这个带着奇怪符号的非主流名字，但显然，这并不是一封垃圾邮件。

邮件主题：通知。

内容只有短短的一行——Isla让我转告你，她死了。

好一阵子，易辙都没有反应过来这个"Isla"是谁。

等终于看明白了这封邮件，刚刚运动在体内掀起的热好像一下子被抚平，凉意在眨眼的工夫就蹿到了手指尖。

他盯着那封邮件足足看了一分钟，才慢吞吞地点了那个红×号。

易辙没理会在一旁不停深呼吸的徐壬，又给自己套上两件衣服，机械地穿上厚厚的外套，戴上帽子口罩，打开了门。

外面依然没有阳光。

他往前走着，没管逐渐消失的灯光，始终低着头。常年不化的雪被踩出了声响，和着风声，敲打着他麻木的神经。

你终于如愿了吗？

不知道走了多远，风突然变得更大，易辙打了个晃，眯着眼睛，看着在风中狂舞的雪和冰碴。他的身体变得倾斜，也不知是在跟谁较劲儿，他坚持一步步往前迈着，直到右脚仿佛踏空，失重感传遍全身。易辙眼睁睁地，看着视野中的世界倾翻。

南极极夜的第十七天，易辙发现自己可能终于患上了人们口中的那个极地 T3 综合征——大脑的思考变得迟缓，对于周遭的感知变弱，情绪像是陷入了无边的深渊，再怎么深呼吸都觉得没有吸进足够的氧气。

脑袋接触到冰雪的那一瞬间，易辙竟然看着黑洞洞的空中想，死亡的感觉，是不是就是这样了。

在闭上眼睛之前，他最后看到的，还是许唐成——那天晚上他举杯站在那里，结结巴巴地感谢大家，一回头，许唐成正舒服地靠在椅背上，手虚叉着放在腿上，微微歪头，淡笑着看他。

灯红酒绿映亮了他的眼，而在那中央的，是他易辙。

易辙回来时，老远就听到了山哥的吼声。徐壬眼尖，先看到了他，立马喊了一声。等易辙走过去，站到山哥面前，一顿劈头盖脸的怒骂就砸了过来。

"你嫌搜救队睡得太多是不是？看看！你看看！人家都列好队了！不准擅自出站不准擅自出站！听不懂人话是吗？！你知道你出去了多久吗？"

易辙咳了一声，清了清酸涩的嗓子："对不起。"

"别跟我说对不起！"正要接着骂，山哥忽然看到了易辙身上的状况，顿时觉得体内的火又蹿了几丈，"你还掉坑里去了？"

易辙低着头，没说话。

"觉得自己命大是不是！"

"师兄师兄，"徐壬赶紧抱住山哥，"好了好了，他这不是平安回来了嘛。"

说完，徐壬还一个劲儿地给山哥比口型："他心情不好，心情不好。"

山哥看了看一旁因为好奇围过来的几个人，努力平静了一会儿，冲着易辙喊："写检查去！八千！"

八千字的检查对易辙来说是不可能的。他坐在桌子前，看着平铺着的白纸发呆。

"别写了，等师兄气消了，找他说两句好话就没事了。"徐壬趴在床上说。

易辙又坐了一会儿，除了"检查"两个字，屁都没憋出来。他实在不知道怎么交代自己今天的行为，连他自己都不知道，突然的情绪溃堤，到底是因为什么。

易辙起身，打算先睡一会儿，正脱衣服，却听见徐壬"嗷"了一声。上衣还罩着脑袋，易辙突然觉得一阵天旋地转，反应过来之后才发现，自己竟然被徐壬扛了起来。

易辙扯掉衣服，骂道："疯了吧你！"

徐壬扛易辙，毕竟还是很吃力，易辙的话刚说完，两个人就一起栽倒在了床上。易辙呼了口气，万般无奈地看向徐壬，发现压在自己身上的人还在傻乐。

"我女神跟我说，我爱你。"徐壬抬着脑袋看着他，笑得露出了一口大白牙。

恋爱中的人都是傻子。易辙决定不跟傻子计较，他推了推徐壬的脑袋："起来，我不和别人同床。"

徐壬沉浸在那句"我爱你"中，没在意易辙的话，他压着易辙不让易辙动，拉着易辙的手放到自己的胸口上："你摸摸，我心都要跳出来了。"

易辙没什么兴趣地抽回手："初恋？"

"嗯！第一次有人跟我说，我爱你，还是我喜欢了好久的女神！"徐壬开心到捶床，"我觉得我要疯了！嗨到想跟那帮人裸奔！你第一次听见喜欢的人说我爱你，也这样吗？"

闻言，易辙愣愣地看着天花板，徐壬略显聒噪的声音在耳边一个劲儿地绕。好一会儿之后，易辙忽然干巴巴地蹦出一句："没有。"

徐壬没反应过来："啊？"

没人跟我说过，易辙想。

或许是因为易辙脸上的失落太明显，徐壬虽不明白怎么回事，但一时间又不敢贸然提问。他还在思考，易辙已经推开他，站起了身。

直到两个人都洗漱完，躺在床上，徐壬才在翻了几个身以后，对着黑暗叫了易辙一声。

"易辙。"

"嗯？"

徐壬小心地问："你是不是心情不好？"

易辙没说话。

"你都在这儿待了快六个月了吧，在这种封闭的环境里，人很容易心情低落、抑郁，我才来五个月都有点受不了了。"

易辙笑了笑："可没看出你低落抑郁。"

"我开朗嘛，你就不一样了，你看你都不爱说话。"徐壬停下来顿了顿，接着说，"你今天这样一声不吭地自己出去，真的挺危险的，搜救队的人说危险程度的时候，师兄眼睛都红了。真的，下次别这样了，你心情不好想去转转的话，我陪着你，或者起码跟我们说一声。"

"嗯，以后不会了。今天……有点特殊。"

易辙想解释一下，又实在不知从何说起。好在徐壬也体贴，又安慰了几句，说着："没事了，你要还是心情不好，就去心理辅导那儿找他们聊聊，在这儿真不能老憋着。"

"嗯。"

在徐壬以为今天的谈话已经告一段落时，易辙忽然问："你和你女神在一起了吗？"

徐壬受宠若惊，他来到南极以后就和易辙一起住，虽然两个人平时也会说话聊天，但永远都是他主动，易辙也从不会关心他的个人问题。

"在一起了！"说起这个，徐壬立刻又变得很兴奋，"我真的像做梦一样，我一直不敢跟她表白，总觉得自己配不上她，没想到她竟然跟我表白了。"

易辙沉默了两秒："配不上？"

"嗯，凡人和仙女的差距。"

"那恭喜啊。"停了一会儿，易辙又问，"她为什么是你女神？"

徐壬也不管易辙今天的反常了，滔滔不绝地说："长得美就不用说了，人特别好，我俩是大学同学，就觉得她哪儿哪儿都特别好，有一次我参加演讲比赛，她就坐在下面，我特别紧张，然后我就忘词了，她就冲我笑，抬起手给我轻轻地鼓掌，特别温柔。"

徐壬又说了很多，易辙耐心地听着，偶尔应几声，问个问题。最后，徐壬问："你呢？你好像没有女朋友吧，但是不是有很重要的人？"

"为什么这么说？"

"都没见你给女朋友打过电话，但是你又经常发呆，还经常半天半天地看手机，那次我不小心，真的是不小心，瞥到你在看相册，不过我没看清，好像是个侧脸吧。"

"嗯。"易辙静默片刻，应道。

徐壬不知道接下来的话该不该问，可难得，易辙好像在这个夜里对他稍微敞开了一点心扉，他便一闭眼，心想豁出去了吧。

"你们在一起过吗？"

"……"

"那现在是……分开了吗？"

易辙侧卧着，睁开了眼睛，下意识地去摸枕头下的东西。

把那张凉凉的卡片握在手里，沉默半晌，他才缓缓地说："没有，不算分开。"

不像在一起，又说没有分开？徐壬琢磨了很久，觉得这里面应该有个很长的故事。他懂分寸地没有继续追问，只是幽幽地叹了口气，对这个从不跟别人亲近的室友说："我真好奇，什么样的人能让你这般看重。"

或许是因为徐壬的这句话，久违地，易辙在这个晚上终于又梦见了许唐成。起初依然是他专注地看着他的那一眼，后来画面突然转换，变成了许唐成一只手拉着他的衣领，拽着他靠近自己，醉了的双眼含笑睨着他。

两个人的呼吸都是热的。

易辙的视线滑过许唐成的眼睛，鼻梁，最后是嘴巴。他喉结滚动，哑着嗓子挤出一句："你醉了吗？"

许唐成笑了一声。

黑暗中，醒来的易辙用手盖住了自己的心脏。

在南极的第一百六十四天，想到你，心脏还是会剧烈地跳动。

卷
一

草莓蛋糕

第一章

局外人

把实验室的活儿忙完，许唐成开车回到家时已经是凌晨一点钟。他打了个哈欠，揉了揉酸得泛出了眼泪的眼睛，打着方向盘去找车位。老小区就是这点不好，停车没人管，再加上这些年买车的人越来越多，院子里原有的车位早已经不够用，有的人见缝就塞，特别是等晚上大家都"归巢"之后，就连小区的小路两侧都挤满了车。

许唐成费了半天劲儿才把车挪到一个小空当里去，停好车下来，他觉得自己像是把科目二重考了一遍，还是满分通过。

他呼了一口气，摸了摸兜里，想着抽根烟再上去。为了今天能赶回家，他在实验室泡了两天，看电脑看得头晕眼花，一口烟草味进入身体，才觉轻松了不少。

已经很晚了，这个时间，几乎所有的窗子都暗了灯，潮湿闷热的夏夜像是静成了一摊水，温温润润地流到了人的心里。许唐成慢慢地朝家踱着步子，一侧眼，发现连常徘徊在健身器材旁边的那只流浪猫都不知钻到哪里休息去了。

他没想到还能在这个时间看到一个没睡觉的人。

易辙蹲在小花池的台子上，穿了一件黑色短袖，戴了一顶黑色棒球帽，面前是那只背上有着一条白纹的黑猫。他弓着背，低着头，在喂那只猫吃东西。

一猫一人，似乎完美地适应了这片巨大的黑幕。

许唐成看着少年轻轻地抚着猫的脑袋，吸了口烟，唤了一声。

"易辙。"

易辙听见声音，回头，在看清来人时愣了一下："唐成哥。"

他站起身，伸直了腿从台子上跳了下来。黑猫似乎受到了惊吓，往后蹿了两步，瞪圆了眼睛警惕地盯着这一黑一白两个人。

"你才回来？"易辙问。

许唐成并没有往前走，却依然捕捉到他眼角和唇角的两处青紫。许唐成皱了皱眉，朝他走去。

"这么晚还不去睡觉？"没等易辙回答，许唐成便用没有夹烟的那只手捏住易辙的下巴，瞧了一眼，"打架了？"

易辙躲闪了一下，没躲过。他把视线固定在许唐成另一只手夹着的小烟头上，抿着唇，几不可察地"嗯"了一声。

一旁的黑猫不知从什么角度确认了来者无害，重新蹿回去，津津有味地继续吃那根鱼肉火腿肠。

这样离近了看，许唐成发现易辙眼角的伤有些严重，在离眼睛很近的地方，都有开裂的伤口。

"有没有去检查一下眼睛？你眼角有出血。"

许唐成说完便松开了手，易辙很快挺了挺背，摇头说"不用"。

因为易辙突然站直了身体，许唐成才发现，自己应该很久没看到过他了。这样看，眼前的少年似乎又长高了一些，他平视过去，竟然只能看到易辙的嘴巴上面一点。头发也长了，该剪了，帽子压下来，已经有碎发遮住易辙的眼睛了。

许唐成看到那扎到伤口上的几根头发，拧着眉将它们拨开。

易辙僵在那儿，突然问："你怎么这么晚才回来？"

"嗯，学校有事。"

易辙想说，有事干吗还非要回来，这么晚了开车多危险。

"明天开学，我答应了唐蹊要送她。"许唐成接着说。

还好没说。易辙这样想着，踢走了脚下的石子。

两个人一前一后朝楼道走，路过垃圾桶，许唐成停下来，最后吸了一口烟，然后摁灭。他抬头时发现易辙在看他，一双好看的眼睛陷在帽檐投下的阴影里。

"怎么了？"

易辙摇头，没说话，跟着他继续往前走。

"你跟我进来，就算不想去医院，也要简单处理一下。"许唐成抬手，点了点眼角，"这里感染发炎的话，很危险。"

易辙的手刚刚摸到兜里，攥住那把凉凉的钥匙。他看着对面的大门，摇了摇头："不去了。"

"没关系，他们都睡了。"

易辙还是摇头。

许唐成没有再勉强，只是轻声说："那你进去等我一下，我给你拿点药。"

易辙握着钥匙站在那儿，楼道的灯灭了，他也没跺脚、没出声。

"怎么不进去？"许唐成拿着药出来，奇怪地问。问完，又很快了然："向阿姨在家？"

易辙点了点头。

"先抹白色的，再抹绿色的，"许唐成把手里的袋子递给易辙，"给你拿了棉签，对着镜子用棉签蘸着抹，自己小心点，别弄到眼睛里。"

"嗯，"易辙接过来，把袋子攥得嚓嚓响，两秒之后才说，"谢谢唐成哥。"

许唐成看着面前微低着头的人，嘴唇动了动，却也没说什么。

有时候他会恍惚觉得，易辙像是定格在了那个夏天，别人都来来往往，沾上了各色的尘土光芒，只有他，永远沉默地低着头，像是和谁都没什么关系。

清晨，闹钟只响了一声就被许唐成摁掉，他掀开被子下床，穿着拖鞋开始洗漱、做早餐。端着早餐出来，许唐成看到许唐蹊已经穿戴整齐，乖巧地坐在餐桌旁等待。

"哥，你回来了呀！"许唐蹊笑得眼睛都弯了，"你几点回的？"

"十一点吧。"

许唐蹊很喜欢吃煎蛋，特别是还带一点溏心的那种。许唐成觉得今天煎蛋的火候刚好，所以在许唐蹊拿起筷子就伸向了煎蛋时，他难得地没有命令她先吃口别的再吃煎蛋。

许唐蹊吃得一脸满足，连开门的动作都是轻快的。可打开门，两个人却听到一阵尖锐的女声。对面的门大开着，两扇门的距离，许唐成能够清楚地看到易辙家糟糕的客厅——衣服扔得到处都是，连沙发垫都已经惨兮兮地飞到了地上。

"又找钥匙、找钥匙，你脑子是喂猪了吗？大早晨的折腾个屁啊。"

许唐成只能听到声音，看不到人。他拎着许唐蹊的书包，碰了碰她的肩，示意她继续往下走。走了几步，许唐蹊停住，回头看了看。

"走吧，要迟到了。"

许唐蹊叹了口气，迈下一级台阶："向阿姨又在骂易辙哥了。"

许唐成家和易辙家是对门，但很可惜，他们和易辙家并不存在那种亲近和睦的邻里关系。更确切地说，在这栋墙壁已经斑驳了的六层住宅楼里，大家的关系都还算过得去，唯独易辙家——只因易辙有个说话极尽刻薄挑衅的妈，把每家每户都得罪了个遍。许唐成的妈妈就是因为她一句"要早死的小病秧子"，彻底记恨上了她，断了来往，连同对易辙也不再如之前那般照顾了。

易辙没再进过许唐成家的门，更不曾去过别家。

许唐蹊一直想不明白，向阿姨长得那么漂亮，四十岁的人却一点都不显老，明明有那么让人羡慕的先天条件，为什么非要说话这么难听。

"你又打架了？

"半天憋不出一个屁，跟你那个死爹一个德行，一脸的穷酸相。"

许唐成听到这话，停住了脚步，隔着楼梯的栏杆朝上望了望。因为已经转下了楼梯，他只能看到一条窄窄的门缝。

"哥？"许唐蹊见他没下来，站在楼道口喊他。

楼上的门突然被"砰"的一声关上，没有了女人唱独角戏的声音。

这是许唐蹊升入高中的第一天，她下车前，许唐成还是不放心，拉住她的胳膊叮嘱："刚开学，如果要打扫卫生的话，要……"

"要去跟老师说明情况，身体不舒服就联系你或者爸爸妈妈，不要逞强，赶紧回家休息。"许唐蹊一口气说完，然后一歪头，很无奈地看着许唐成说，"我的哥哥，你和妈妈都已经说了八百遍了，你们是不是太夸张了。"

"所以我就说，让我直接去和你老师说明一下，免得以后有什么不周到的地方。"

"不，"许唐蹊干脆地拒绝，"我自己可以。"

许唐成点点头，松开手，最后问："喷雾带了吗？"

"带了。"许唐蹊点头。

"那自己小心点。"

许唐蹊笑眯眯地答应下来，关上车门时还心情很好地冲他做了个鬼脸，挥了挥手。

许唐成看着她进了学校才掉头回去。开到小区门口，远远地，许唐成刚好看到骑着红色山地车的易辙。

少年套上了校服，摘掉了帽子，耳朵里也挂上了永远不离身的耳机。他把车骑得飞快，拐弯时人和车子都倾斜着，划出很漂亮的弧度，耳机线兜了一个圈，也兜起了一缕阳光。

许唐成在与他擦肩而过的时候闪了个神，他看着少年校服上的黄杠，想，已经高三了啊。

第二章

窗外鸟

因为想在读博的第一年把课程都修完，所以许唐成这学期的选课很多。课业繁忙的后果就是他往常都会至少隔一周回家一次，而这次回来以后，竟然有一个多月都不得不老老实实地待在学校里。直到许唐蹊要过生日，他才翘了一节课，回了家。他买了蛋糕，又特意开车绕到一中旁边的蛋糕店去买许唐蹊喜欢的那一款蜡烛。

顺着花丛边的小路往蛋糕店走，许唐成忽然看到一个穿着校服的男生从高高的围墙上跳了下来。男生屈膝落地，晃悠了一下身子站起来，低头掸了掸袖口蹭上的尘土。

猝不及防，男生抬头，与许唐成对视上。

高三的校服，一张熟悉的脸。

许唐成把刚含到嘴里的烟拿下来，似笑非笑地看着他，又瞥了一眼那围墙。

"我……"易辙含糊地出了声，看到许唐成的神情，懊恼地吸了口气，"我肚子疼，去买点药。"

话音刚落，一个书包飞了出来，不给面子地砸在了易辙的肩膀上。

"……"

许唐成扑哧一声笑了出来，夹着烟的手都在轻颤。

易辙咬着唇低头，在许唐成的目光中更觉得自己真的是蠢到了极致，满心想的，只有赶紧从这丢人的现场离开。

"我先走了，唐成哥。"

丢下这么一句话，他飞快地扯起书包，跨过绿化带，大步走到路边，拦了一辆出租车落荒而逃。

许唐成看着他匆忙的背影，无言地摇头轻笑。

跑什么？他又没说什么。

他又朝前走了几步，仰头看了看易辙刚刚跃下来的地方——可真是不低，起码就他自己而言，会怕摔断了腿。

一中是有晚自习的，许唐成给许唐蹊发了消息，让她和老师请假，他晚自习前会去接她。许唐蹊欢欢喜喜地背着小书包出来了，回到家看到摆着的大蛋糕和一桌子菜，更是高兴得不得了。

一家人一直聊到晚上十点钟，许唐蹊说高中生活很有趣，课不算难，还认识了很多新朋友。临睡前，许唐蹊偷偷摸摸地蹭到许唐成面前，伸着一根手指问他，可不可以再吃一小块。

许唐成亲自切了很小的一条，端给许唐蹊。许唐蹊勉强接过这一丁点蛋糕，还不忘吐槽许唐成真是刀工精细。

正吃着，却见许唐成又切下了一大块。

"高三是几点下晚自习？"

许唐蹊歪头想了想："九点五十吧，高一高二的走读生是九点二十可以走，住宿生和高三的要再上一个小自习到九点五十。"

许唐成点点头，小心地把那块大蛋糕放到一个新的纸盘里，把叉子叉在了空着的地方。

"去给易辙送过去，"他把蛋糕递给许唐蹊，抬头，看着挂表自言自语，"应该回来了吧，现在。"

许唐蹊托着蛋糕，迈着小步子去敲对面的门，可半天都没有动静。她侧耳贴在门上，里面安安静静的，一点声响都没有。

"没人吗？"她嘟囔了一声，正准备回去，刚好听见楼道的铁门被打开的声音。她挪了两步，静在那里等了一会儿，果然，看到了易辙。

不过她被他吓了一跳。

易辙一边往上走一边扯着胳膊上的绷带，心想赵未凡这个女的真的很不靠谱，好好一只手让她包成了大白肘子，还是个系着蝴蝶结的肘子。

"易辙哥哥，"许唐蹊瞪圆了眼睛，小声地叫道，"你没事吧？"

易辙抬头，第一眼看到的，就是那个被昏黄的灯光照得很温柔的草莓蛋糕。

这是他第一次用这种小叉子吃蛋糕。往常给人过生日，他要么是不吃，要么就只是象征性地吃一小口。这次他郑重地看了那块蛋糕好一会儿，然后用没有受伤的左手握着小叉子，笨拙地一点点叉着把它吃完，又刮干净盘子底蹭上的奶油，仔细地去辨认那里凸起的字。

好利来。

第二天，易辙拖着"蝴蝶结肘子"骑着车绕着小镇转了整整一大圈，叫串遍大街小巷，都没有看到那个叫"好利来"的蛋糕店。后来他才知道，那是许唐成特意从北京买了带回来的。

他从前一直觉得，在哪里、做什么，其实都没什么不同，可这块小小的蛋糕却让他忽然想，好像还是有些不一样的。

2008年，易辙到北京上大学。他的第一笔开销，就是到许唐成去过的那家"好利来"，买了一小角草莓蛋糕。

许唐成听许唐蹊说了易辙受伤的事，在心中叹气，想着今天碰上他的时候，就应该直接把他拎走。他一直都知道易辙不算是个好学生，但他没打过架，也想象不到易辙打架的样子。直到他亲眼看到易辙砸拳的样子，才突然觉得，好像不能让这个男孩再这样下去了。

那天许唐成的一个朋友从云南回来，刚好，几个曾经混在一起的同学周末都在家，便约了出来聚一聚。吃过饭，几个人奔向了附近的一家台球厅。

周末的晚上，台球厅异常火爆，老板带着他们到了提前订好的桌位，许唐成的目光转了个圈，忽然看到了易辙。

那边有几个发色夸张、穿着大胆的青年，还有几个都叼着烟。易辙倒没混在里面，而是一个人不声不响地坐在角落里，靠着椅背玩PSP。

只不过……许唐成眯着眼睛望过去。

易辙两只手都占着，一个穿着黑色热裤的女生走过去，笑嘻嘻地伸过手去，在刚要碰到易辙时被他避开了。易辙抬头，淡淡地瞥了她一眼。

还挺有范儿。

旁观了这一幕的许唐成不知该做何感想，该欣慰自己对门家的孩子气场强大，还是该痛心他小小年纪，竟然一身匪气。

他两手插着兜，闲闲地溜达了过去。

"哥们儿，借个火。"

台球厅里很吵，易辙也只是将将听清了这句话的内容，并不能辨认说这话的人是谁。他对于这句话没什么意见，却十分不满意搭在自己肩上的这只手。

他腾出一只手，不耐烦地从裤兜里摸出打火机，头也不回地向身后递过去。没想到背后的人却不接，那只手也丝毫没有要放下去的意思。

GAME OVER（游戏结束）。

一只手打不了游戏，屏幕里的小人儿死得惨烈。

易辙因为那只搁在他身上的手而产生的烦躁情绪立刻爆了，他腾地站起身，却在看到背后的人时，瞬间偃旗息鼓，灭了火。

易辙愣了一下，才叫道："唐成哥。"

许唐成懒洋洋地歪歪头，在摇晃的吊灯下朝他笑："要打我？"

易辙拧了眉，有些颓丧。

"没有。"

他弯腰把地上的烟捡起来，在旁边小茶几上摁灭。长长的手指捏着烟犹犹豫豫地杵了很久，甚至把还没烧到的烟丝都挤了出来。

烟丝零零乱乱地散了一摊，看得人心烦。

"先借个烟吧。"

易辙没有马上动作，他看着依然挂着笑的许唐成，摸不清他现在到底是个什么态度，是不是不高兴了。

有个一起来的男生挑着眉凑过来，看了一眼许唐成，警惕地问面色不佳的易辙："怎么了？"

"没你事。"易辙推了他一把，让他该干吗干吗去。这一回头才发现，刚才玩得兴起的几个人也不打球了，都冷冷地盯着这边，像是随时准备干架。

易辙更觉挫败。他朝前走了一步，递出了一盒烟。

软包中华。

许唐成瞥了一眼，还挺讲究。

他不客气地把烟盒攥在手里，从里面抽了一根，又朝易辙勾勾手，言简意赅："火。"

这次易辙没听他的。易辙没把打火机给许唐成，而是自己凑过去，给他点着了烟。

许唐成垂眸凑向火时，易辙一直盯着他的脸。还是第一次，易辙连他的睫毛都能看得这么清。

很长，很好看，特别是眨眼的时候。

易辙一直没意识到自己有多低眉顺眼，直到许唐成朝他挥挥手走了，顺便带走了那包软中华，他才从旁人惊愕的目光里，察觉到自己刚才大概太不像大哥了。

许唐成一整晚都在手指间摆弄着那包中华，时不时瞥瞥易辙。易辙多数时间都在玩游戏，偶尔上台打两杆，都会引来一阵欢呼。

许唐成侧头看着，心想自己之前为什么会觉得，易辙没有存在感呢？

十一点钟，台球厅里的人不减反增，噪声成倍地增长，连同飘在空中越来越浓的烟气。大门被撞开时，许唐成正弯腰瞄准桌上的最后一颗黑球。

"砰"，黑球进袋。还没来得及为自己鼓掌，他听到了一阵惊呼。一回头，他几乎整个人都蒙了。

易辙的肩膀上插满了碎玻璃碴，两拨人已经迅速叫骂着拥到了一起。

谁也不知道这场混乱是怎么开始的，大家只知道，在回过神来的时候，座椅已经被摔烂了好几个，到处都是破碎的啤酒瓶和红着眼的人。

许唐成眼睁睁地看着易辙用淌着血的手打翻了一个人。

这样的易辙对许唐成而言是陌生的。暴戾、狠绝、毫不留情，无论哪一种，都与许唐成印象里的易辙相去甚远。

许唐成立刻迈开步子，却被一旁的友人拦下。他拍了拍友人的肩膀，说："那儿有我邻居家的小孩。"

而邻居家的小孩已经打红了眼。

易辙刚才一直在看打台球的许唐成，甚至没听到门被撞开的声音，没听到同伴的提醒。没防备地，就被啤酒瓶扎到了肩膀。

许唐成过去抱着易辙的腰想要拖开他，怀里的人却一直在试图挣脱，直到易辙的手肘打到许唐成的眼睛，许唐成吃痛地哼了一声，易辙才明白过来，自己正被谁抱着。

"怎么了？"他惊慌地回过身，看到许唐成的右眼流出了眼泪，很快红了一片。

"我……"他语无伦次，又不敢碰许唐成的眼睛，"让我看看。"

刚好这时台球厅老板找的人到了，几个看上去很凶悍的大汉呵斥着屋里一帮上蹿下跳、砸桌砸椅的兔崽子，其中一人拿着铁棍猛敲，喊："都给我停！谁再动我抢谁！"

许唐成举着冰袋，跟老板处理好赔偿的问题，不顾友人要送他们去医院看看的意愿，拉着易辙上了自己的车。坐到车上，许唐成把冰袋扔到一边，打开车灯，拧动了钥匙。

"我家，你家，或者医院，选一个。"许唐成看着前方，平静地补充，"但我不认为我或者你能处理扎满了玻璃碴子的肩膀。"

易辙从上了车后就大气不敢出，一直拿余光瞟着许唐成紧绷着的下颌。但凡是个不傻的人都能看出，许唐成现在是生气的，不管程度有多深，起码有一点。这还是他第一次看到许唐成露出这种生气的神情。

"医院。"易辙答得飞快。

易辙一直偷偷地看许唐成，偶尔目光对上，又赶紧心虚地低下头。每次低下头的时候他都在想，怎么这么倒霉，明明自己这阵子老老实实的，结果打一次就让许唐成碰到一次，一逮一个准，这回还来了个这么刺激的。给他处理伤口的护士话也多，一边给他清理还一边不住地念叨，什么"年轻人不要这么冲动""万一有个意外可不得了啊""前些天就送来一个被捅了一刀的，差一点就没救过来，他妈妈都要哭死了哟"……

她每说一句，许唐成的眉毛就更拢起来一分。易辙看着护士一张一合的嘴，心如死灰。

从医院出来，许唐成坐在车里，放下车窗。他掏出那包软中华，问易辙："抽吗？"

易辙正想着怎么跟许唐成解释一下今天的事情，一时分神，听见这话，下意识地伸出了手。

许唐成哼笑了一声。

易辙赶紧缩回手，摇头："不抽。"

许唐成下了车，自己站在车旁抽完了一根才又上来。

"你的眼……你记得按医生说的敷。"

易辙笨拙地寻找着词汇，在一片空白的大脑里抓取了一句废话。

"嗯。"

许唐成应了一声，一点都没有要走的意思。易辙暗暗攥了攥拳头，静静地等着他说话。

许唐成的确试图说些什么，但坦白讲，他并没有这种经验。无论是他还是许唐蹊，都是从小乖巧懂事，从不惹是生非，他的朋友里，也并没有习惯用拳头解决问题的人，所以他从没劝过别人。而易辙于他，是邻居，是一个从小就经常见到的弟弟。他大他六岁，不是他的长辈，也不是他的亲戚，甚至，也不能算朋友。他不觉得自己有资格去管教他，但又不想再看到这样的易辙。

"易辙。"

"嗯。"易辙轻轻地应道。

"疼吗？"许唐成问。

易辙摇了摇头："不疼。"

许唐成把手搭在方向盘上，转过头来看身旁的人。很久，才再说话。

"高三了，不用学习吗？"

易辙不知道该说什么。说其实他成绩不算差，还是说他不喜欢在学校待着？

许唐成没等到回答，又问："想过考大学吗？"

易辙一愣。

大学，这是高三老师最常挂在嘴边的一个词，甚至，在他们升入高三时，老师让他们每人在树叶形状的便利贴上写下一个志愿，贴在教室侧面的墙壁上。那里贴着一棵大树，承载着全班人的志向。

易辙没写，也没贴，还因此被班主任叫去好一顿训。不过他全程都在欣赏办公室窗户外的那只笨鸟。

"不喜欢这里，不喜欢家里，那可以考远一些，你不是一直都很想你的爸爸和弟弟吗？你可以考到上海去。如果你想了解各个大学，了解各个专业，我可以讲给你听。"

许唐成终于卸下了紧绷的神情，他看着沉默又茫然的易辙，伸过手去，拍了两下他的大腿，以商量的口吻问他："还有不到一年，选一个自己喜欢的专业，考上自己喜欢的大学，以后去过自己喜欢的生活，不好吗？"

喜欢的生活。

　　其实，易辙也曾在趴课桌上休息的时候，听过班里的同学谈论大学和那些五花八门的专业——想学医，但是爸妈说太累太苦了；想学金融，因为挣钱多；爸妈想让我学个工科，因为有技术在身，别人想抢都抢不走……

　　别人热热闹闹的谈论，有时也会给易辙一个错觉——好像谁都在被期待着。

第三章

高三生

易辙不擅长的事情有很多，而最不擅长的，就是和别人说话。

车里一直很安静，安静到他能清晰地感知到，肩膀的伤是怎样一丝丝慢慢地疼起来，缠绕着疼到心里。

"易辙。"

久未等到回答，许唐成便又轻轻唤了他一声。易辙抬头，对上他的眼睛。在易辙为数不多的印象里，许唐成总是耐心的，就像现在这样，有好几次，他都是叫一声他的名字，然后温声说……

"说话。"

车内没有开灯，两人之间唯一的光源，就是透过风挡玻璃照进来的光。很暗，很隐秘，但易辙觉得许唐成的脸在这样的打光下格外清晰。许唐成放在易辙腿上的手动了动，无意间，食指碰到了裤子上在方才打斗中被划破的裂口。碎絮绵软，撩拨着嵌了指纹的指尖。

"好。"

只用简单的一个字，易辙就回答了许唐成那个其实很复杂的问题，轻轻巧巧地为这一晚的谈话画上了句号。

许唐成不确定他今晚的劝说算不算成功，但车子停在路口时，他留心去观察易辙的表情，看到他面色平静地看着窗外，不知在想什么。

应该是听进去了一点吧。

这样的一出闹剧使得他们到家的时间已经将近凌晨两点钟，上楼时，许唐成还在轻声重复着方才护士的叮嘱。易辙老实地点头，在家门口与他道别。但当易辙把手伸到兜里时，才发现自己的身上根本没有家里的钥匙。

许唐成已经把门打开，他拔下钥匙，转过身，看到易辙有些尴尬地立在那儿。

"没带钥匙？"

应该带了吧。其实易辙也不确定，到底是自己没带还是刚才打架时丢了，但他还是点了点头，说："嗯。"

"向阿姨在家吗？"话问完，想到现在的时间，许唐成又撇撇头说，"算了，来我家睡吧。"

易辙也根本没打算敲门，如果向西荑在家，他现在把她弄醒的话，恐怕整栋楼都要被她骂醒。但同样，他也不打算去许唐成家。

"不去了，我去旁边的宾馆睡一晚吧。"

"去什么宾馆，"许唐成打开门，冲着易辙招招手，"进去。"

易辙还是摇了摇头。

因为还是夏天，易辙只在包完伤口以后，套上了那件被剪掉了一只袖子的T恤。伤痕累累的黑色T恤，配上肩头的白色绷带，看上去真的有点狼狈。许唐成已经困得睁不开眼，他开始考虑，到底是使用武力把这个重伤人员拽进去简单，还是要继续晓之以理。对比两人的身高、体形，许唐成还是选择了后者。

"不管我父母……"

"唐成哥。"

忽然被易辙打断，困倦使许唐成的反应也慢了半拍，他呆了呆，回道："啊？"

易辙也不知道自己到底是为什么，他对着眼圈微红的许唐成，匆忙扔下一句"不用管我，你早点休息"，便头也不回地跑下了楼梯。

易辙这一系列动作，让许唐成措手不及。时间实在太晚，他在楼道里不敢大声喊，只压低嗓子叫了他一声，然后匆匆关上家门，追了出去。可下了楼，茫茫的夜色中哪里还有易辙的影子。

第二天晚上，许唐成碰上了向西荑。她穿了一条酒红色的连衣裙，正一边怒骂一边用尖尖的高跟鞋奋力踹着门。看见许唐成出来，她笑了一声，手夹着烟送到嘴边，大呼出一口气："小兔崽子把锁换了？"

大红色的指甲、大红色的嘴唇、惨白的烟卷和轻飘的烟，若是放在电影里，该是一帧充满了厌世美感的美人画面。

美人。即使是许唐成，也不得不承认这一点。向西荑这种让人退却的气质，不是每个上了年纪的美女都能有的。无论好坏，她都太特别。

许唐成垂眼，客客气气地说："不知道。"

一直到下楼，他还能听到楼上巨大的踹门声响，掺杂着越发难听的骂声、诅咒声。

说来也奇怪，那天之后，许唐成又回家了好几次，都没有再碰到易辙，对面就像从来不曾住人一般安静。许唐成并不知道易辙有没有手机，所以虽然担心，却没办法联系到他。倒是有一天上午，他买菜回来，在家门口碰上了一个女生。

那个女生正小心翼翼地趴在易辙家的大门上听里面的动静，见到许唐成，立即站直了身子，不好意思地笑着朝他点了下头。

许唐成走上前去，看到她敲了敲门，似乎是在确认里面没有人之后，才摸出一把钥匙。

他奇怪地看着她，犹疑了一下，还是礼貌地开口问道："请问，你是易辙的朋友吗？"

女生被这突然的声音吓了一跳，她猛地回过身，看向眼前这个拎着一兜菜的男人。

"啊，对……是，"女生结结巴巴地说，突然，她像是想到了什么，忙摆手强调，"不是小偷，我帮他拿点东西。"

许唐成点点头，稍微放下心来，又问："他怎么了？"

"他……"女生刚要说话，又猛地打住，她紧紧地抿住唇，"嗯"了一长声，"没事，周末嘛，我们要出去玩。"

女朋友？

"早恋"一词在许唐成的脑袋里冒了个泡，然后被他迅速截破了——谁还没点小情愫，谈恋爱总比打架好。

许唐成没再多想，应了一声。

赵未凡拎着易辙要的东西回到医院，看到他还躺在床上，身残志坚地举着胳膊做理综卷子。

"东西给你拿来了，钥匙，"赵未凡把钥匙递给他，又不放心地叮嘱，"收好了，别再丢了。"

易辙哼了一声，眼都没斜："放那儿吧。"

几分钟之后，他把最后一道生物大题做完，闭上眼，将卷子甩给赵未凡。赵未凡从兜里掏出支红笔唰唰地判完，然后把256分的卷子抖到易辙面前："少年，继续努力。"

易辙睁开半眯着的眼，看了看那卷子，问赵未凡："你多少？"

赵未凡微微一笑："288。"

易辙扯过卷子，闷声开始看错题。

赵未凡看见他一脸不服气的样子就想笑，她挪了挪凳子，笑眯着眼睛凑到易辙脑袋旁边："来来来，让你敬爱的学习委员给你讲讲。"

易辙警告地看了她一眼："别找抽啊。"

赵未凡一点也不惧他的黑脸，接着笑道："哎哟，256就256嘛，你还有很大的进步空间的。"

赵未凡能和易辙成为朋友，任谁都不敢相信，谁也不知道为什么。但奇了怪了，易辙就坚定不移地罩了这么个平凡姑娘许多年。甚至有人传，易辙还曾"冲冠一怒为红颜"，把几个嘲笑赵未凡胖的男生揍了个底朝天，还让他们列成一排，挨个鞠躬，给赵未凡道歉。

易辙错的题不多，而且大都是生物化学中需要熟记的部分。赵未凡三言两语点拨完，看着正皱着眉头、姿势很别扭地在书上勾勾画画的易辙，忍不住说："你说你，是不是脑子不太好咯，有你这么找架的吗？"

那天早上她刚到学校，就听说易辙和七中的一帮人干了一大架。新闻都传进一中这个与世隔绝的实验班了，那肯定是十分劲爆的。赵未凡抱着一摞数学卷子，听着班里几个算是比较淘的男生你一言我一语地议论着易辙。

"单挑了一帮啊，虽然还是被揍了个半死，但是也太牛了吧，找死也不是这么个找法啊。"

"看这回老杜怎么弄吧，不是说上次他打架，年级主任要把他从实验班弄出去，结果老杜没同意吗？这回……我看悬了，你们说老杜还扛得住吗？"

"我看够呛……要是他成绩特别好没准儿老杜还能更坚决点……"

赵未凡板着脸走到他们旁边，把手中的卷子往桌上一拍："101。"

几个男生的讨论被她突如其来的动作打断，他们将目光凝在她身上，不知她在搞什么鬼。赵未凡没理他们，坦坦荡荡地走到易辙空着的座位旁，在桌上放了另一张卷子。她其实很想把上面的分数念出来，让旁边那几个人听听，谁是那个成绩不"特别好"的。但她也知道，有些人根本听不懂你的话，更别说言外之意了。

易辙自然知道别人是怎么议论他的，甚至他还知道没被传播出去的部分。那天干完那惨烈的一架，易辙躺在医院的急诊病床上，一直挑他事的那个坐在一旁死瞪着他。易辙实在看得烦，就跟他说："别瞪了，不说好刚才结了吗？！"

他云淡风轻的一句话，把那人弄得蹿火。

"你到底是不是傻啊？啊？"那人怎么也想不明白，明明上次台球厅一架，易辙他们也算是赢了一面，他怎么就没事找事上来找架打了呢，要找也该他们去找啊，轮得着他吗？

他龇牙咧嘴地忍着护士并不轻柔的动作，骂骂咧咧地问："老子的伤刚好点，又跟你干了一架，懂不懂规矩啊你？都不给人喘口气？"

易辙越听越烦，心想，累不累。

易辙看了他一眼，皮笑肉不笑地扯了扯嘴角："我说过了，我不混了，一次解决清了，省得麻烦。"

那人被酒精蜇得直流汗："不混个屁！"

"是不混了，"易辙看着天花板，忽然认真地说，"高三了，我该学习了。"

这话让那个人愣在那儿，眼神像是见了鬼。估计是实在不知道该说什么了，半晌，他啐了一声。

这回易辙没像从前那样用拳头让他闭嘴，他现在也动不了，也不想再跟他们争这些了。他没什么感情地看了那人一眼，一声不吭地躺着。

至此，那个人终于相信了易辙的话。

易辙不知道这件事会被那堆曾经跟他有过节儿的人传成什么样，或许他们聚在一起喝酒的时候，每个人都可以拎出"易辙"这个名字，连损带嘲地骂上一句，再一同哄笑。但他知道，这段混乱、让许唐成看不上的过往，是真的清了。

想打架，想收拾人，总能找到由头，今天我揪住你一个惹我不爽的地方，明天我去你那儿找回面子，出一口气，永远没个完。一笑泯恩仇是不存在于高中生之间的，想要单方面退出这场你来我往的打架游戏，了结过往的恩恩怨怨，就必须得付出点代价——包括本来不需要流的血，包括别人口中的那句"易辙那个大傻子"。

第四章

耳机线

刚进入冬天，北方的空气干得厉害，有一天早晨洗脸时，许唐成甚至流了鼻血。这是老毛病了，基本一到这个季节，他的鼻子就碰都碰不得。他抽了两张纸堵住鼻孔，仰着头走了出去。

"你怎么了？"正在穿鞋的成絮用余光看到他不寻常的姿态，关切地要过来看，但在中途不小心被地上的网线绊到，叮叮当当带出一阵声响。

"小心点小心点。"许唐成连声说。

成絮高度近视，但以眼睛不舒服为由拒绝长时间戴眼镜，坚持不到必要时刻绝不戴眼镜。许唐成也挺佩服他的，一天被各种东西绊八次都能克服。

"没事，空气太干了。"

成絮说要去一个公司做调研，早早就抱起书包出了门。许唐成在他走前扔给他一个面包，让他路上吃。

今天有个学长让他帮忙给一个本科生的智能车队做个指导，说是学弟约了好几次，可自己这阵子太忙，实在没空，只好找他帮忙。他换好衣服刚准备过去，却收到了学弟的电话，说是昨晚他们聚餐，可能吃坏了肚子，现在集体在医院打点滴，问他指导能不能改天再做。

许唐成自然答应下来，又关心地问了几句，在确定他们已经没事了之后，结束了通话。

行程临时取消，许唐成之前为了一篇投稿的论文熬了一周，此刻一点都不想再去实验室了。他听着歌打扫了一遍宿舍，又把那根掉落的网线仔细地重新固定好。之后实在没什么事做了，在心中盘算了一番，干脆买了车票回家。

因为本来觉得会在学校待两天，所以周五他就把车借给了别人。

周慧看他回来，很惊奇："不是说不回来吗？吃饭了吗？"

"吃了。本来有事，后来又没事了，我就回来了。"

周慧迎上来，接过他手里的东西："这是买的什么？"

"加湿器。"

周慧一听就皱起了眉头，许唐成赶紧抢在她之前说："我知道家里有，给你们屋里再放一个，最近天太干了。"

周慧瞪了他一眼，数落他又乱花钱。

许唐成笑了笑，换好拖鞋，看着空荡荡的屋子，奇怪地问："我爸和唐蹊呢？"

"我把他俩支到你奶奶家去了，我刚大扫除完，这个季节家里的灰太多，暖气一烧，别说他俩了，我都难受。"说着，周慧拿过许唐成刚脱下来的外套，捏起一只袖子嫌弃道："哎哟，你看你这袖口都脏成什么样了。"

"怎么会？！"许唐成给自己倒了杯水，"我新洗的，才穿了两天。"

"那你上次洗衣服肯定没搓袖口，这个袖口啊、领子啊，必须要单打肥皂搓一遍。你直接扔洗衣机肯定洗不干净啊，等会儿我给你再洗洗。"

许唐成干了一大杯水解了渴，听着洗衣机正在旋转的声响，他无奈地把手搭到周慧的肩膀上，抽走被她嫌弃的那件外套，推着她往沙发走："得了得了，我回去再自己洗，你歇会儿吧。我明天还走呢，你现在洗了也干不了啊。"

"你洗不干净，我给你洗了搭暖气上一晚上就干，你在学校那么忙，不省了自己洗了吗……"

两个人争辩了半天，许唐成还是没能拗过周慧，只好看着她拿起自己的外套，把兜里的东西掏出来放到茶几上，进了厕所。

"哦对了，上次你大伯还说等你回来让你去一趟，一阙不是高三了吗，说要参加自主招生，我记得你给你们学校的那个自主招生办帮过忙吧？你去给他说说吧。"周慧探出身子，两只手上还沾着泡沫，"你要不现在过去吧，正好今天一中也放假，一阙在家。"

"晚点吧，"许唐成把加湿器弄好，打了个哈欠，"我先睡一觉，困。"

许唐成不属于精力很好的那一类人，一向有睡午觉的习惯，哪怕只是眯一刻钟，也一定要眯。昏沉地睡了一会儿后，他是被关门的声响吵醒的。睡眠浅的人就是这样，明明还隔了一扇房门，一点点声响却在他的耳朵里被无限放大。

"哥？你怎么回来了？"许唐蹊惊讶地看着穿着睡衣走过来的人，在反应过来以后，迅速把手里的一个袋子塞到了鞋柜里。

"不想我回来啊，"许唐成假装没看到她这欲盖弥彰的动作，很平常地问，"怎么你自己回来了？爸呢？"

"还在奶奶家。"许唐蹊小声说。她蹲下身子换拖鞋，短短的头发垂下来，挡住了半张脸。等她再站起来，脸已经薄红了一层。

许唐成在她身前站定，盯着她的脸看了几秒钟，突然伸手去开柜子门。许唐蹊反应迅速地摁住柜门，有些急地叫："哎哎哎，你不能看！"

许唐成看她密切防备的样子，笑了出来。其实，掐着日子算算也能知道她买的什么，稍微逗逗就得了。他顺应小姑娘的意思，帮她保持神秘感，不再去关注那个纸袋子。

笑完，许唐成忽然发现许唐蹊穿了件自己没见过的羽绒服，粉色的。

"新买了衣服？"他轻轻拽着许唐蹊的身子让她转了一圈，"还挺好看。"

羽绒服是比短款稍微长一点的款式，A字的形状，底下有一圈是蓬蓬的，帽子尖上还有一个粉色的小绒球，很可爱。

许唐蹊看了他一眼，支支吾吾地嗯了一声。

周慧在这时出来，看到许唐蹊身上的衣服，立马问："不是去奶奶家了吗？还去逛街了啊？"

许唐蹊看着周慧，欲言又止。

周慧对这件衣服也很满意，她一向不嫌清洗麻烦，喜欢给许唐蹊买浅色的衣服，让她穿得像个小公主一样。

"正好，今天过了中午突然就冷了，我还说你穿少了，本来想给你送件衣服去，又一想你也不出屋，回来打车也不冷，就没去。去逛街的话是该买件，冻感冒了就麻烦了。"

许唐蹊"嗯嗯"地应着，把羽绒服脱下来挂在衣架上，又脱掉了里面白色的小棉袄。她瞥了许唐成一眼，也不回屋，而是慢吞吞地蹭去了客厅坐着。许唐成看看面前的粉色羽绒服，又看看许唐蹊不时假装无意往这边瞟的样子，确定其中有古怪。

还没细琢磨，他忽然觉得衣架上有点空。扒开许唐蹊的羽绒服、小棉袄一看，发现原本自己挂在这里的外套已经不翼而飞。再去寻，果然，不光外套，他穿回来的几件衣服都已经被挂在了暖气上。

许唐成哭笑不得。

"妈，你怎么都给我洗了啊？我穿什么出去啊。"

"你就再找一身嘛，"周慧在厨房喊，"我给你洗了你回去不就省点事吗？"

许唐成没办法，无声地抱了抱刚端着果盘出来的周慧，捏了一块苹果放到嘴里，自己进屋又挑了一身衣服。

他自己的衣服不多，常穿的都放在学校，这次一件都没带回来。他在柜子里翻腾了半天，才搭出一身觉得还可以的衣服来。

对着镜子照了照，许唐成自己都笑了。这件白色的学院风毛衣他也不记得是什么时候买的了，反正没怎么穿过。再套上件浅卡其色半长款牛角扣大衣，搭上浅色牛仔裤，怎么看怎么有装嫩的嫌疑。他大一的时候穿这一身还差不多。

跟周慧说了一声，许唐成捎了袋垃圾，出了门。

刚走到楼门口，就感受到了一阵寒风，许唐成打了个哆嗦，忙扣上了帽子。

说来也奇怪，他把垃圾扔到垃圾桶里，那只万年不理人的黑猫竟然凑到了他的脚边。许唐成蹲下来看它，黑猫只缩了缩脖子，倒没退。本以为它是饿急了才来要吃的，可许唐成看了看，发现它一点都没瘦，反而还胖了一些。

"吃得挺好的啊。"

刚嘟囔完这么一句，许唐成就听见一阵自行车刹车的声音。他抬头，看到了好久没见的易辙。

竟然只穿了件薄薄的运动衣。

"穿这么少，不冷吗？"

许唐成站起来，笑着朝他走近。

在看到他的时候，易辙已经飞快地扯下了塞在耳朵里的耳机。

"不冷。"

"年轻力壮也不是这么个壮法，"许唐成看着他冻得通红的手和耳朵，"我小时候冻伤过耳朵，可难受了，而且之后一到冬天就容易冻。你骑车的话还是买副手套，脑袋最好也裹上点。"

易辙听了，点了点头。

两个人没再说话，黑猫在这时"喵"了一声。易辙下车，支上了车子。

"给它买的吃的？"

超市的塑料袋是半透明的，隐隐地，许唐成辨认出里面装的是火腿肠。

"嗯，它还挺挑，我之前给它买了猫粮它都不吃，就吃这种火腿肠。"易辙边说边去打开手里的袋子，可或许是方才扯耳机时太过慌忙用力，耳机线不知什么时候已经和塑料袋子缠在了一起。易辙屈着通红的手指去解，但笨笨的，似是不得要领，始终摸不清它们缠绕的规律。

"我来。"

许唐成伸出手，从他手里把两样东西拿走，只轻巧地挑了几下，就结束了分离的工作。

易辙从他手里接过袋子，一言不发地蹲下身去喂猫。

"你要出去吗？"

"嗯，去我大伯家。"

黑猫吃得欢畅，易辙不知道还能和一旁站着的许唐成说些什么，只好心不在焉地假装看着这个小黑东西进食。

一只手伸到了他面前——食指和拇指捏着规矩地缠成圆圈的白色耳机线，余下三根手指虚握着。

易辙顺着这只手看向许唐成。他还戴着帽子，蹲在他的身侧，也在看着他。易辙这才后知后觉地明白，为什么自己会觉得今天的许唐成格外好看。

他今天穿得很不一样，很显小。而且这件大衣的帽子很大，盖下来遮住了他半个额头，刚好露出眼眉。这种情景下，帽子的边缘像是给眼睛画上了一条重点线，而许唐成笑起来时，眼睛是弯弯的。

"你每天都喂它吗？"

许唐成突然开口，打断了易辙对于他眼睛的观察。

"差不多，"易辙低下头，掩饰着思绪，"只要我回来就喂。"

许唐成了然："怪不得，长得这么好。"

尽管易辙一直期待着那只黑猫能多吃一会儿，可黑猫显然并不理解他的期盼，如往常一样，两根火腿肠很快就被它消灭掉，跑走前它还仰着脑袋朝易辙喵了一声，像是在预订明天的饭食。

它吃完了，许唐成也说了离开。易辙默默地将手里的塑料袋团成一团，隔空投进了附近的垃圾桶。

许唐成本来已经揣着兜往前走了一段距离，忽然想起了自主招生的事。

"易辙。"他叫了一声。

待他转身，才发现易辙根本没动，而是直直地站在那里，看着自己。

他不知道是否是因为夜色或寒风的助推，易辙的那个眼神让他记了许多年，以至于后来每次想起来，他都迫切地想要看这个少年笑。

没有期盼，甚至没有等待的意味，只有一片安安静静、不吵不闹的孤独。

他一下子想到了刚才眼巴巴看着他的黑猫。

"你……吃饭了吗？"

也许人和猫相处久了，真的会相像吧。

想问的问题临出口前被换掉，是因为许唐成忽然不忍心把这样看着他的易辙扔在这逐渐沉下来的夜里。

几步距离的地方，易辙眨了眨眼，似乎是没想到他会忽然问他这个。

"没吃吧？走，我请你吃饭。"

许唐成眼看着易辙眼里有了一点光，但依旧迟疑。

"你不是要去你大伯家？"

"反正也没告诉他们我要去，"许唐成笑着说，"正好咱们吃点东西，我再过去。"

那时智能手机刚刚兴起，他们还不能从 App 上寻找吃饭的思路，只能在原地回想自己记忆中好吃的菜馆子。许唐成怕易辙不好意思，自己报了几个觉得还不错的地方，让易辙挑。他是想请他吃顿好的，却没想易辙说："想吃面。"

"面？"

"附近就有一家面馆，王师傅，"易辙抬起手，虚指了一个方向，"就在前面第二个路口拐过去的那条街上。"

许唐成稍做回忆，想起了这家自己高中时常去的面馆。

"啊，那家啊，我好久没去了，还开着吗？"

易辙点了点头，很认真地看着他。

"好啊，"想想那个馆子的距离也不算近，许唐成便提议，"我没开车回来，我们打车去吧。"

易辙却已经去推自己的自行车，他来到许唐成面前，犹豫了一下："不算远吧，要不，我带你？"

许唐成的思路却跑了题，因为他惊讶地发现，易辙的嘴角是上扬的。不明显，但真的在上扬。那一瞬间，出现在许唐成脑海里的第一个念头就是，原来让他开心起来这么容易。

"好啊！"他没说有点冷，纵容地答应了他。可看到他的车子，许唐成才笑着摇头："你这没有后座啊。"

易辙这回很快说："有车梁。"

许唐成往前看，哑然。这车梁分明是斜的。

他抬头，想向易辙客观地说明一下这样的车梁是坐不住的。但在对上少年希冀的目光后，他竟然鬼使神差地笑着说了一声"好"。

第五章

夜色路

坐上自行车时，许唐成怕挡了易辙的视线，便将帽子摘了下来。

"别摘，戴着吧，"易辙忽然在他头顶说，"冷，冻耳朵。"

"不用，"许唐成两只胳膊搭在车把上，使劲儿撑着，往前蹭了蹭身子，"会挡着你。"

"不挡。"易辙飞快地说。说罢，还解释似的补充："你没那么高，戴着帽子也挡不着我。"

许唐成本来都已经抻好了袖子盖住手等待出发，听到这话后，怔了一秒，眼睛微微睁大地转过头去。易辙不明所以，一脸茫然地与他对视。

"你是在说我矮吗？"许唐成眨眼，歪了歪脑袋问。

易辙总算明白了许唐成的沉默，他在嘴巴里暗暗咬了下自己的舌头，赶紧摇头，补救道："不矮，正常身高。"

正常身高？

他不到一米八，的确不算高，但只要不跟易辙这种大高个儿站一起，他觉得自己的身高还是够用的。正常身高算是个什么评价？

许唐成被弄得没了脾气，瞥了一眼正一脸严肃瞧着他的易辙，索性自己抬起一只手，又把帽子戴上了。

不挡就不挡，正好戴着暖和。

"走吧。"许唐成吩咐。

帽子的一边没戴好。易辙看了看一动不动、目视前方的许唐成，偷偷伸出两根手指捏住帽子边缘，又给他拽了一下。只是很小的一下动作，暗暗地，却好像把他自己的嘴角也一起拽了上去。

高个子的优势就是胳膊长，腿也长，许唐成坐在易辙的前面，一点也不显拥挤。饶是这样，才出大院，许唐成也已经后悔了。倾斜的车梁是真的很不舒服，屁股硌得慌不说，人还一直往后滑，他只能尽力把住车把，来固定自己的身体。但他又怕影响易辙把握方向，所以不敢把自己全部的重量都压在车把上。一路上，许唐成就这样应对着车梁那点烦人的斜度，尽力维系着平衡稳定。易辙倒是很轻松，一直在笑，把车骑得很稳当。

"你看看你这手，还说不冷？"许唐成看不过去，拧着眉，用左手覆住易辙已经冻红了的手。

"哎！"

自行车的车把晃了晃，幅度不小，许唐成防备不及，在摇晃中向前趴在了车把上，本来握着易辙的那只手也在惊乱中收得更紧了。

易辙慌忙稳住车把后匆匆将目光移开，却又被拉回，接着就像被灌了铅般，沉甸甸地凝在了那只与自己肌肤相贴的手上。

温度是在那时变得具象，连同那份渴望温暖的心思。

跳起来的心再没缓下来过，当易辙把车子停下，放下一只手，许唐成好像回头跟自己说了句什么，易辙没听清，只看见他在冲自己笑。他晕晕乎乎的，还不忘伸出手，扶了跃下车的许唐成一把。

面店早已被重新装修过，比起许唐成印象里的样子，整洁明亮了不少。只刚进了大堂，四溢的香气已经让人暖了身子。这时的客人不算多，三三两两分布在各个方向。他们选了一个两人桌的位子坐下，在服务生的介绍下点了两碗牛肉面。一碗招牌，一碗麻辣。

"招牌的不要香菜。"

许唐成正低头仔细地用纸巾擦拭桌面，就听到易辙说了这样一句。

他停了动作，抬起头，恰好对上易辙的目光。

"对吧？"易辙迎着他的目光，问道。

一旁的服务生耐心地等着他的回答，许唐成在两人的注视下轻点了下头，视线却始终再未从易辙的脸上移开。

等服务生走了，许唐成将手中用过的纸扔到一旁的垃圾篓里，才问易辙："你怎么知道我不吃香菜？"

印象里，他并没有和任何人说过这样的忌口，甚至，现在的他也并不是完全不吃。年少时会挑食，会坚持自己不吃某样东西，但等长大以后，每次同家里人出去吃饭，他都要细细将菜的用料询问一遍，看是否有致敏原，再添上不要辣、不要蒜等要求。他觉得实在麻烦，人家服务生要记的也实在多，慢慢地，他便省去了自己的这一样。反正不过敏，不过是个喜欢不喜欢的问题，没什么吃不得的。

"以前你带我来这儿的时候，你就没有要香菜。"

易辙在一只杯子中倒上大半杯水，转悠着涮了杯子，然后把水倒到另一杯里，将两双筷子插到水里，慢慢搅着。

他这一系列动作非常熟练，许唐成静静看着，拧眉回忆，终于记起来自己是什么时候带易辙来过这里。那一瞬间，许唐成的心里突然涌出一种奇怪的情感——明明是自己已经快忘了的事情，易辙却记得这么清楚。

那时和现在不一样，是一个夏天，许唐成记得自己刚刚结束了高二的期末考，没骑车，溜达着走回了家里。院子门口常年聚集着一帮聊闲天的大妈，那天很奇怪，她们的聊天内容不是哪家超市的鸡蛋在打折，而变成了什么"男的没要一分钱""大的那个选了他妈"，她们唏嘘着、感慨着，说那个小子不懂事，目光忒浅，怎么能光看着钱呢？

杂乱的声音传入耳朵，许唐成因为考试而积累的好心情荡然无存，恍忡间，他和一辆一尘不染的黑色汽车擦身，车里面坐着一个男人和一个抱着一杯冰激凌吃了满嘴的小孩子。

许唐成愣怔片刻，有些难以置信地望向车辆离开的方向。

被带走的是弟弟，那么留下的就是……

盛夏的天气里，阳光顺着车身溜了一个遍，由暖及凉，消融不见，成为在这座小城里最后触碰过那辆车的东西。

易辙推了一杯水过来，而他自己旁边放着的，依然是用来涮杯筷的水。餐桌附近没有倒水的地方。

服务生端上来了热腾腾的一碗面，没有辣油，放在了许唐成的面前。许唐成轻声向服务生说："麻烦再帮我们拿一个杯子。"

新的杯子上来之后，许唐成涮好，倒好水递给了易辙。随后因为刚才的回忆，他走了好一阵子的神。

易辙吃饭时很安静，不是没有声响，而是始终没有说过话。许唐成偶尔问一句"辣不辣""要不要饮料"，他也都是以很简短的话语回复一两个字，或者干脆摇摇头。直到许唐成提起自主招生的事情，问他最近学习成绩怎么样。

"上次考试年级 109。"

许唐成听到这个名次，有些惊讶，易辙的成绩远比他以为的要好。

"总分呢？"

"607。"

C市只是个县级市，即便是市一中，整体的教学水平也并不高，而B省又是个"高考大省"，考生多，分数高。放到省内来讲，一中的年级排名没什么参考价值，但总分还是有的。许唐成捏着筷子思考了一会儿，帮易辙分析："这个成绩的话，你想去上海的学校还是可以的，不过去不了太好的。其实你可以考虑一下自主招生，一中有几个学校的校荐名额，也可以自荐，你打算试一试的话我可以帮你准备资料。"

易辙却很快摇头。

挑在筷子上的拉面冒着热气，腾成一片雾，隔在了两人中间。

"我不参加。"他这样说完，放下筷子，抽了张纸擦了擦嘴，接着解释，"我打架被记了过，参加也没用。"

易辙说得无所谓，许唐成却听得并不轻松，甚至觉得有点头疼。然而事已至此，他也没必要再说什么早知如此、何必当初的鸡汤话，只是默默思考，记过的事情会不会对易辙造成什么影响。

"是记入档案了吗？"

易辙摇了摇头，说不知道。

"记入档案的话会有点麻烦，因为你的档案会一直跟着你。"许唐成说完，又觉得或许不会这么严重，小地方的中学，各项管理并不会十分规范，即便说了记过，也不一定会真的给学生往档案上记。

"去跟你的班主任问问情况？看看到底处分到了什么地步，有没有缓和的余地。"

易辙看着他，沉默了一会儿还是摇头。

"很久之前的事了，那次我打的那个人，他爸是教育部门的什么人，错都记到了我头上，没什么好说的。"

许唐成一听就明白是怎么回事了，一面是个有点背景的"内部人"，一面是个家长都叫不到学校的问题学生……欲加之罪都何患无辞，更何况只是一起事故中的缘由判断、责任归咎。易辙还在大口大口地吃着面，像是根本没有担心过这个处分，也根本不担心自己的未来。

许唐成叹了口气，搅着碗里的面替易辙发愁，正主儿还没心没肺地催促他："快点吃，别凉了。"

两个人吃完后，许唐成说要打车去大伯家，易辙却说要送他。回首来时路，说来尽坎坷。许唐成对着那辆自行车沉默了半天，终于还是在少年灼灼的目光中败下阵来："行吧。"

路比方才更黑了一些，拐进一条小路时，头顶的路灯都变成了昏黄色，丁达尔效应画出了光束的形状，安静地散在漆黑的夜空下。许唐成已经很久没有在晚上来过这条路，他抬头望了望，笑着说："这条路的路灯还是那样。"

易辙没理解："什么样？"

"以前骑车的时候，我每天回家都会走这儿抄近道。不知道你们现在什么样，大概是因为这儿几乎没人，气氛又好，我那会儿总能碰上两对情侣，一对在东边半截活动，一对在西边半截活动，跟约好了分割这条路似的。"许唐成说着，自己笑了两声，"我就每天骑着车过来围观他们秀恩爱，有时候是男生背着女朋友狂奔，有时候是在灯下面搂着，几乎每天都不一样。后来快高考的时候，我最后一天碰上他们，有一对中的男的还特开心地跟我打了个招呼。"

或许是因为面对着一个正在经历高中时光的少年人，许唐成不免有些感怀，突然回忆起了那时的趣事。易辙听着他笑，也翘着嘴角问："说什么？"

许唐成放粗了声音，模仿着那时那个小伙子的语气："哥们儿！这么长时间辛苦你了啊！高考加油！"

易辙扑哧笑出了声来。

前面的许唐成听见这动静，立马很惊奇地扯着帽子回头去看他。

"怎么了？"易辙不解。

"没事，你笑点原来这么低吗？"

易辙笑着，没说话。其实他只是不停地在脑海中描绘许唐成当时的样子，想想就觉得，骑着车经过这条小路的许唐成，看着两对情侣每天变着花样亲热的许唐成，回应男生最后的问候的许唐成，都会很可爱。

许唐成也不知道他在笑什么，但看他笑得这么傻，自己也有点想笑。他回过身去，又拽了拽帽子，把自己裹得更紧了一点。

之后高三的日子里，易辙每天都会拖着奋战了一天的疲惫身子，骑过这条路。有时是飞驰而过，听风在耳边弹拨的声音；有时是徐徐而行，拐着弯碾过小路的不同地方。无论快慢，都会让他想到曾坐在他怀里、与他一起经过的许唐成。

再往后许多年，他偶然间听到别人轻哼了一句，"我说今晚月光那么美"，蓦然出现在他眼前的，也是那日的一弯月。

那时路灯很美，新月很美，光跳了一支舞，爬上了许唐成的指尖，又顺着别样夜色盈到了易辙的眼中。

而回忆起美好之时，满身风雪都会融成暖意，味有回甘。

第六章

假期至

元旦假期只有三天，又临近期末，离家远的学生大多都不会选择在这时候折腾一趟。放假前两天，成絮一直是一副萎靡的模样。许唐成和他一起去图书馆复习，就只见他握着一支笔，看着放在一旁的手机发呆，偶尔许唐成跟他说句话，他也要半天才推推眼镜，回一声："啊？"

"你最近怎么这么心不在焉，"许唐成压低声音，"有什么事吗？"

成絮微微掀动嘴唇，却是无声。末了，他摇头说："没事。"

说着没事，许唐成却眼看着他把某一个条件下适用的公式驴唇不对马嘴地誊到有着另一个条件的题下，一番推导计算，竟然还解出了一个 a 的值。

许唐成研究了一下，着实觉得这段解题思路的逻辑很神奇，这大概就是年级第一的能力？

"成絮。"他眨眨眼，叫了成絮一声。

成絮抬头，看他。

"这个 a……是题目给出的一个没有具体数值的参数。"

"啊……"成絮看向自己不知所云的解题过程，喃喃道，"解错了……"

"别看了，"许唐成终于忍无可忍，他站起身，拍了拍成絮的脑袋，"走，吃饭去。"

在图书馆门口宽大的台阶上，许唐成一只手搭着成絮的肩，另一只手把成絮快要扎进脖子里的下巴往上一抬，问："元旦怎么过？"

成絮听了，一双眼睛无神地看了他一会儿，才慢吞吞地回答："不知道。"

瞥到他又低头去查看手机，许唐成心想，这魂不守舍的，到底是在等谁的消息？

冬天的中午，阳光总能给人最好的享受。从图书馆去食堂会经过学校的主楼，而主楼前有一大片空地，除了一根高高竖着的旗杆再无遮挡。夏天经过这里时是煎熬，至冬日，则别有一番惬意。许唐成被晒得发懒，搭着成絮的手也变得越来越沉。

"你压得我都不长个儿了。"成絮耸了一下肩，抱怨道。

"同学，你虽然上学早，也已经二十一了。"

成絮这次没了先前的温暾，立刻回："二十三，蹿一蹿。"

许唐成前不久刚被家里那位弟弟不经意间嘲笑了身高，这会儿面对比自己矮的成絮，只觉得怎么相处怎么舒服。他捏着成絮的肩膀，手迅速往上拔了两下："得，不压你了。你元旦要是没什么事就跟我回家吧，不然你又自己闷三天。"

成絮上学上得早，所以年龄要比同年级的人都小上一些。也不知是不是这个原因，他显得有点不合群。倒也不是他孤僻，只是说话做事，总给人一种他还是个小孩子的感觉。

"不去了，我……"

成絮刚开口拒绝，一直被他攥着的手机突然响了。他停住话音，顿了顿，之后猛地举起手机。

前后不过几秒的时间，许唐成却看到他的脸上层叠地现出光彩，又渐次扑向灰灭。

吃饭时，成絮扒拉着盘子里的西兰花，闷声问许唐成他还可不可以跟着他回家去过元旦。

"可以啊，咱们二十九号下午走。"许唐成把自己盘子里刚打来的大鸡腿夹给他，"你晕车很严重是吧，那咱们坐火车回去。"

许唐成绝口不提刚才的那个电话，也不问成絮怎么忽然改变了决定。他问成絮要了身份证，下午就跑到北站去买了两张车票。

因为是假期，车上的人格外多，跟在许唐成身后的成絮的小身板被挤得东歪西斜，眼镜还一下子被一个大大的包袱蹭离了鼻梁，差点掉到地上。许唐成回头看到，立刻伸手把他拎到身前，一只手护住他，推着他往里走。他把成絮安排到靠窗的座位，打开窗户，告诉他如果不舒服的话就赶紧告诉自己。

火车起步后，许唐成拿了成絮的杯子，起身去给他接热水。没承想刚走两步，就被一个女声叫住。他回头，看到一个女孩子，穿着格子大衣，围着厚厚的围巾，笑得十分开朗。

很顺利地，他就将她与脑海中的一个名字对上。

"真的是你啊！我刚才看着像你，还没敢认。"女孩子朝他招了招手，"好久不见啊。"

许唐成微微点头，笑着说："万枝。"

虽过去了许多年，万枝的样子与初中时相比并没有太大的变化，只是五官长开了一些，出落得更加婷婷。

与万枝坐在一起的，同样是几个许唐成的初中同学。许唐成得知他们刚刚在北京小聚了一下，然后一起回了家，这才想起来，先前韩印有询问过自己今天是否有时间。这场偶然的碰面一直持续到了下车，许唐成一面拉着因为坐火车而有些萎靡的成絮，一面还要和几个同学聊闲天。

出了站台，万枝踮脚望了望前方停着的一片车，转头笑着问许唐成："你们怎么回去？我爸来接我了，给你们一起捎回去吧，今天挺冷的。"

许唐成笑了笑，礼貌地拒绝："谢谢，不过我朋友晕车晕得厉害，反正不远，我们走回去吧。"

万枝见一旁站着的男生脸色确实不太好看，便没再勉强，还关切地问候了成絮两句。

"万枝你把我捎回去呗，我跟你顺路。"

"你顺什么顺……"

一阵刹车的声音打断了一群人的调笑揶揄，众人不约而同地噤了声，谁都不明白怎么回事，但又很默契地一同看向这个突然出现却不发一语的小帅哥。

易辙依然穿着校服，他支了一条让成絮艳羡的大长腿在地上，定定地看着许唐成。

"放假了？"许唐成没有追究易辙有些突兀的出现，这样笑着问他。

"嗯，"易辙突然被这么多人盯着看，也不知道该做何反应，他的目光转了一圈，扫过每个人的脸，最后朝许唐成的方向倾了倾身，用手碰碰许唐成手里那个属于成絮的背包，"我帮你拿。"

这时有个女生反应过来，有些感慨地问许唐成："来接你的啊？弟弟也太帅了吧。"

一群连大学都已经告别了的"老年人"，看着面前熟悉的校服，不免都有些挪不开眼。骑着山地车，在握住车把时就必然弓起后背，少年的背脊顶着校服，青涩又独特。一个高高大大、长相顺眼的男生，像是连每一块骨骼、每一次呼吸都承载着"青春"二字。

许唐成注意到了这一霎的安静，他看着易辙旁若无人地将书包挂到车把上，再继续直勾勾地看向自己，终于笑了两声，转身同大家道别。

易辙把自行车骑出了和步行相同的速度，因为速度太慢，他只能一会儿扭着骑，一会儿又因为要躲避来人而用脚划着地走。许唐成看他在这样的天气里还是只穿了一件校服、一件卫衣，便说："走回去还得会儿呢，你冷不冷，冷就先骑着走吧。"

"不冷。"

走在许唐成另一侧的成絮一直在偷偷打量易辙，从羡慕他的身高，到羡慕他的长相。他忍不住问许唐成："这是你弟弟呀？"

许唐成点了点头。易辙暗暗捏了几下闸，始终低着头，用车轱辘轧着地上一段段不甚严实的砖缝。

"真高……"

这句成絮说的声音很小，易辙没听见，但易辙听到许唐成笑出了声音，抬起头时，还看见他一只胳膊搭上成絮的肩，揉了揉成絮的脑袋。

他皱了皱眉，又低下头一个劲儿地瞎捏闸。

"你怎么跑车站来了？"许唐成笑完，问。

"接你。"易辙说，"我问了唐蹊你什么时候回来。"

骑白行车接人吗？委实特别了。

"找我有什么事吗？"

特意问了自己回来的时间，又特意跑到车站来等，应该不会只是放假了太开心的缘故吧。

而被突然问了这么一句的易辙却迟迟没作答，见成絮也有些好奇地歪头看着他，易辙将那只放在口袋里的手拿了出来，摇头："没事。"

"真的？"许唐成不太相信，以疑问的语气再次确认。

"嗯。"

将信将疑地，许唐成点了点头，忽又想到了什么，跟易辙说："哦对了，你有没有手机？每次见着你我都忘了这事，你有手机的话给我个号码，有事联系也方便。"

易辙往前蹭了两步，朝他侧过头，有些迟疑地说："我现在没有手机。"

手机这东西，是用来和人联系的，而他在之前几乎从没有过这种需求。他看着许唐成："你把你的号码给我吧。"

那天晚上，许唐成收到了两条来自陌生号码的短信，一条是万枝发来的，短短的两行字，告诉他她是万枝，找韩印要了他的手机号码，并在最后加了一个笑脸。

另一条则是来自易辙，内容更加简明——"我是易辙。"

在时间步入 2008 年之前，易辙买了自己的第一部手机，发送了第一条短信。

夜晚，他将自行车骑得飞快，穿过一条条彩灯流转的街，掠过头顶一个个配着彩绸的红灯笼。街上满是来散步、赏灯的人，易辙在经过他们的时候，能听到他们肆无忌惮的笑声、音量高昂的谈论声。很神奇地，第一次，他觉得人们的说话声也没有那么吵闹，即使不戴耳机也可以忍受；写着大大的"元旦"两个字的红灯笼也并没有那么丑；连这原本对他没什么意义的节日，也突然变得让他能够忍受，甚至，有些喜欢。

一切将他带到他身边的东西，都该归类为"好"。这是易辙对于这个世界最为肤浅真实的认知。

红色的自行车穿越了市中心，顺着灯光逐渐消散的方向一直向前，渐渐地，繁华远去，灯不再明。

快到那个盖着一个大下坡的拱形门洞时，一声有些陌生的消息提示音响起，阻断了逐渐铺盖的寂静。

晚上 6 点 52 分，发件人：xtc。

"好的，知道了。"

到下坡了。

易辙握着手机，松开了车把。当他以一个似乎面临失控的疯狂速度俯冲而下时，手机屏幕的亮度划破了漆黑，轨迹汹涌，刚烈炽热。

这个动作易辙做过无数次，却从未有一次如这次来得震撼，他的心跳得过于剧烈，怎么深呼吸都平复不下来。

是刺耳的刹车声结束了这一场刺激。易辙将手机放回口袋里，腿撑着地，背靠树丛，回头去望那个斜坡。

短信提示音第二次响起。易辙愣了愣，怀疑是不是自己冲刺过后的幻听。再然后，他迅速将两只手都揣进了衣服的口袋。

窸窣声响起，右手碰到的是凉凉的手机，左手却碰到了一张被整整齐齐折叠好的纸——这次联考的成绩单。

手机屏幕再次亮了起来。

"买手机了吗？"

第七章

羽绒服

　　成絮的到来仿佛让周慧真正找到了事情做，许唐成看她这架势，赶趟儿似的，像是恨不得把自己的拿手好菜在这三天的时间里给成絮做一个遍，甚至在饭桌上，许唐成已经沦落到了只能和许唐蹊面面相觑，看着周慧一个劲儿地把好吃的菜摆到成絮面前。许唐蹊身体不好，因此倒没被忽略个彻底，得到了周慧"夹几筷子爱吃的菜"的待遇。许唐成就不行了，只能挑着周慧给分剩下的菜吃。

　　假期最后一天的早上，成絮洗完脸，站在卧室摸着肚子问许唐成："两天多就长肉了，是不是不太正常？"

　　"正常，"许唐成点头，"你晚上十点多还在吃排骨，能不长吗？"

　　成絮笑了笑，有点不好意思："阿姨做饭真好吃。"

　　"那就以后常来。"许唐成把手里的财经报折起，笑着起身，"她挺喜欢你的，我爸也是，他俩就喜欢你这种长得乖又听话的。"

　　许唐成和成絮本科时是同学，又当了将近半年的室友，许唐成很少看到成絮和朋友出去，平时的生活基本上除了学习就是科研。成絮跟的导师是个大牛，属于正常人看来走火入魔了的那种。许唐成去过他办公室两次，每次的场景都是那位老师蓬头垢面地对着电脑看看敲敲，许唐成在一旁费力地试图与他沟通。他对工作以外的事情一概不知，只要你跟他说的不是和科研有关的话，他都没有什么要回答你的欲望，顶多瞥你一眼，说声"这我不清楚"。那位老师的形象、神情实在让许唐成印象深刻，所以他还真的挺害怕成絮有一天承继了师风，虽说老师的成就的确非常值得敬佩吧，但看着未免太让人忧心了点。

今天也没安排什么行程，许唐成便顺口问成絮，最后一天想干吗。成絮认真地想了一会儿，说不知道。

这回答完全在许唐成预料之中，他也就不得不按照备案来提议："那就出去随便逛逛吧。"

经他这一提醒，成絮才想起来："哦对，我想买件外套。"

这话惹得许唐成笑了："在北京都没见你出去买衣服，跑这儿来逛街？"

"北京太麻烦了，去个商场还要坐半天地铁、公交，到一个地方没买到的话，去下个地方又要好远。"

也是，对成絮这种极度晕车的人来说，首都那错综复杂的交通网络所带来的煎熬，完全可以战胜他那一点点想买衣服的欲望。

于是，许唐成陪着成絮到了市里一家比较大的商场。成絮在一堆羽绒服里犹豫不决，许唐成在一旁给他参谋，发现他一点主意都没有，穿上每件衣服都问许唐成："好看吗？"

许唐成反问，成絮就又是万年不变的那一句："我不知道。"

许唐成把他拉到镜子前："你就这么看自己，觉得这件衣服适合你吗？跟刚才那件灰的比，哪一个穿起来更好看？"

成絮盯了镜子半晌，对镜子里的许唐成摇头。许唐成败下阵来，开始认真地给他分析，哪一件的长度不适合他，哪一件的颜色衬得他更精神……成絮听得很懵懂，到后来，他扛着厚厚的眼镜朝许唐成求饶："你别说了，你直接告诉我买哪件吧，行不行？"

稍许静默，许唐成说："蓝黑色、带帽子的那件。"

成絮舒了一口气，立马回身跟一直微笑看着他们的售货员说要那一件，挺高兴地跑去付钱。许唐成看着那背影摇了摇头，琢磨着成絮以后最好找个会买衣服、有主意的女朋友。

一边想着这些有的没的，一边原地转悠，他左看看，右看看，最后目光落在一件半长的黑色羽绒服上。他看了那件衣服半晌，然后偏了偏头，过去拎起来披到了自己身上。

成絮回来，听到许唐成在和售货员说："这件，给我拿一件……"

许唐成停下来想了想，拿不准该买 185 的，还是 190 的。

"你也买吗？"成絮凑过去问。

许唐成"嗯"了一声，拽着羽绒服的袖子去目测它的宽松程度："给别人买。"

买完衣服，成絮看时间已经不早了，本来说回去，但许唐成看了看表，说再转转。直到许唐成的手机响了一声，他看了看来信，才扯了扯嘴角，同成絮说："走了，回去吃好的。"

家门打开，成絮看到许唐蹊手里的生日蛋糕，瞬间惊慌得不得了。许唐成"哎"了一声，先他一步压住他的肩膀："别急，明天才是我生日，只是因为我们晚上就要走，唐蹊才提前给我过了。"

听他说完，第一个出声的倒不是成絮，而是周慧有些不同意地念叨："生日哪有提前过的，是哪天就是哪天，提前过……"

"没事，"许岳良笑了两声，用厚厚的手掌拍了拍妻子的肩，让她放轻松点，"没那么多讲究，不在这个。"

这顿大餐吃得和美，但直到下午收拾东西回去，成絮还在为许唐成没有提前告诉他生日而耿耿于怀。正数落着许唐成知道他挑东西费劲儿还不给他留准备礼物的时间时，许唐蹊敲了敲门，探着脑袋钻进了屋。

见许唐成正靠桌而立，含笑望着自己，许唐蹊撇了撇嘴，伸手把纸袋递给了他。

"都怪你，"她嘟囔着抱怨，"你那天突然回来，吓我一跳，一点惊喜感都没有了。"

"好，我的错，"许唐成一只手攥着纸袋，伸手把她拽到怀里抱了抱，"谢谢我们唐蹊。"

许唐蹊又说了一遍"生日快乐"，然后坐到床上，拿过许唐成的那个狮子抱枕搂在怀里。看到成絮正抱着新买的外套，她很兴奋地问："成絮哥买了新衣服啊？"

小姑娘对于好看的新衣服总有着发自心底的热情，哪怕新衣服是别人的。她起身走到成絮身前，揪着那件衣服看了看，笑了："这一看就是我哥挑的，跟他平时穿的衣服完全是一个风格。不过你穿这个也适合，你比我哥还有学生气……"

说到这儿，许唐蹊忽然顿住，她短促地"啊"了一声，回身。

"对了，哥，我差点忘了给你说，那件粉色羽绒服，是易辙哥哥给我买的。"

闻言，许唐成停住正在叠衣服的手，弓着身定在那儿，有些意外地重复："易辙？"

在许唐蹊应了一声之后，许唐成直起了身，他转过来，不解："他怎么会给你买衣服？"

"之前我不是去给你买礼物嘛，附近的商场没挑到合适的，就去了金铃街那边。"

金铃街是一条商业步行街，刚建成不久，弯弯绕绕地占据了 C 市的一大片地。许唐蹊只去过一次，对那里的地形并不熟悉，那天给许唐成买完东西出来，仰头看着密密排布的各种商店，忽然就迷失了方向，转了半天，却发现总在围着一个店打转。正发愁间，听到有人在叫她的名字。

穿了一身黑的易辙走过来，略微拢了眉头看着她，问她在干吗。

"来买东西，"控制不住地，许唐蹊的声音有些抖，"买完东西发现找不到路了，这儿的路七拐八拐的，太难认了。"

她是中午吃完饭出来的，中午温度正高，再加上一直在商场里，许唐蹊当然并没有觉得冷。但逛了半天，太阳已经快要下山，这找路的过程中，身上的小薄袄根本抵御不了已经降下很多的温度和猛刮起来的大风。许唐蹊缩着脖子，缩着肩膀，尽管已经这般拼命地把自己往一团里挤，还是冷得直跺脚，握着纸袋的手也被冻得通红。

许唐蹊刚想向易辙问路，忽然听到一声拉链被拉开的声音。

"不用不用，"看到易辙里面露出的那件薄薄的 T 恤，许唐蹊忙说，"我没事，没那么……冷。"

她想制止易辙脱外套给自己，而实际上，在她的话说完之前易辙就已经停下了动作，又把衣服合回了自己的身上。

许唐蹊讪讪地嗫了声，正想着自己是不是自作多情了，就听见易辙说了句："有烟味，你不能闻。"

许唐蹊愣了愣，抬起头看向易辙的脸。

不知是因为烦躁还是怎样，她看到易辙连衣服的拉链都没拉，转着脑袋飞速扫视了四周一眼，再说话时语气便有些急。

"你先跟我过来，待会儿我送你回去，"易辙低头，朝她伸出一只手，"东西给我，我帮你拿。"

"没事。我……"

"给我。"

推辞的话语被简单的两个字打断，许唐蹊对上了易辙的目光。因为那一刻易辙的眼睛，许唐蹊递出手中的袋子时，脑袋还是木着的。跟在易辙身后走了两步，她才后知后觉地发现，其实不只是刚才，虽然以前她和易辙对视的次数并不算多，但每一次他都是像刚才那样——安静，但单纯坚定，像是他看着你的时候，能将你吸引进属于他的那片深海。哪怕只是曾经在单元门口简单地告诉她，外面很冷。

易辙带着许唐蹊到了一家奶茶店，进门后，许唐蹊看到有坐在一起的三个人一同盯着这边看，果然，易辙朝他们走了过去。

"哟，小女朋友啊，你这藏得够深的啊。"染了栗色头发的那个男生先开了口，不怀好意的笑容加上那轻佻的语气，让许唐蹊不由得顿了顿步子。

易辙的回答很有力度："睡你的觉，别老放屁。"

他拉出了那个女生旁边的座位，示意许唐蹊坐下，又在她坐好后将手里的袋子递给她。许唐蹊这才发现，桌上摊着书本、试卷，还有一个不知道是谁做的错题集。

易辙哥在这儿学习？许唐蹊有些惊讶。

"你能喝这里的东西吗？给你点个淡一点的？"

许是易辙说这话时太过于温声，惊得那个栗色头发男生嘴里叼着的笔都歪了一下，硌到了牙齿。

"能，"许唐蹊朝柜台看了一眼，"蜂蜜柚子茶就行了。"

说完，又小心地补充："小杯的就好。"

易辙点点头，到柜台去点单。

易辙走了，许唐蹊又不认识桌上的人，一时间不知道说什么好，只尴尬地朝他们笑了笑。不小心瞥到那个栗色头发蠢蠢欲动的八卦样子，她干脆一扭头，装模作样地盯着易辙的背影看。没想到带着满肚子的小心思看了这一会儿，还突然发觉易辙从裤兜里掏钱时，曲起的手臂，微动的肩膀，加上那双随意站着的腿，搭在一起竟特别好看。

"妹妹。"一旁的女生忽然出声叫她。

许唐蹊成回头，看到她正托着下巴，笑眯眯地看着自己，面上的神情分明和那个栗色头发没什么两样。许唐蹊鼻头一痒，抬手摸了摸。

"我叫赵未凡。"女生的两根手指敲了敲桌子，像是愉快得很，"想不到易辙还有温柔体贴的一面啊。"

栗色头发"哕"了一声，把嘴里的笔吐到了桌子上。

在笔还没落稳当的时候，赵未凡已经转过头去，变脸一般迅速换成了面无表情的模样："不想待着就走。"

另一个戴着小方眼镜的男生看了他们俩一眼，很快又习以为常地低下头继续改卷了。

"不是，"许唐蹊怕引起什么误会，在这诡异却和谐的气氛中连连摆手，"我们是邻居。"

说着这话，易辙已经回来了，赵未凡摸了摸头发，若无其事地揪着旁边的男生给他讲题。

易辙把蜂蜜柚子茶递给许唐蹊，告诉她在这儿暖和一会儿，自己出去一下，马上回来，回来以后再送她回家。

许唐蹊捧着一杯热乎乎的饮料，努力仰着脖子朝易辙点头。

转身前，易辙又看了桌上人一眼，同许唐蹊说："你不用理他们，他们说话你就当没听到就行。"

许唐蹊被吸上来的一片略大的柚子噎了噎，心想这样不好吧。再回头看，易辙已经推开门，匆匆走进了寒风中。

也就二十分钟之后，奶茶店的门被推开，再回来的易辙手上多了一个粉白色、竖条纹的大袋子。许唐蹊非常不知所措，觉得自己真的给易辙添了个大麻烦。在易辙把衣服抖出来的时候，她还在支吾说着断断续续的话。栗色头发的男生一直在一旁哇啦哇啦地喊个不停，易辙扔下一句"闭嘴",去柜台剪断了标签。

"就是这样,易辙哥给我买了那件羽绒服,然后打车送我回来了,但是那天我不好跟你说。"许唐蹊掀着眼皮望向天花板,想了一会儿说,"要不我们请易辙哥吃顿饭吧,还是用什么别的方式谢谢他?"

许唐成没有立刻回答,他转回身子,看着面前的衬衣出神。愣了一会儿之后,他慢慢地将衬衫的半边折向中线,又将袖子折回来,顺着边沿仔细铺好。

叠完这件衬衫,才说:"我想想吧。"

第八章

钥匙链

许唐成回答许唐蹊时语调沉稳，但其实他远没有表现的那样平静。许唐蹊患有哮喘，一旦感冒生病，情况可能会比常人糟糕许多，甚至在许唐蹊小时候，最严重的那一次感冒，让她进了重症病房，这也是为什么家里人都对她的身体格外小心。他看着装在袋子里的羽绒服，不知道是不是该说句巧合，或者是说，幸好自己给易辙买了件衣服。

无论假期大小，一中的开学都是定在最后一天假期的晚上，学生们要在晚自习之前到校。许唐成没有开车回来，许唐蹊反倒很开心，自己打电话约了同学，早早就出了门。

周慧看着许唐蹊的背影摇头，跟许唐成说："你不送她，她倒是跟撒了欢似的，说了多少次走路稳当点稳当点，就是记不住。"

一旁的许爸爸老好人般打圆场："哎呀，没那么夸张，她这种程度，稍微蹦两下没事。"

"怎么没事啊，那医生说了……"

"医生说不能做剧烈运动，要看自己的身体情况，"许岳良接嘴，"那你也不能成天管得她动都不让动吧，孩子不憋得慌啊，再说适当动一动也对身体好啊。"

周慧一向细心谨慎，又出于对女儿的保护，恨不得把女儿天天都捧在手里护着，许岳良却觉得她有时纯粹是过度担心，适得其反。虽都是出于对孩子的一番好意，二人这么多年还是时常会为许唐蹊的身体斗嘴。

"我管着啊，那你别让我管，以后腿疼别告诉我。"

"哎哟，你这不讲理了，怎么又说到我身上了……"

成絮刚剥开一个橘子，拿在手里，不知道给谁。许唐成走过去摘了一半，冲正神情严肃看着他的成絮摇摇头，示意这是常态，不用担心。

他看了看墙上的挂表，6 点 20 分，拎上羽绒服，打开了家门。

易辙正在家里翻箱倒柜地找钥匙，焦躁的当口儿，突然听到身后一声："又找不着钥匙了？"

回头，易辙看到了倚着门框站着的人。楼道的光线很暗，许唐成的一半身体还被黑暗掩着。

"唐成哥。"他叫。

许唐成点点头："不能把钥匙固定放在一个地方吗？"

易辙动了动唇，不知道说什么。他自己没这习惯，也不是故意要乱丢，只是就是不知道自己什么时候，将它随手扔在了哪儿，像是选择性失忆，在进门以后就对钥匙完全失去了印象。

"我可以进去吗？"

易辙点点头。

客厅整体的样子和许唐成从门外窥见的那一部分完全吻合，沙发上散落着女人的衣服，高跟鞋东歪西倒地伏在各个角落，没有净化空气的绿植，没有加湿器，甚至连墙上的挂钟，也早已不知在那个时刻停了多久。

许唐成的脑袋又转了一个角度，看到乱糟糟的饭桌上摆着一桶泡面。

许唐成的突然到访，让易辙有些不知所措，还因为这乱极了的家，产生了一些糅杂着羞耻感的尴尬。他总是一次又一次地，将自己不好的一面暴露在许唐成面前。他飞快地将一张单人沙发上的所有衣服挂到胳膊上，一股脑地扔去了厕所。

"唐成哥，"他有些不自然地指了指那张沙发，"坐。"

许唐成看着他有些躲闪的神情，笑了笑，将手上的袋子往地上一放："不坐了，帮你找找钥匙吧。"

泡面的气味还飘在空中，未全散去。易辙看着许唐成的动作，恨不得现在摔碎一瓶空气清新剂，彻底盖住这难闻的泡面味。

毕竟是别人家里，沙发、地毯上散落的衣服许唐成总不好去翻，便只把搜寻的范围定在了电视柜和茶几上。按理说一把钥匙不会不翼而飞，可偏偏他们两个人找了半天都没找到。许唐成总算体验到了易辙每日出门前的训练难度，他将手中的纸抽盒子掉了个个儿，确认是空的之后又原原本本地放回去，顺便调整到让人舒服的角度。两只胳膊搭在膝盖上半晌，他扭身碰了碰正背对着他的易辙，问道："你该不会每天进门第一件事，就是把钥匙先藏起来吧？"

话说着，许唐成随手拎起了放在一旁的茶壶。

茶几是不抱希望、不走心的一个探查，没予想一枚泛着光的钥匙就躺在那一小块刚露出的玻璃上。

许唐成愣了愣，翻着手腕去看茶壶底座的形状。

"你可真是……"他笑得低了头，"技术高。"

茶壶底的面积不大，凹进去的弧度也不大，但凡那钥匙放偏一点点，茶壶都不可能立得稳当。

易辙在一旁站着，手里还拎着一个被拆开了一角、呈一派凋零之相的沙发垫子，他看到许唐成站起身，朝他伸出一只手。

钥匙落到手里是冰冰凉凉的，连同不小心触碰到的，还有许唐成手上的温度。也是凉的。

攥着钥匙回过神来时，许唐成已经往回走了两步，弯身去鼓捣他拿来的那个大袋子。

很轻微地，易辙皱了皱眉。

家里的暖气供热并不好，特别是客厅和次卧，最多只能比易辙的手热乎那么一点点。暖气不热这种事向西荑当然不会管，易辙不懂，也毫不在意。可现在，他突然就觉得自己该把暖气修好的。

易辙把手里的垫子又扔到沙发上，垫子弹了两下，歪斜着靠在那儿，有些狼狈。

"我家有点冷。"他清了清嗓子，"唐成哥，你要是没事，就快点回去吧。"

"这是在赶我走吗？"许唐成笑了，边直起身子边问他。

"我不是。"易辙嘴拙，连解释都只局限于这种苍白的主观否定。

"陪成絮去买衣服，看到这个，觉得很适合你，就买了。"许唐成拉开衣服的拉链，两只手攥着肩膀的位置，在空中抖了两下，"被压得久了，还没蓬起来。算了，你先试试大小吧，我也拿不准你应该穿哪个码，不合适再去换。"

许唐成说着，已经停到了易辙身前。他把衣服朝易辙递了递，却没人接。许唐成看他面上没什么表情，只是一动不动地看着这件衣服，便有些迟疑地问："样式不喜欢？没关系，可以换……"

"没有。"

易辙抬起手，攥上衣服的袖子，像是不敢用力般虚握了一下，又放开。

"好看。"

羽绒服算是很合身，肩线吻合，罩在校服外面也宽松合适。像看许唐蹊的新衣服一样，许唐成揪着易辙的胳膊把他转了个圈，打量着有没有哪儿不妥。

"这款的袖子好像设计得有点偏长了，不过这样倒也暖和。我本来想给你买副手套，结果今天看的那些真的太丑了，我估计给你买了你也不愿意戴。"上上下下都看过以后，他抬头问易辙，"你觉得呢？要不要去照照镜子。"

"不用，"易辙沉默了一会儿，低头看了看，"我觉得挺好的。"

"那就不换了，"许唐成决定道，"我给你把标签剪了，你待会儿就穿着去上学吧，今天夜间降温。"

要剪标签，却没有找到剪刀。易辙穿着厚厚的羽绒服在客厅翻腾了一会儿，依然没有头绪，便转身对许唐成说："我屋里有指甲刀。"

许唐成点点头，看着他走向卧室，推开门。

不知是出于什么心理，他跟了几步，到了门口。

这个卧室的物品摆放风格和客厅一脉相承，除了没那么多衣服。许唐成又往里走了几步，到了易辙的书桌前。令他没想到的是，易辙的书桌上竟然放着很多试卷、习题，而且大部分都有做过的痕迹。他的目光扫过薄薄的一角纸，上面打着长方形的格子，密密麻麻列着人名、成绩。

易辙还低着头，许唐成自作主张，伸手将那张纸拽了出来。

第26名。

"进步了这么多？"许唐成惊讶，笑着歪头看身旁的人，"挺厉害啊。"

易辙看着，没说话。那张被折出了许多棱的成绩单被捏在许唐成的手里，上面印刷的那一行属于易辙的数字，也正在被他的目光扫过。

不知道是不是每个人都有这种体会，憋足了劲儿，使足了力，披星戴月地折腾着，好像就是为了换一个人这样一句寻常的夸奖，这样冷静的一眼。像是"一骑红尘妃子笑"，只不过滚滚尘烟和飞驰骏马，都是自己经历。

"有点偏科，但也不厉害……"许唐成思考着说，"语文还差一点，我看前20的人最低分是118，最高分137，你102，差得稍微有点多。"

"嗯，我以前语文更不好，我同学帮我补了补。"

易辙说着，手还在抽屉里胡乱地翻着，眼睛却一直在留意着许唐成的表情。

"语文是哪部分分低？"

易辙低头，推上抽屉："作文，不会写，阅读理解也理解不了。"

不该笑，许唐成却还是笑了出来。也是，看易辙这样子，也不是个会照着模板写高中作文的人，阅读理解里那些弯弯绕绕的句子的深层含义，怕更是要被他嫌弃。

指甲刀到底还是没有找到，易辙郁闷地拍了拍脑袋，他明明记得前两天用完之后就放在桌子上的。

"好了，"见他还要找，许唐成赶紧打断，"再找下去，晚自习都要下了。哎，干吗呢？！"

易辙见剪刀也找不到，指甲刀也找不到，索性一使劲儿，打算把标签绳拽开。刚用力，就被许唐成喝住。

"别拽，勒了手。"许唐成拧着眉拉开他的手，一看，果然已经勒红了一条，"你急什么，找个打火机烧开就行了，这你肯定有吧？"

这个有。

易辙用没被许唐成拽着的那只手摸到裤兜里，掏出一个打火机。许唐成接过去，把拉链头拉到易辙胸前的位置，再"哒"的一声，摁出了一簇火苗。

火苗跳着，凑近了那根线，也镌刻了一双眼。

明明只是个小火苗，易辙却像是隔着这么远都感觉到了它的热度，而且是一浪接着一浪，拍热了他的呼吸。

整个晚自习，他的脑袋里都是许唐成低头给他烧标签时的样子。赵未凡来收作业，就看到他在一张物理卷子上不断地划拉着 C_2H_4。

看了好一会儿，易辙都没反应，赵未凡猛地低头，把脸凑到易辙面前。

易辙把笔一扔，吓得朝后打了个挺："你吓死我了。"

"哥们儿，你是恋爱了吗？"

赵未凡这话一出，易辙的视线就凝固住了。接下来的时间，他对赵未凡的问话一概没反应，皱着个眉，一直看着前面人的后脑勺发呆。最后气得赵未凡把他桌上写满了 C_2H_4 的卷子一收，冲他撂狠话："等着老郑收拾你吧！"

赵未凡往前走了几步，还觉得不解气，抱着一摞卷子、甩着马尾走回来，使出浑身的劲儿往易辙的后背上狠狠一拍："神经病，在屋里还穿羽绒服，热死你！"

易辙这下反应更大，他一下跳起来，还伴了一声"×"，而后扒着肩膀使劲儿往后背看，还没顾得上看清楚就先对着赵未凡的背影喊了句："你不刚往黑板上抄完题吗?! 洗手了吗你?!"

赵未凡头也没回，一颠一颠地走了。

易辙坚持穿了一晚上羽绒服，到了最后一节晚自习的时候，热得他浑身呼呼冒气，他同桌看他脸都红了，也不敢直接说你把衣服脱了吧，只能拐着弯地问他："你热不热？"

"不热。"易辙瞥了他一眼，就没再搭理他。过了一会儿，又突然朝后歪着身子，往他桌肚里看。

"你把羽绒服塞桌肚里啊？"

"啊。"同桌没明白这问题是怎么个含义。

书桌都是木头的，难免哪里有点翘起来的木刺，易辙心想这剐坏了怎么办。他往四周看了看，发现有人的脚底下放着一个大纸袋子，里面装着衣服。

"你怎么不弄个袋子？"

同桌看了一眼，抿抿唇，小声说："女生才用袋子……"

易辙把这个衣服到底放哪儿的问题想了很多遍，还是决定明天把那个大袋子给带过来。

那天他心情好，下了晚自习后又骑着车围着小城兜了好几圈。再去到那个斜坡的时候，他把帽子也勒上了，明明天气预报说了大幅度降温，他却一点都没觉出冷，只觉得冬天的夜晚突然有了几点星，月亮也亮得像盏灯。

回家的路上已空无一人，易辙停了车，三步并两步地跨上楼。要用钥匙开门时，却看到门把上挂着一个钥匙链。

是个小女孩的样子，橘色头发，特别大的圆眼睛。

易辙没急着摘下来，而是先蹲下，把这个钥匙链细细打量了一番。

他思来想去半天，觉得这风格只可能是许唐蹊。想着明天碰上她的话问一问，却又在将钥匙链取下来时，心念一动，掏出了手机。

11 点 30 分，应该还没睡吧。

他用一个指尖操作着键盘摁键，发出了一条带着别的心思的消息。

"我门上有个钥匙链，是唐蹊给我的吗？"

捏着手机，让它在手指间来来回回地滚了好几遍。

回答他的不是一条短消息，而是一阵还不算熟悉的铃声，振亮了刚刚在等待中暗下去的声控灯。

"现在才回去？"

电话接通，许唐成先开了口。

"嗯，你还没睡？"

许唐成说着刚准备睡，又问他钥匙链好看吗。

"好看，是唐蹊给我的吗？"

许唐成却说："我给的。"

"你？"易辙不敢相信地看了看手里的东西。

许唐成在那边笑了："怎么，我给的不行？"

"不是，"易辙用手碰了碰小女孩的头发，"有点……太少女了吧。"

"是，我也觉得。不过我在家找了半天，也没找到钥匙链，这个好像还是以前唐蹊买的，你就凑合着用吧，起码拴在钥匙上，找起来比较容易。"许唐成大概也觉得易辙拿个这样的钥匙链实在好笑，说话间都在笑，"其实挺可爱的，多好看啊，别人要问你，你就说是你女朋友送的。"

如果说晚上赵未凡那句"恋爱"只是让他发了一阵呆，许唐成这句"女朋友"，就是彻底震得他头脑发晕了。

他拼命拉回自己的思维，才勉强辨别出许唐成接下来的话。

"你知道她是什么卡通人物吗？"

易辙摇头，又赶紧对着空空的楼道补充："不知道。"

"飞天小女警。"许唐成应该心情特别好，给他很详细地介绍着，"你这个叫花花，还有个黄的叫泡泡，还有个绿的，我忘了叫什么了，以前被唐蹊拉着看过好一阵……"

听筒可以让人的声音变得更好听，哪怕是很多年以后，易辙学了通信，知道了信号传输要经过调制、变频、滤波、解调等一系列的过程，会产生失真，会在传播中混入噪声，他还是坚持这样认为。

大概是因为，科学给人理性的思考，而情感，给人的则是不理智的执念和一腔孤勇。

　　他攥着那个飞天小女警，背倚着紧闭的大门。楼道的灯暗了，又在他说话间亮起来，再暗，再亮。一次次交替间，他都清楚地记着，在这一通电话的开端，他没叫那一声"唐成哥"。

第九章

向日葵

许唐成对于小城里少年的心绪毫无察觉，他如常地过着学校生活，繁忙，单调，所经历的最大的刺激，无非就是在年前陪成絮跑到车站抢了回家的火车票。

晚上打水回来，看到成絮正坐在书桌前，桌上的台灯将薄薄的车票照得很通透。许唐成给成絮倒了一杯水，又到自己的药箱里找了两样感冒药，在确认一遍说明书之后，给他配好了药。

"等水凉一点后把药吃了。"

听到声音，成絮猛地回过神来，转身，应了一声。等他磨磨蹭蹭吃完药，许唐成才问："你这一晚上，发什么呆呢？"

"没有，就是 "

成絮似有些苦恼，说话吞吞吐吐的，半天，也没说出个所以然。许唐成不得不又追问了一句。

"有个我家里那边认识的人，他说他过年要开车回去，问我要不要跟他一起走……说路上也有个人跟他说话。"

"认识的人？"许唐成听了，立即问，"熟吗？"

顿了顿，成絮点头："挺熟的。"

"你家挺远的吧，开车得十多个小时吧？你晕车那么厉害，能行吗？"

"吃晕车药吧……"成絮犹豫着说。

许唐成"嗯"了一声，但心里还是不大明白一向怕坐车的成絮怎么会想要搭车回家。

"我还没答应他。"成絮看许唐成一直不说话，突然说道，"我还是坐火车回去吧，之前只是觉得他自己开车不太安全。"

"你自己决定，我就是怕你晕车受不了，你要是能坐车跟他一起也行，"想到上次带他回家时的情景，许唐成拍了拍他的肩膀，"火车肯定比元旦那会儿还挤。"

到这里，许唐成以为这个话题已经算是结束了，他低下头开始整理书桌，准备把年底的科研汇报 PPT 做了。成絮却从他身后蹭过来，侧着脑袋看他的表情，一脸的小心翼翼。

"干吗？"

"你没生气吧？"

这话问得没头没尾，许唐成将手里的两本书对齐，奇怪地反问："我为什么要生气？"

一张车票被递到许唐成眼皮底下。红色的票面上已经现出了条条褶皱，不知被攥在手里多久了。

"你好不容易帮我买上的。"

成絮望着他的眼睛里盛满了抱歉和紧张，许唐成一时间没了话，只发出了一声叹息。

这个眼神将成絮那种软绵绵的性子勾勒得淋漓尽致——生怕自己辜负了别人的好意，生怕自己惹在意的人不高兴。

巧的是，才和成絮谈了坐顺风车的事情，睡觉前，许唐成就收到了万枝的短信，问他寒假什么时候走，要不要一起回家。

许唐成回复她自己不坐火车，会开车回去，并且询问是否需要带她一起回去。

万枝没有立刻回答，而是对他这么早就买了车惊讶了一番。

"有车的话家里人出门方便，而且我经常回家，从学校到车站也要不少时间，开车反而快一些。"

接下来，像是顺理成章般，两个人你来我往聊了几句，许唐成回家的车上便多了一个人。

万枝最后依旧是以一个笑脸结束了今天的谈话，许唐成看着这个笑脸，以及之前的那句"晚安"，似乎察觉到了什么。他转着手机，望着天花板思忖了片刻，觉得还是再带上一个人比较好，便给韩印发了条消息。

回家那天先离开的是成絮，成絮没什么行李，不过许唐成刚好要去趟财务处，便早出来了两分钟，顺便把成絮送下了楼。

一辆车停在宿舍门口，见到他，靠着车门站着的男人微微一笑，礼貌地伸出右手："你好，我是傅岱青。"

这是许唐成第一次见到傅岱青。

傅岱青应该要比他们长上几岁，虽面容上看不出来，但穿着打扮和举手投足间的气质都已经是一派脱离了校园的样子，明显成熟一些。

他和傅岱青的全部交集不过是这短暂的一面，几句寒暄，许唐成无从得知他的性格、思想，更无法在这短短的几分钟里，看到这个男人在成絮生命里刻下的惊涛。

他看着那辆车离开，到财务处把最后要交的发票交完，然后在还透着些暖意的朝阳里，溜达着去了附近的商场。其实要给家里人买的衣服早就买完了，今天也不过是转转看有什么好看的东西，当个新年礼物，讨个吉祥的寓意。

他转了大半天，买了围巾、帽子，还给许唐蹊买了一个米色的棉马夹。数着手里的东西，许唐成觉得差不多了，准备回去。然而刚出了商场大门就被一个男生拦住，男生朝他递了一张宣传单，侧身追随着他的步伐走着，问他有没有兴趣学英语。

许唐成摆手说不用，落眼间，瞥到了男生手上戴着的手套。

步子突然就停下了，不光是他，男生也很意外。

"先生，我们这儿都是一对一的专业辅导，我们的老师会根据您的具体情况为您量身定制学习计划……"

"抱歉。"男生说得起劲儿，却被许唐成温声打断，"我暂时不需要，谢谢。"

他说完，转身大步朝商场里走去，走前，还接过了那张单子。

学英语不需要，手套倒是需要一副。

晚自习，易辙不知道第多少次回头看表，也是奇怪，今天晚上的时间怎么过得这么慢。最后一次回头，他索性就没把头转回来，盯着秒针一下下艰难地走着。看了一会儿脖子便有些发酸——他坐在最后一排，扭头看表时，还得把脸仰得老高。

"易辙。"班主任老杜不知道什么时候悄无声息地站在了前门，"你出来。"

易辙转回脑袋，收回横在过道上的腿，慢悠悠地站起身，走了出去。

到外面老杜第一句话就是："你是向日葵吗？一晚上脸都跟着表走。"

易辙看着他，不说话，心里唯一的想法就是，太好了，估计老杜训完这一通就下晚自习了。

下课铃响起，易辙无视讲台上老杜稳稳坐着的身影，拎起羽绒服就冲出了教室。学校里不让骑车，他推着车小跑出校门时，甩了第二个出校门的人老远。可一路兜着风骑回家，在楼底下来来回回转了好几圈，都没看到许唐成的车。

没回来？不是说今天回来吗？

易辙一条腿撑着地，在原地想了好一会儿，摸出手机来发了条短信。

许唐成回复得很快："嗯，老师临时让帮个忙，明天再回去。"

一颗心迅猛下沉。

得，明天还得当一天向日葵。

易辙攥着手机，另一只手狂捏闸。

手机屏幕在这时候又亮了起来，易辙刚刚沉到底的心还没重新漂上来，期待落空的失落感甚至使得他的意志有些消沉，点开消息时，内心是从来没有过的沉静。

"给你带了礼物。"

一句话产生了万千浮力，托着他的心一路扶摇，眨眼间，已经冲出了水面。

要不……明天不去上课了吧？

冬夜的风吹得人间呜呜作响，手机被高高抛起，金属机身弹奏了一遍风声，又被少年稳稳地握回手里。

这一晚易辙竟然破天荒地失了眠，躺一会儿，翻几个身，就又摁亮手机看一看。好不容易睡着以后，还做了一个很长的梦，梦里月光酿成了诗篇，字里行间飘的，都是那天载着许唐成时，闻到的淡淡的皂香味。

许唐成这天也没睡好，倒不是因为一颗心被思念裹挟，而是因为隔壁宿舍斗地主的吵闹声。他还真是佩服这几个人，一晚上都持续"王炸"。

第二天早晨，不出意料，他头疼得厉害。在床上赖了半天想多睡一会儿，但楼道里持续有走动声、说话声、行李箱轮子的滚动声，使得他根本无法入眠片刻。午饭叫了外卖，为了乘客和自己的安全，他在饭后吞了一粒止疼片，又稍微上床休息了一会儿。

即便觉得已经调整得差不多了，万枝一见到他，还是立即轻声问："不舒服吗？"

坐在副驾驶的韩印反而没有察觉到什么，听到万枝这样问，才转头去看他。

许唐成有些惊讶于这份细心。

"还好，昨晚没睡太好。"说完，怕他们两个坐车害怕，他又用轻松的语气补充道，"不过刚才睡了一小会儿，所以放心，可以保证安全驾驶。"

韩印笑呵呵地说对他的技术有信心，万枝却停了停，轻声说："要不我来开，你休息会儿。"

许唐成以为她还是不放心，便转头朝她笑了笑："放心，没事。"

万枝愣了愣，在许唐成转回去以后，很久都忘了把朝前微微倾着的身子靠回去。韩印突然回头看了她一眼，意味不明的一个眼神，弄得她脸上有些发烫。

三个人到家时还早，许唐成先把万枝送到了家，再去送韩印。

"晚上聚会，你别忘了，他们都说一定要叫你来。"韩印的手指飞速地在手机键盘上移动，"上次赵鹏飞那小子死命灌我，要不是我脸皮厚非得被他灌多了，你今天跟我一队，找他报仇。"

许唐成看着前方嗤笑一声："我这酒量，还给你报仇？"

"也是，"韩印刚刚一激动，忘了酒量这事，这么一合计觉得不妙，"那晚上我还得给你挡酒呗？"

许唐成挑了挑眉，靠边停车。

酒量不好，也是他不太爱出席这种聚餐的一个理由。

"你到了。"

韩印唠叨着下了车，刚要关车门，又被许唐成喊住。

"你还没告诉我晚上在哪儿呢？"

"天和，"说完又不放心地叮嘱，"你晚上别开车啊，你上次聚会就没来，这次肯定得喝点酒，别尿。"

韩印"砰"的一声关上了车门，许唐成把车窗放下来，扭着脑袋冲他喊："你给我一边去，几步路啊我还开车！"

许唐成晚上还真没尿，他自己主动倒了半杯白酒，一旁的韩印见了鬼般看着他，低声问他行不行。

其实许唐成是又开始头疼了，他有个毛病，睡不好觉容易头疼，头疼起来更睡不着觉，如此恶性循环，自己要慢慢调整好久才能再睡个好觉。所以，他便索性决定今天多喝一点，想着喝醉了晚上没准儿还能睡得好一些。

席间，他收到了易辙的短信，问他回来了没有。

喝了小半杯，许唐成已经开始发晕，他揉了揉眼睛，趁着桌上人消停的间隙敲了几个字，告诉易辙自己在外面聚餐。

一直有人在跟他聊天，回了这条消息之后，许唐成便将手机放到一边没再管，又被赵鹏飞忽悠着喝了两口酒以后，他才摸起手机，看到易辙的消息。

"在哪里？"

"天和。"

许唐成大概真是喝多了，他关于短信的记忆就到这两个字为止，并不记得自己这天晚上到底是什么时候又给易辙追加了一条消息，消息的内容还是自己不断重复的内心独白。

"完了，喝多了。"

第十章

醉语人

旧友久别，重逢最是热闹。恰巧，辞别的又是他们告别大学的一年，每个人都发生了一些变化，演变出你一言我一语的交谈，在酒意的催促下似是绵延不绝。一群人推开饭店的玻璃大门时，街上行人已经寥寥，喝酒的几个人喝得都不少，醉酒失态虽不至于，但也还有人在不停地含混着说这说那，掺杂着没有意义的肢体语言，互相依靠着，谁也不说离开。

混乱中，一个女生忽然喊了一声："下雪了！"原本垂头看着脚下的许唐成抬起头，视线却迟缓了一步，还未提起，忽有一片雪花落在了他的鼻尖上。凉意真实，刺得他"唔"了一声。

他试着将因醉酒而模糊的视线重新凝聚起来，去看雪花，看到的却又不是雪花。

骑单车的少年站在光秃秃的树下，校服外罩着一件眼熟的黑色羽绒服。明明是他在静立凝望，身后的车流灯光却变成了安静的背景板。

鼻尖的雪应该是化了，淌成水，有些痒。许唐成笑了，抬手拂了拂鼻尖，朝树下的人招了招手。

身后的谈论声忽然大了起来，不知是谁出了什么糗，大家笑得如同年少时般肆无忌惮，各种怪异的绰号纷飞着。嘈杂中，许唐成一直静静地看着骑车朝自己过来的少年，只是还没等他靠近，忽然被拽了拽手臂。身侧的万枝对他说了什么，但周遭的声音太乱太杂，没听清楚。

"什么？"

为了听得更清楚，许唐成低头，朝万枝凑近了脑袋。万枝看着突然放大在眼前的侧脸愣住，一时语结，忘了说话。

等了许久都没有等到想听的话，许唐成侧过头看她，笑："怎么不说话？"

穿着白色羽绒服的女孩子微微红了脸。

"我说，我怕你们会喝醉，所以开了车来，我送你回去吧？"

他们两个此刻的姿势在易辙看来太过于亲密，像是在耳语，说着悄悄话。易辙只看到许唐成的一个侧脸，但已经将许唐成整张脸上的表情想象了个完全。

车子又向前了一点距离，易辙一只脚蹬在台阶上，叫了声："唐成哥。"

现在的许唐成本就反应迟缓，他刚准备好回答万枝的话就被这一声呼唤打断，回过头，在看清了易辙之后他笑得更大声，没说什么，直接将一只胳膊搭在他的肩膀上。

易辙略微缩了缩脖子，因为许唐成的手正不老实地一下下挠着他的脖子，凉凉的指尖摁在他的皮肤上，像是被黑猫舔着，痒到了心里。

"你刚才说……送我回去？"许唐成重新转向万枝，依旧昏头昏脑地笑着，"不用，我很近。"

"下雪了，很冷的啊，而且你这样……"万枝看着摇摇晃晃的许唐成，"能走吗？"

"怎么不能，我没喝多。我家就在前面，你看，"许唐成朝左前方指了指，"那个后面，就是……"

大约是想将自己家露出的那一角看得更清楚，许唐成伸着一根手指朝前迈了一步，但视线一直在空中，完全忘记了脚下还有最后一级台阶。

"哎！"

万枝的惊呼声尚未落稳，伸出的一只手还虚虚地停在半空中，许唐成已经被侧过身的易辙一把揽过，扶在身上。自行车也只是稍微抖了抖。

"你看，还说没喝多。"万枝也下了台阶，她拍了拍许唐成，好言好语地劝，"我去开车，然后送你回去。"

许唐成的全部重量都压在了易辙身上，他好像对于自己刚才险些跌倒没有任何意识，而是向易辙的脖子倾注了全部的注意力，爱不释手一般，一直用手摩挲着短短的发根。

有点扎手。

"不用……"

"别不用了，你在这儿等着我。"万枝说完，又看向易辙，轻声询问，"你是来接他的吗？那你陪他在这儿等一会儿，我去开车过来？"

易辙对万枝有印象，上次在车站，他见过这个女孩，同样是在许唐成身侧。酒醉的人这么多，这个女孩却只坚持要送许唐成回去。

"不用，我送他。"

挣扎也就是那么一瞬间的事情，从刚才见到万枝和许唐成贴在一起说话时就想说的话终于被他说出了口。

"可是……"万枝顿了顿，看着易辙骑来的自行车，沉默了。

易辙不言不语地抱着许唐成，任凭他用各种方法研究着自己的头发。他们两个人都不说话，让万枝有些尴尬，不知道怎么办才好，好在这时一个还比较清醒的男生走过来，解了围。

"唐成怎么着？"男生看了万枝一眼，拍了拍许唐成的后背，"哎哎，你怎么着，跟你这个弟弟回去还是万枝送你回去？"

许唐成停下手里的动作，眯着眼睛转过头。

"嗯？"

也不知怎么的，三个人竟然都在等一个醉了的人做决定。

"万枝把你带回去得了，你弟弟还骑着个车，估计弄不了你，行不行？"

"噢。"或许是男生最后的"行不行"实在太大声了，许唐成这回应了下来，"送……"

"我带你回去。"易辙突然出声，截断了许唐成接下来的话。

许唐成看向离自己最近的这个人，对上他视线的瞬间，看到他又张开嘴，说了一句："我带你回去。"

可能是因为自己玩了太久人家的发根，"玩人手短"，许唐成盯着他看了半晌，然后突然笑了出来。

"嗯，他带我回去，你们走吧。"他回头，说完这话，还朝人家挥了挥手，"回去睡觉吧！"

万枝嘴巴动了动，未待出声，易辙已经一只手扶着许唐成的腰，自己下了车。许唐成的一只胳膊还绕着他的脖子搭在他的肩膀上，搞得他不能完全直起身子，只能朝许唐成弯着腰，另一只手攥着车把往前走。

没走两步，许唐成的脚忽然软了一下，朝前一个倾身，易辙的手臂慌忙提了力气，没让他摔倒。许唐成挂在他身上，手还是不肯从他的脖子上移开。

这姿势实在太别扭，担心一只手扶不好这个醉醺醺的人，易辙朝边上看了看，带着许唐成换了方向。哪知许唐成的方向感即使在醉得一塌糊涂的时候也好得很，他看易辙要走偏，便使劲儿把他往回带："错了，这边。"

"我把车停了。"

许唐成真拗起来，劲儿还挺大，易辙不得不停下步子，对他解释："我把车停在这儿，我们走回去。"

"车？"许唐成偏了偏头，看向那辆红色的山地车。片刻，他猛地摇了摇头，对易辙摆手道："不坐车。"

说完，许唐成的脑袋忽然就开始往下扎，易辙手疾眼快地在他的脑袋要撞上自行车时将他往后一扯，然后把摇摇晃晃的许唐成直接带到了自己怀里。他以为许唐成是不舒服想吐，却没想到许唐成只是锲而不舍地往下蹲，还连同他一起拽着。

"你下来。"见他不配合，许唐成斜仰着头，命令。

易辙不知道他要干吗，但也沉默地陪他蹲下来，扶车的手移到了车梁上。

许唐成指了指车梁："斜的。"

易辙没听明白，也就没说话。

"看到没？"得不到回应，许唐成搁在他脖子上的手猛拍了两下，使的劲儿挺大，响声很清脆。

"什么？"

"斜的，坐不住。"

易辙恍然大悟。

"所以不坐你这个车，硌屁股，累死了。"

没喝醉的许唐成绝不会说这话，而这时的许唐成，说完没觉得有丝毫不妥。易辙看着他自言自语地摇着脑袋，忽然笑了笑。

"那不坐了。"

易辙费了点劲儿，终于在许唐成一个劲儿的阻挠中将车停在了饭店旁边，架着他往回走。许唐成固执得很，手坚持要贴在易辙的脖子上，易辙便始终好脾气地保持着微弯腰的姿势。一段路之后，雪好像忽然下得大了。有雪钻到了许唐成的脖子里，他缩了缩身子，嘴里嘟囔着冷。

"冷吗？"易辙侧头看他，发现他的外套并没有帽子，耳朵已经被冻红了。几乎是立刻，易辙的一只手便去拉扯自己的衣服。许唐成感受到他的动静，视线在他的胸口停了两秒钟之后，突然用力打了他脖子一下。

"拉链拉上。"说着，他便停下来，两只手握住了易辙的衣服下摆。不甚明亮的路灯，不甚清醒的脑袋，使得他两只手来回蹭了半天，也没能把一侧拉链的底端塞到拉头里。

"弄不好啊。"此刻的许唐成显然没有平时的耐心，有些烦躁地抱怨过后，捏着手里的东西蹲了下来。

"哎。"易辙拽着他的手臂想制止他，却是徒劳。

"不行，太高了。"这个拉链好像怎么都没办法到达一个让他舒服的高度，蹲下来的许唐成觉得自己更没法发挥，又挣扎着要站起来。易辙终于不再由着他闹腾，把自己的衣服从许唐成手里扯掉，自己也蹲了下来。许唐成握了握拳，对着空空的掌心看了两秒，开始四处寻找刚被抽走的东西。

又是那条昏黄的小路，路上没人，只有一片片雪花不断从天上飘下来。许是太安静，易辙蹲在那儿，看着眼前的人，竟然有一种时间停住的感觉。一片雪花挂在了许唐成的眼睫上，眼睫轻颤，逗弄着雪花。易辙看得一笑，偷偷伸手带走了那片雪。接着，他将两只手捂上了许唐成的耳朵。

果然很凉。

突然覆上来的温暖让许唐成将眼睛合得更紧，又慢慢地将下巴窝进了臂弯。

"唐成哥？"

一声轻唤消融于夜色，去无踪影，也未有回音。

易辙垂了垂眼，更加凑近了许唐成一些，这样的距离，他甚至像是能感觉到许唐成的皮肤散发的温度。

是不是听不见了？

"唐成哥，"易辙又开口问，"我背你回去了？"

许唐成已经完全闭上了眼睛，没回答他。

"不说话就等于答应了。"

说完，易辙将手放下来，脱下了自己的外套。耳朵上没了遮挡，又有冷风灌进来，许唐成冷得缩身子，刚抬起头，身上就被罩上一层东西，带着体温，很暖和。

易辙没耽搁，把自己的羽绒服给许唐成搭好，帽子撩到他的脑袋上盖好，立即转身，拉着他的手臂将人拽到了自己的身上。背一个几乎睡着了的人还是不太轻松，易辙起身时身体都是僵硬的，他始终保持着后背停在一个平稳的角度，生怕一个不小心摔了身上的人。

那时许唐成的呼吸盈满了他的脖子根，易辙浑身暖融融的。

地上已经盖了薄薄的一层雪，两个人走过的路，偏偏只留下了一串脚印。明明抬头就能看到小区的大门，易辙却希望这雪能盖得再厚一些，路能延得再长一些。

经过最后一个十字路口，背上的人忽然动了动，有软软的东西贴到了他的后颈。像是最柔软的要害部位受到了致命的一击，眩晕的一刹，信号灯由红转绿。

　　也不过一个色彩的变换，日常到烂俗，可带给易辙的心动轨迹，却和后来看到绚烂的极光时没什么两样——光影擦出滚烫，铺天盖地地繁衍出一片浩瀚宇宙。

第十一章

两扇窗

看到门外的人，周慧先是一愣，之后慌忙让开身子："哎哟，怎么喝这么多，快进来。"

易辙叫了声"阿姨"，直接把许唐成背进了里屋。周慧拿掉了盖在许唐成身上的羽绒服，让易辙把他放在床上。

"酒量不行就少喝点嘛，喝两口就醉还非要喝吗……"

尽管连声抱怨，周慧还是很小心地帮许唐成脱了外套，又到别的屋子抱了一床薄一些的被子来，给他盖在身上。被子的边缘捂到了许唐成的鼻子，易辙看到周慧将那处向下扯了扯，细细地掖在他的颔下。

"你怎么把衣服给他了？"收拾好已经睡着了的人，周慧转身，看到易辙光秃秃的一身校服和已经冻红了的脸，又皱起了眉头，叹道，"哎哟，冻坏了可怎么办。"

"没事，不冷。"易辙的羽绒服刚刚被周慧搭在了椅子上，他挪了两步，将羽绒服抓到手里。

见他要走，周慧忙伸手拦了一下："别忙着走，我熬了汤，驱寒的，你喝一碗再走吧。"

"不用……"

"喝一碗耽误不了什么，"周慧打断他的推辞，朝他笑了笑，"都已经熬好了，我这就去给你盛。"

没等易辙再给出反应，周慧已经迈着有些急促的碎步，开门出去。易辙对着被关上的门虚张了张嘴，又无声闭上。

周慧的离开使得屋子里忽然静得出奇，易辙拎着羽绒服站在床边，很自然地，从门口收回来的视线就定在了床上。不知道是因为睡得不实、被灯光照了眼睛，还是因为喝醉了不舒服，睡梦中的许唐成表情并不是全然的放松，而是额头始终微微皱着，像是有些痛苦。

易辙抿抿唇，放轻步子走了过去。

弯下腰，投下的一片阴影刚好将许唐成罩住，他便在这片阴影里目不转睛地盯着许唐成看。好一会儿过后，易辙看了一眼紧闭的房门，在一片寂静中慢慢抬起了一只手。

指尖匀速缓慢前进，将将要触碰到被子时，床上的人却似受到了什么惊扰，突然咕哝一声，裹着被子翻了个身。

易辙一愣，手滞在空中。

许唐成变成了平躺的姿势，脸稍稍撇向另一边。易辙的视线一歪，看到一角被子掩住了许唐成的嘴巴。

门外有渐近的脚步声响起，易辙匆忙收回手，直起了身子。

"来喝汤。"门被推开，周慧扶着把手小声说道。说完，她回身走了两步，又转过来指指墙上的开关："把灯给他关了。"

易辙点点头，朝门口走去。

房间的灯倏地灭了下去，有很轻的脚步从床边去而复返。两根手指捏住了盖着许唐成嘴巴的被角，轻轻将它抻开，又万分小心地掖在了颈窝处。

周慧是见今天温度低，怕许唐成回来着凉，所以提前熬了一锅汤。

她从厨房出来，看到易辙正直愣愣地站在那里，看着手里端着的汤。

"站着干吗，坐下喝啊。"

周慧说着拉开了一把椅子，易辙听话地坐下来，另一只手里的羽绒服却还没放下。

"衣服先放旁边吧，搭椅背上。"

易辙便又转手把衣服搭好。这一系列动作看似不慌不忙，但似乎更像是一个接受指令的机器人，周慧说什么，他便做什么，仔细观察，更有几分拘谨局促在里面。

雾气氤氲，汤入嘴的第一口，易辙就觉得浑身已经暖了过来。

一碗汤能有这么好的功效吗？

"有点烫，慢点喝。你喝完这碗回去盖好被子睡觉，要冲澡的话记得把水温调高一点，不然你这冻了一晚上很容易感冒。"

易辙抬头看向对面，看到周慧正微笑看着他。

"嗯，"应下来之后，易辙又说，"谢谢阿姨。"

"谢我干吗，是我该谢你，把唐成送回来。"说到这儿，周慧忽然想到一个问题，"哎？我记得他是去同学聚会吧，怎么是你把他送回来了？"

看着冒着热气的汤，易辙沉默了一下。

"碰巧遇上了。"

周慧连打了两个哈欠，眼角也因为困倦泛出了红。易辙垂眼，两大口灌完碗里的汤，便拎起羽绒服，起身道别。周慧一直把他送到门口，扶着门把，嘴里仍不住地念叨要他千万别受凉，趁着现在身子暖赶紧收拾睡觉。易辙点点头，又僵硬地挤出一句"谢谢阿姨"。

自己的家里依然黑着灯，撞上大门后，易辙站在门口对着乱糟糟的客厅发了半天呆，才进去打开电视机，连上了游戏机。

坦克大战的音乐响起来，易辙不需要看电视也不需要看手柄就已经熟练地选定了一人战，进入战斗画面。手柄被摁得噼啪响，易辙盘腿坐在地毯上，看着屏幕里的坦克向各方前进，通过一关又一关，却始终面无表情。也不知道打了多久，他终于觉得口渴到不行，撑着僵硬酸麻的身体起来，想喝杯水。

晃了晃空空的水桶，他顿时有些烦躁，家里前两天就该买水了，但平时人家送水的上班时，他也在上学，天天早出晚归，根本没时间叫水。他胡乱揉了一把头发，四处望了望，去厨房接了一杯冷水。

玻璃杯由满至空，最后重新与大理石碰触，发出清脆的一声响。易辙又坐回去，继续在黑暗里不知疲倦般带着小小的坦克冲锋陷阵。

他没有开灯，凌晨时分，向西荑拧开门进来，看到他被屏幕的光照得明晃晃的脸，立即啐骂了一声。几乎同时，一件大衣突然飞向易辙，坚硬的金属纽扣正好打中他的眉骨。登时，易辙的眼睛上方就突突地疼了起来。

"有病吗？"心气本就不顺的易辙狠狠甩掉落在身上的衣服，猛地站了起来

"你有病，大半夜的在这儿装鬼。"向西荑语气更是不善，她"啪"地摁亮了灯，在看清了易辙阴沉沉的面容后，自己也突然沉下了脸。

她骂了一句，顺手又抓起门口的一件衣服，使了全力，泄愤一般朝易辙的脸砸了过去，"别让我看见你那张丧气脸。"

易辙这次有了防备，一把抓住砸过来的衣服。他冷着脸站在那儿，盯着向西荑一动不动。

"警告你，别给我出声，我累死了，要睡觉。"

向西荑对于易辙的怒目视若无睹，命令完，她踢掉脚上的高跟鞋，

赤着脚，打着哈欠进了洗手间。

被甩了老高的高跟鞋砸到饮水机的底座，塑料的外壳和鞋面碰撞，释放出难听且恼人的噪声。

洗手间的门合上，里面很快就传来了淋浴的声音。

易辙攥着手里的衣服定定地盯着那扇门，深吸了几口气，最终也只是放开手里的衣服，颓然坐下，头靠住沙发，望着空洞的天花板发呆。眼睁得太久，涌出湿润的酸涩，在闭上眼沉入黑暗的瞬间，他听到一阵声响，很熟悉，却又似乎阔别了很久。他怔了一怔，侧头望过去。

他的卧室没有关门，此时有五彩的光穿透玻璃，落到漆黑的房间里，在墙壁上演着一段光影变幻的故事。

睡到后半夜，许唐成热得醒了过来，醒来后又觉得头也疼得不行，把脸埋在枕头里待了一会儿，症状才稍稍缓解。浑身燥得难受，想出去喝杯水。他眨着眼让自己彻底清醒过来，摸黑换了睡衣。等他已经下床穿上了拖鞋，却忽然看到一旁的桌子上放着自己的保温杯。

端起来晃了晃，果然里面盛了水。

许唐成勾了勾唇角，都已经能够想象到周慧见他喝多了之后，一边小声嘟囔责怪，一边细心照顾他的样子。

温热的水舒缓了喉咙的干燥，关了灯，刚上床躺下准备继续睡，许唐成的眼前忽然闪过方才的几帧画面——树下的易辙，红色的山地车，还有一个不清楚且很奇怪的视角。

他喝多了，然后易辙把他送回来了？

他揉了揉额角，大概能记起刚才发生了什么，但始终辨认不出那一晃一晃的到底是什么场景。

窗外的一阵隆隆声响，让他停下了这场一无所获的思考。他转过头看着窗口的方向，心里奇怪，这个时间还有人在放烟花吗？

掀开被子，走到窗边，在看到天上绚烂的色彩时，头疼的情况好像也好了一些。烟花的形状有些特别，在天空中呈现的全部都是心形。

这样寂静的夜里，炸出这么多颗心，应该是有特别的意义吧。许唐成靠向身侧的墙壁，仰着脑袋想，或许是求婚？

虽然挺浪漫的，但是……

他笑了笑，好奇这么折腾的话，第二天早上会不会被附近的居民投诉。

另一间屋子里，一个高高的身影在窗户前站了很久，他沉默地看着一颗颗亮星上天，然后冲破黑暗，光芒四散而开。

烟花，热闹。快过年了啊。

门外又有女人的骂声响起，吐字不怎么清楚，应该是敷着面膜，嘴张不太开，但这也丝毫不妨碍她流畅地问候放烟花的人的祖宗十八代。

易辙麻木地听着这越来越激烈的骂声，也近乎麻木地看着窗外的烟花。

"以后去过自己喜欢的生活，不好吗？"

闭上眼，易辙又在脑海里将曾经的这句话重复了好几遍。

第十二章

伽利略

一到过年，许唐成家的事务就格外多。周慧和许岳良都属于传统派，过年应有的仪式一个都不会落下，扫除、办年货、走亲访友，基本上许唐成从腊月回了家到正月初七，家里都会有各种安排。许唐蹊和许岳良受不了灰尘，周慧又嫌保洁弄不干净，许唐成便很自然地要和周慧一起承担年前大扫除的任务。

"右边那个角，用报纸再擦擦，我看有印子……好了好了，干净了。"

"你跟我把沙发搬开，我把沙发底下擦擦……"

"明天早上起来你把窗帘摘下来，我上午就都洗完了，不能再拖着了，不然沙发套来不及洗了。"

周慧战斗力满格，几天的大扫除结束，许唐成累得趴在床上半天没起来。许唐蹊给他揉着腰，心疼极了，有点不开心地小声抱怨："就请保洁来弄不就好了吗，能有多不干净啊。"

哪只是嫌保洁弄得不干净，周慧也舍不得花这些钱。许唐成知道周慧素来节俭，也大概能理解，在她的概念里，能自己弄的东西就绝不多花钱。

虽然这么想着，他也没对许唐蹊说什么，只打断她说口渴了，吩咐她去帮自己接杯水。

许唐蹊撇撇嘴起了身，临出门，又被许唐成叫住。

许唐成扭着脑袋看着门口，不放心地叮嘱："别去跟妈说。"

"知道啦。"

门关上，许唐成摸了摸酸疼的腰，趴在床上想，要不干脆把那个扫地机器人买了得了。他的身体不算不好，只是不知道为什么，可能腰不太好，不能长时间弯着腰用力，所以一拖地就腰疼。也不放心地去医院检查过，但并没有查出什么具体的问题。

许唐蹊抱着暖水袋一溜小跑进来，撞上门，慌张地说："妈妈来了。"

她的话音落下不久，周慧就推开了房门。

"唐成啊，你大伯打电话说奶奶那儿准备好了，明天咱们过去把她接过来。"

"嗯，"许唐成已经平躺过来，举着个手机在那儿撂，"早上我就去。"

因为大伯家地方大，所以许唐成的奶奶大部分时间都住在那边，两家离得近，平日照料什么的倒也方便。只有到了快过年的时候，大伯一家都要到大伯母的娘家去待些天，这阵子便会将奶奶接到许唐成家来住。

周慧走进来，叹了口气，坐到许唐成的床边。

"大过年的，老让你睡客厅。"

"没事，"许唐成歪头朝周慧笑，"睡哪儿不是睡，我又没露宿街头。"

"那跟睡卧室也不一样。"周慧耷拉着嘴角，摸了两下许唐成的胳膊，"还是委屈你。"

许唐成家的房子有一定年头了，面积不大，虽然是三室，但许唐成和许唐蹊住的屋子只够放下一张单人床。奶奶来了，只能腾出许唐成的那间来。

"所以我那天还说，怎么也该琢磨着换房了，"周慧看了一圈有些狭窄的天花板，若有所思，"不然以后你成了家，过年回来都住不开，还有唐蹊也是，以后……"

"妈……"一直没说话的许唐蹊瞪圆了眼睛开口道，"我才多大啊，你也想得太远了。"

周慧瞥了她一眼，本想反驳，细想却也是，许唐蹊是还没到该考虑这些的年纪。不过看到床上躺着的人，她很快就又说："你是稍微远点，你哥可不远，你哥今年二十三了，再读完博，不对，读博期间就可以结婚了……"

"哎哟。"许唐成哀号一声。

周慧被他吓了一跳，立马停下了话头："怎么了？"

"干活儿干得浑身疼，胳膊酸。"

"那就别玩手机了啊，"周慧拍拍他的腿，蹙眉催促，"赶紧收拾睡觉去，洗澡了没？"

"还没。"

"快去洗，别磨蹭了。"

"嗯嗯，等会儿，"许唐成点着头说，"我……"

"别等会儿啦，磨这一会儿顶什么用，洗完再玩不一样吗？"

许唐蹊偷笑，朝着转移话题结果被另一把火烧了身的许唐成吐舌头。正朝门外走的周慧轻拍了她一下："你也别在这儿耽误你哥了，去给你爸打个电话，问问他怎么还没回来。"

"哦。"许唐蹊乖乖答应，一拧门把，溜了出去。

许唐成被周慧轰着去冲了澡,还赶上洗发露没了,洗头的时候拿着洗发露的瓶子在手上磕了半天,也没倒出什么来。许唐成扔了空瓶,习惯性地打开了洗手池下面的柜子,里面果然立着一套新的洗发、沐浴用品。

刚刚将头上的泡沫冲干净,外面忽然传来一阵吵吵闹闹的声音。许唐成关上花洒,侧耳去听,猜着该是许岳良回来了。不过这声音好像比平时热闹许多,并且隐约听着,像是在留什么人吃东西。尽管说话声很大,但始终都是周慧和许岳良的声音占据主导,许唐成仔细听了半天,也没听出来到底是谁来了。

加快速度冲完澡,他在厕所自己扭着身子活动了下,直到镜子上的雾气消了,脸没那么红了,才擦着头发出去。

看到外面的人,许唐成一愣,理解了刚才怎么会觉得外面热闹。

客厅的场景颇有些逗趣,沙发上坐着家里的三口人加上一个易辙,一排人都在看着电视,但不同于其他人的悠闲,易辙独自坐得僵硬笔直,手里还捧着一捧开心果。

许唐成再一看,茶几上的坚果、梅子等等,各种零食都被堆到了易辙面前。他忍不住笑,不用想,他都知道那把开心果一定是周慧硬塞到易辙手里的。

往前走了两步,许唐成懒洋洋地招呼:"易辙来了啊。"

"唐成哥。"

望着他,易辙像是走了片刻的神,两秒钟过去,才站起来,叫了一声。

"我打电话说让你下去帮着搬东西,你妈说你在洗澡,刚好碰上易辙回来,他就给我送上来了。"许岳良笑眯眯地说,"正好你妈今天熬了豆沙,说让他尝一碗再走。"

"噢，"许唐成手上动了动，觉得头发湿漉漉的，实在难受，他又揉了两把头发，对一直看着他的易辙说，"那你坐会儿，我先去吹个头发。"

话说完，许唐成刚迈动步了，却看见易辙往前蹭了一下，伴随着一个幅度很小的倾身，又很快停在原地。

许唐成怔了怔，看了看充斥着温馨轻松气息的客厅，和沉默立着、尴尬拘谨的少年。

他翘着嘴角问："你来我屋里待会儿？"

一捧开心果相互摩擦，细微的声响中，易辙点了点头。

"对，你们进屋待会儿，这电视剧我估计易辙也不爱看。"周慧听见，立马说，"豆沙马上就好了，别着急啊。"

易辙又应了一声。离开前，他弯腰将手往盛开心果的果盘里比画了比画，但最后还是又攥紧了手，没把手里的那一把放进去。

"端着那一盘吧，你们进去吃。"周慧在这时起身，笑着要搭手。

"不用……"

易辙有些不知所措，一只手连忙扶上了递过来的果盘。

"拿着吧，"许唐成甩甩毛巾，说，"我吃。"

被端进房间的不光有开心果，周慧又抓了一把松子、一把巴旦木，连同几颗西梅，通通混在了一起。许唐成让易辙坐下吃点东西，自己去吹头发。

易辙拿了个小松子，四根手指凑在一起，指尖的动作却完全没有要将它剥开的意思。视线始于那颗松子，辗转迂回，翻山越岭，最终落到了那个立着的侧影上。

吹风机被放在衣柜里，柜门的里侧有一面不大的镜子。许唐成垂着头，在一片嗡嗡的暖风中半眯着眼睛，手上随意地拨弄着头发。他穿的睡衣是宽松的系扣款，米色的底色，有一些暗纹。因为宽松，布料柔软，在许唐成抬起手的时候，半截袖子都滑了下去，几乎露出了一整截小臂。

"啪"，一颗松子掉到了地上，坐在椅子上的少年仓皇收回视线，低头，捡起。

男生的头发不长，没一会儿就干了。从估摸着许唐成快吹完开始，易辙就已经重新埋下头，假模假样地剥坚果。

"头发该剪了。"许唐成揪着一撮头发，对着镜子自言自语，左看右看了许久，侧过头问易辙，"你平时去哪儿剪头发？我好像好久没在家里剪过头了，都不知道哪儿靠谱点。"

"羽田。"易辙想了想，回答。

许唐成重复了一遍这个有些陌生的名字，摇摇头："没去过，在哪儿？"

"佳茂后面的那条路上。"说完，易辙顿了顿，看着许唐成收好吹风机，关上柜门，才说，"你什么时候去剪，我带你去吧。"

许唐成回过身，易辙又补充说："刚好我也该剪了。"

"好啊。"有人带路，许唐成巴不得。他问了易辙明天有没有空，易辙点点头，说有的。

上午要去接奶奶，许唐成思忖片刻："那就明天下午去吧。"

这样说着，许唐成走到了易辙的身边。他挑了两粒开心果抓在手里，不紧不慢地剥着壳，很快，两粒果仁躺在许唐成的手心里，沐着灯光，被送到了易辙面前。

易辙垂眸，慢慢伸出手，抓过来。

周慧煮的豆沙很快就好了，她盛了两碗，各配了一个画着不同图案的小瓷勺，送到了许唐成的房间里。易辙看着那热乎的一碗，发现自己竟然从没喝过这种东西，也想象不出是什么味道。

许唐成的桌子已经算整洁的了，但在周慧放下托盘前，他还是整理了一下，将几份资料、笔记摆到一起，挪到桌子的最边上，腾出了更大的空地。摆在最上面的一份资料印满了英文，易辙看了又看，瞥了又瞥。豆沙下去了半碗，他还是忍不住问："那是什么？"

"嗯？"许唐成以询问的目光看向他，"哪个？"

易辙伸手将那几张纸拿过来，一个词一个词地看标题。

Bayesian Wavelet Shrinkage...Image Despeckling

看不懂。

许唐成本来坐在床上，这会儿已经站起身，一只手搭在椅背上，微弯了身子去看易辙手里的东西。

"一篇专业相关的论文。"许唐成笑了笑，想起似乎是上次回来，一个同学要他帮忙改一下翻译，他便打印了一份扔在了那儿。

易辙眨眨眼："什么内容的？"

"Bayesian Wavelet Shrinkage with Edge Detection for SAR Image Despeckling."（基于贝叶斯小波收缩和边缘检测的 SAR 图像去噪）

许唐成读完这一串，易辙没什么感觉，甚至在听到了许唐成的中文翻译之后，他还是只体会到了全然的陌生。

"专业性的东西，你看不懂很正常。"见他发愣，许唐成以为他是因为满篇的英文有太多不懂，受了挫。

易辙却忽然抬头，问他："你是什么专业？"

"我吗？我本科是通信工程。"

"现在呢？"易辙不知在想什么，像是查户口，不依不饶地继续追问。

"也是通信方向的专业，研究的是卫星导航。"许唐成耐心地回答。

卫星导航。

就着这四个字，易辙喝完了一整碗的豆沙。

"假期有什么安排，还去上海吗？"开始收拾桌上的碗时，许唐成随口问。

"不去了，我爸说有事，他们不在上海。"

有事？

许唐成皱了皱眉。

在他思考的时间里，易辙再一次把手伸到了一旁。看到他又拿起了那篇论文，许唐成还有些奇怪他怎么对这文章这样有兴趣。想到这儿，他笑着问易辙："有没有打算好以后学什么专业？"

易辙顿了顿，摇头："没有。"

"学校呢？去上海吗？"

出乎意料地，易辙依然摇了摇头。

"还没想好。"

回了家，他在漆黑的房间里打开了那台半年不用的电脑。长长的手指敲击着键盘，搜索栏里出现了四个字，摁下回车键的一瞬间，屏幕上出现了一大串内容。

GPS，北斗，伽利略……

台式机主机运行时发出一阵阵奇怪的声响，像是一辆老旧的汽车在轰着发动机加速，很快就要义无反顾地冲破而出，脱离既定轨道。

卷二

盛夏虫鸣

第十三章

辞旧岁

约好了去剪头，易辙却失了约。

下午，他刚收拾好自己打算出门，家里的大门就被砸响。他吓了一跳，正拧着眉头往门口走，几步远的地方，向西冀蓬头垢面地打开了房门。一身睡衣松松垮垮地披在身上，两只眼睛下挂着黑眼圈，大到吓人。

"七分钟之后再开门，"向西冀扯动干裂的嘴唇，"早开一分钟试试看，我弄死你。"

易辙停住了脚步。

向西冀一向说到做到，她说的"弄死你"当然不是真的弄死，但她能用各种方式，让你觉得生不如死。在易辙最叛逆挣扎的那段时间，他试过去挑战说着这种话的向西冀，结果就是被向西冀逼得如她一样，无休止地破口大骂，甚至对于不相干的人也薄情寡义，永远说着难听伤人、最能刺痛对方的话。等他某天忽然清醒过来，才明白了向西冀口中的"死"是什么意思——她用易辙最厌恶的行为，影响着易辙不由自主地去做同样的厌恶的事情。朝夕相处，血缘关系，一切的一切混成一团，用潜移默化的方式逼得易辙无处可退。

也是从那以后，他再不想和疯子起冲突。

距离和许唐成约定的时间还有三分钟。

易辙看着仍然不停被砸出巨响的大门，忽然觉得喘不上气来。他打开手机给许唐成发了个消息，说出了点事情，让他先不要出门。

很快，许唐成回了一句"好"，又问："需要帮忙吗？"

这样的动静，大概不止许唐成家，整个楼道都能听到了。想到周慧昨天还兴致勃勃地给他豆沙喝，易辙不禁想，现在的周慧又会在家里唠叨些什么，会不会透过猫眼，看一看门外这场闹剧。

向西羡的房门再打开，她已经像是变了一个人。也是因为她的影响，易辙在很长一段时间里都以为所有的女人都像向西羡一样，能在七分钟里化好精致的妆，换上一身衣服，全副武装，彻底改头换面。

没理沙发上的易辙，向西羡踩着恨天高的高跟鞋走到门口，一把打开门。

在易辙的印象里，向西羡的烂桃花债就没停过，而且他一直单方面判断，都是她欠人家的。现在还好很多了，在向西羡刚离婚那会儿，几乎隔三岔五就有男人找上门来，上演各种"我不能失去你"的戏码，有走煽情风的，也有像今天这样，走暴力风的。

易辙听见她哼笑一声，姿态尽是睥睨："怎么，落水的狗跑这儿跟我摇尾乞怜吗？不嫌难看吗？"

论骂人，易辙相信没人能赢过向西羡，所以他静静地听着门口的向西羡慢慢火力全开，一句比一句升级，甚至有些同情那个被骂得一文不值的男人。

直到他听到了一声清脆的响声。

易辙愣了愣，看向门口——向西羡的脸偏到了一边，长发垂着，看不清脸是什么状况。

想都没想，本能地，易辙飞快弹起，冲到门口，一把将向西羡扯到身后。

同时，对面的房门打开，许唐成攥着手机，用一副平静的脸孔面对着门口的混乱。

易辙紧紧攥着的拳头放了下来。向西萸回过神来，立马推开他，一脚踹上男人的腿。高跟鞋的后跟尖锐，男人立时号叫一声，疼得变了脸色。

"狗东西你敢打我？"向西萸抬脚还要踹，被易辙拦着腰拉到后面。

许唐成在后方慢悠悠地开了口："派出所就在小区对面，这么多年了，大家熟得很……"

他看了看易辙，淡淡问："需要报警吗？"

男人显然不是什么不要命的狠货，在向西萸的连骂带踢中，又疼又气地红了脖子根，气焰很快就弱了下去。

"臭娘儿们，你给我等着。"

"尿包，我等你撒泡尿照照自己现在的狗样！"

易辙拦着一直在不停挣扎的女人，只觉得浑身都是那么无力，向西萸挥舞的胳膊就晃在他的眼前，她的身体不可避免地会不停打到他，一切都像是疯狂的、不可控的。这种状态使得他的焦躁感迅速蹿到了顶点。混乱中，他看到周慧出现在许唐成的身后，凝着神色看着他们。再往后，还有一个花白了头发的人，也在好奇地望着门口。是许唐成的奶奶，易辙认识。

两扇门，却好像是两个世界。

易辙终于无法忍受这样的反差，他低下头，腾出一只手，用力撞上了门。

这一声巨响之后，向西萸也突然没了动作，她沉默地看了易辙一眼，挣开他，一步一步地走回了屋。易辙一人留在门边，看着她离开的背影发怔。不知道刚才是不是自己的错觉，向西羡掰开他的手时，纤细苍白的手指好像是抖着的。

易辙没再联系许唐成，他一个人躺在床上，有一搭没一搭地想着各种事情。思维有些浑噩，但又一直没有停下来。不知躺了多久，听到窗外有小孩子放炮的声音，间隔的炮声中，他竟然捂着被子，昏昏沉沉地睡了过去。

再睁眼，天已经半黑。家里没了动静，易辙看了一眼鞋架，向西羡又出去了。

他一天没吃东西，几乎饿到虚脱，到厨房又给自己灌了一杯凉水，他套上衣服打开了门。

楼道的感应灯在他开门时就亮了，家门一侧，许唐成插着兜靠墙而立，垂着头，不知在想什么。

易辙愣住，手悬在空中，忘了关门。

"唐成哥。"

许唐成抬头，看着他笑，又朝他摆了摆手机，说："一直联系不上你。"

易辙摸摸裤兜，把手机掏出来，果然有满屏的未接来电和短消息。手机不知什么时候被他摁成了静音。

"刚才碰到向姨出去，说你在睡觉。"略微一顿，许唐成又说，"我看她的脸已经消肿了，看不出什么了。"

易辙没有立即说话，而是沉默地将门锁上，把钥匙揣进兜里。

"消不消肿都和我没关系。"

多少，都带了点破罐子破摔的意思。许唐成听着，在心中叹了口气。

易辙不知道许唐成在这里等了多久，但许唐成看着他的眼神让他很不好受。他不是小孩子，不想要那么多的同情、怜悯。在在意的人面前，想要强大，想要无坚不摧，可偏偏，事与愿违。

压了压喉咙里涌上来的酸胀感，易辙轻声说："我没事，唐成哥你快回去吧。"

许唐成却依然靠在那里不动，一直安静地看着他。

易辙在这样的视线里败下阵来，偏开了头。

"还去剪头吗？"很久过去，许唐成站直了身子，笑了笑。他摁亮手机看了看时间："现在理发店还开着。"

不相关的两句话，却让才退去的酸胀感呼啸着卷土重来。楼道里安静得可以容下呼吸的交响，易辙的余光里，始终留着一个许唐成。

今天理发店的人格外多，进门后，易辙发现似乎要等很久，他带着些歉意对许唐成解释："平时没有这么多人。"

许唐成却见怪不怪："这几天都这样，不是正月不剪头吗？大家都赶在腊月尾剪头发。"

"为什么正月不剪头？"

没想到易辙会不知道这个，许唐成略微思考，解释："其实这个有点迷信，说正月剪头思旧，谐音不吉利。"

易辙没有立刻理解，自己在脑海里将这话重复了几遍，才明白是什么意思。他"哦"了一声，又发现自己未免想得太久了。看着店里热热闹闹的场景，他不禁去想，是不是只有自己不知道这回事。

许唐成注意到他又陷入沉默，抬手揪住他的袖子，拽了拽："我们去那儿坐着等。"

等了好一会儿，才终于有了一个位置，易辙推着许唐成先去剪。临落座，许唐成擦着头发偷偷站到易辙身边，小声跟易辙说："你给我看着点，别让他把我的鬓角剪没了。"

"嗯？"易辙没听清，稍稍偏过头。

许唐成在自己的脸侧比画了一下："鬓角，你给我看着我的鬓角。"

这回易辙听懂了，虽然这项业务并不熟练，但还是立马老老实实地点头，坐到了许唐成身后的休息区。他看着许唐成围上围布，只留了一颗脑袋在外面，碎碎的刘海被理发师全部梳到了前面，湿润着盖住了额头。

和理发师说了几句话之后，许唐成闭上了眼睛，任由一双手鼓捣着自己的头发。理发店里吵闹得很，空中还一直飘着各种流行音乐，易辙看到一小撮一小撮的头发从许唐成的头上被剪下来，纷纷扬扬地落到地面。在这样一幅画面中，他分明看到了时间的平和安静，以及是怎样缓慢前进的。

许唐成快剪完时，有理发师来叫易辙去洗头，易辙看了看前方的许唐成，仰头说："我再等会儿，先让别人剪吧。"

向来只有排队等到不耐烦的，还没有说排到了磨蹭着不剪的。理发师觉得好笑，调侃了几句，便去叫别的客人。

也幸亏易辙磨的这一下，最后他和许唐成用的是一个理发师。许唐成的鬓角没有失守，但原本休息区的空位已经失守了，不过他倒是觉得无所谓，索性一直站在易辙的周围。

许唐成自己剪头时安心地闭上眼睛，不管不顾，轮到易辙这儿了，他却比当事人兴奋多了，围着易辙转着看了好几圈，一直跟理发师讨论着怎么剪比较好看。

"后脑勺给你剪短点怎么样？特别是下半部分，我感觉你这么剪应该好看。"许唐成躬身在侧，看着镜子里的人问。

"可以。"

易辙也在透过镜子与他对视，可他哪知道后脑勺怎么剪好看。不过许唐成说好看，应该就是好看的。

最后剪完的发型易辙非常满意，这么多年都没这么满意过。他和许唐成两个人对着镜子左看看、右看看，许唐成还用自己的手机拍了张易辙后脑勺的照片，拿给他看。出门前，两个人比肩，对着镜子摘脸上挂着的碎发。许唐成整理好自己，侧头刚好看到易辙太阳穴的位置还有一根头发。

"别动。"他伸出手，将这一小截有些顽固的头发捏到手指间，然后捻到地上。

走出理发店，已经是晚上九点钟，这个时间却还不停地有人进到店里，甚至还有女生是要烫发的。许唐成告诉易辙，通常年前这几天，理发店都会开到很晚，与之相对的，正月就几乎相当于理发师的一个假期。

哪怕只是一个不知什么时候流传起来、只为避开个谐音的民俗说法，却也是易辙第一次体会这样带了些仪式感的事情。

"剪完头发，也算辞了旧。"走到一个路口，许唐成看着面前的红灯，问易辙，"你知道什么是辞旧吧？

易辙点了点头。辞旧迎新嘛。

许唐成却还是没停下口中的话，甚至还掏了掏兜。

一根烟被弹出烟盒，他忽然看着易辙笑了一声："我没有软包中华。"

这明显的揶揄，让易辙一时不知道说什么好。他眼神复杂地回视面前的人，见他笑得更开心了。

"辞旧，意思是这一年就算有再多乱七八糟的事，刚才都已经剪掉了。"

打火机亮出了火苗，许唐成凑过来，给自己点燃了烟。吸了一口，许唐成吐出一个烟圈，抬起头看着头顶。

易辙也随着他抬头。

夜空乌黑，但是另一种明阔高远。

"明年是全新的一年。"许唐成说。

第十四章

虎头鞋

那天晚上回去，许唐成发现奶奶竟然还没睡。卧室的门留了一条缝，漏出窄窄的一束光。

他推门进去，看到一个戴着花镜的侧影，手上一牵一引，来来回回，布满皱纹与茧的拇指上套着一枚顶针，反着星点的亮。

见他进来，奶奶抬头，隔着镜片瞅了他一眼，便立即笑了："回来了啊。"

"嗯。"

许唐成蹲下来，看她用彩线将一片圆形的布料缝到一小块已经绣了许多纹样的布上。布的形状有些奇怪，看上去有一定的厚度，他将头转了个方向，歪着脑袋，仔细去辨认那块布上的图案。

好像，是某个还没有眼睛的小动物。

"在做什么？"他温声问。

"虎头鞋。"奶奶悠悠答着，慢慢将手里的东西展开，给他看，"好看吗？"

许唐成点点头。

见他看得认真，像是喜欢，奶奶便又从一旁的一个塑料袋里，掏出了一只已经上好虎脸的鞋面，递给他。

许唐成还是第一次见这种东西。

手里的虎头鞋面精致得很，一双大眼睛，还有两只翘起来的耳朵，甚至连那两撮七彩的虎须，都过分可爱。他伸出手，轻轻捋了捋一撮彩线，喃喃重复："虎头鞋？"

奶奶低着头，在将银针穿进布面的同时，念了一段顺口溜："虎头鞋，穿虎头，走路稳，跑得快，赶走妖魔好威风。"

老人的语调缓慢低沉，像是电影里悠远的背景乐，伴随的画面，是一个小孩子摇摇晃晃学步的长镜头。

"小孩子穿虎头鞋，驱魔辟邪，平平安安。而且这样的鞋不捂脚、也不打滑，孩子学走路的时候穿着最舒服。"

"是吗？"又将手里的虎头鞋面翻来覆去看了许多遍，许唐成才仰着脸笑说，"真好看，这是给哪个小孩做的？"

奶奶手上的动作没停，又瞥了他一眼，却说了一个让许唐成愣住的答案。

"你家孩子。"

捏着小小的虎脸，许唐成的下巴抖了一下，难以置信般反问："我家？"

"对啊。"奶奶被他的反应逗笑，额上的皱纹都变得舒展，"你们一人两双鞋，两条棉裤，这是你的，做完你的做唐蹊的。"

"这么早就给我家孩子做吗？"哑然过后，许唐成举高了手，用鞋面挡住自己的眼睛，笑，"这还没个影呢。"

奶奶绣好了一只虎眼睛，剪断了连着的线。她一只手举远了鞋面，眯着眼睛，左右瞧瞧，像是在看绣得怎样。瞧过后，满意了，她才说："不早，怕我以后做不动了。"

"怎么会。"

"怎么不会？"奶奶将花镜取下，揉了揉眼睛。许唐成注意到，一双被褶皱爬满了的眼角已经泛红，眼底也布满了红血丝。

苍老的痕迹，总是无孔不入。

"我这眼啊，一年比一年花，人老了，就哪儿哪儿都不行了，说不定哪天，就真的瞎了，到时候还怎么做？"

奶奶笑呵呵地又拿起了一个黑色的圆片，将针和线都递给许唐成。许唐成无声地接过来，迎着灯光，很快穿好，又递回。

"再说了，我指不定能不能看见你的乖娃呢。"

许唐成皱皱眉，将尚未收回的手覆到奶奶的膝盖上，轻拍两下，轻声责怪："别乱说。"

"哪是乱说，这种事啊……"奶奶重重地叹了一口气，下了第一针，"说不好啊。"

许唐成立时正色，做出一副恍然大悟的表情，他朝前伸了伸脑袋，由下至上看着奶奶："是我妈让您来当说客的吧，她自己催我赶紧谈恋爱不够，还拉了您来？"

奶奶听了，笑得灿烂。

"我不催你，我的宝贝孙子还能找不到媳妇？长得这么俊，不愁的。"说到这儿，奶奶"哟"了一声，朝许唐成凑近了脑袋，"剪头发了啊。"

"嗯，"许唐成向两边各转了转头，咧开嘴问，"好看吗？"

"好看。"奶奶的手上茧子太多了，又因年迈，皮肤干枯，蹭到许唐成的耳郭时，都是并不柔软、艰涩磨人的触感。

她摸着许唐成的脑袋端详了好一会儿，说："剪什么样都好看。"

奶奶坚持要将这只鞋面绣好再睡，许唐成便一直在旁边陪着。

这样的夜晚其实很难得，许唐成安静地看着针线翻飞，心里是很明显的柔软安宁。

"奶奶，明年我带您去玩吧。"许唐成突然说，"咱们坐飞机，去可远的地方。"

"坐飞机？"奶奶有些惊讶，很快，她便笑着摇头，"我可不，我这胳膊腿的，走不了远路。"

"不用您走，我买个轮椅，推着您。咱们又不爬山，我带您去个暖和点的地方，可以去海南，就是一阚他们去年冬天去的那儿。"

奶奶还是摇头。鞋面绣好了，奶奶将它收进袋子，许唐成埋头帮她把塑料袋系好。

窸窸窣窣的声响中，听到老人笑着说："我哪儿也不去，你们要去啊，你们就去，我啊，不去拖累你们。"

"说什么呢，什么拖累啊。"许唐成直起身子，看着奶奶用眼镜布一下下擦着花镜。

在他的记忆里，奶奶的头发白得很早，似乎在他很小的时候，或者说，从他有记忆开始，她就已是满头的白发。曾经韩印到他家来，见过奶奶，那时韩印就对他说，他的奶奶真的是很标准的慈祥老奶奶的形象。

他也是这样觉得的。

许唐成轻轻笑了笑，伸出手，替她挽了挽鬓角。

新年来得很快。

如往年一样，大伯一家在年三十这天赶了回来。除夕团圆，许家上上下下将近三十口人，都要凑在一起吃一顿年夜饭。人丁兴旺，决定了这顿饭的热闹，一屋子的人至少要分成两拨来吃饭，不喝酒的先吃，喝酒的后吃。因为家里有些有烟瘾的男士，许唐成赶着不喝酒的那拨吃完饭，便带着许唐蹊早早撤退。临走前，周慧拉着他的胳膊叮嘱，回去一定记得把家里所有屋子的灯全都打开，说是除夕夜，家里一定要亮堂。

回到家时，看到楼下有人在放烟花。许唐成的目光跟随着一束小小的烟花上移，烟花蹿上天空，他的视线掠过眼前楼宇——灯光烁烁的一排排窗，唯独两扇黑着。

许唐蹊插着兜小跑到许唐成身边："哥，我们也放烟花吧，你给我买了吧？"

许唐成收回视线，对她点了点头。

许唐蹊从小就喜欢放烟花，许唐成便每年都会给她买一些。他到车里取来，找了个不太冷的位置，让她自己先玩一会儿，自己则一步两级地上了楼。把家里各个屋子的灯都打开，再关上门出来，他却在有些冷的楼道里顿住了步子。

透过楼道的那扇窗户也能看到不断升空的烟花，一簇簇，接连不断，还激起了热闹的响声。

看着对面紧闭的房门半晌，许唐成上前一步，敲了敲门。

没有人回应。

果然不在家吗？

许唐成怀疑会不会是里面的人睡着了，不甘心地，抱着一线希望，又敲了敲。这次的敲门声持续得有些久，久到许唐成像是入了神，以至于门忽然被打开时，门板险些撞到他的脸。

"有事？"

门内的向西蔑满脸不耐烦，正蹙眉看着他。客厅的灯被打开了，越过向西蔑的肩膀，许唐成一眼就看到了屋子里的一片狼藉，茶几翻着，一堆陶瓷碎片散在地上。

他收回目光，看着穿着睡衣的向西蔑，语气平常："我找易辙。"

向西蔑抬起手，向后捋了一把头发，定定地看了他一会儿后，竟然扯出了一个有些诡异的笑。

"死了。"

两个字，伴随着门被重重撞上的声音，让许唐成站在门前愣了很久。

灯灭了下去，楼道的窄窗外，光亮划过，白色的烟留在空中，再无声销匿。

许唐成脚底搓着台阶的边沿，搓了好一会儿，才身体下坠，蹦下了一级台阶。

再到楼下时，抬头望过去，黑着的窗户只剩了一扇，许唐蹊举着一根冷烟花凑到他身边，让他快点许个愿。

他闭上眼睛，却被许唐蹊晃了晃："你姿势不对！"

铁丝烟花已经迅速烧过了大半，许唐成睁开眼，伸出一只手，截断了它向四周绽开的火花。

这一晚注定是睡不好的，大概凌晨五点钟，许唐成就被阵阵的鞭炮声吵醒。他趴着身子，从床头摸到手机，摁亮，看了看时间。放下手机后，将一侧的脸埋到枕头里，刚打算再眯一会儿，窗外却又响起了更大的礼炮声。许唐成扯着被子翻了个身，把自己的身体裹紧，却完全无法隔断这震耳的炮声。

有些烦躁，他坐起身，看着不断被火光映亮的窗帘愣了一会儿神。

清醒过来之后的第一件事情，是拿过手机，低头发了一条短信出去。

没过两分钟，屏幕亮起，显示一条未读短信。

"新年快乐。"

是来自易辙的回复。

停在回复的界面，许唐成的手指在手机键盘上摁了半天，却是拼拼删删，未得一句适当的话。混乱的声音中，他的思绪好像也是混乱的。

放弃回复，扔了手机，穿衣服时他还在想，易辙是也被吵醒了，还是根本没有睡。如果是被吵醒了的话，那他睡在了哪儿？没睡的话，又会是在哪儿发出的这句"新年快乐"？

打开房门，客厅的灯已经亮着了，餐桌上摆了几个盛了薄薄一层醋的碗。许唐成看了一眼，发现多了一只。

周慧从厨房探出身子："醒了啊，那我要开始煮饺子了，唐蹊也醒了。"

"嗯，"许唐成走进厨房帮忙，奇怪地问，"怎么有五个碗。"

半盖帘的饺子被周慧拨进了锅里，迅速被沸腾的水淹没。

"多摆一个碗，就是说咱家要进新人。"

"进什么新人？"

周慧笑着瞥了他一眼："你说呢？当然是你给我带的新人喽。"

许唐成一顿，明白过来。

"哎哟，"他哭笑不得，"可真逗。"

隔了两天，许唐成才终于又见到了易辙。

易辙骑车到楼下，看到许唐成正扶着车把，教一个小男孩骑自行车。

"腿用力，蹬，身子不要歪。"

小男孩骑的是一辆有些旧的女士自行车，因为身高不够，两只脚去蹬脚蹬时颇为费力，他扭着身子用力，却带歪了车身。易辙停下来，看着许唐成好脾气地笑着稳住车，还用一只手抱着小男孩，帮他扶正了身体。

许唐成今天穿了一件墨绿色的棉服，里面一件卫衣，白色的帽子放在外面。看着他，易辙偏头想了想，许唐成好像真的很喜欢穿浅色的牛仔裤，即便在冬天，也总是一条发白的牛仔。

"回来了啊？"

不远处的人忽然叫了一声。

易辙回神，收回腿。车轮轧过红色的破碎炮衣，易辙停在了许唐成身边。

"去哪儿了？"

忽然被这样问，易辙明显没有反应过来。

看他愣神，许唐成补充："三十晚上想找你一起放烟花，你不在。"

三十？

听到这两个字，易辙猛地睁大了些眼睛。

像是知道他在想什么，许唐成立即说："向姨开的门，没说什么。"

"嗯。"

这声回应伴随着浓浓的鼻音，许唐成挑眉，问："感冒了？"

这样一看，才发现易辙的手冻得通红。易辙在他的目光中搓了搓手，然后将手放到了羽绒服的口袋里。

"怎么不戴手套？"

"出门的时候有点着急，忘了。"说完，易辙吸了吸鼻子，解释，"没有感冒，就是刚才有点冷。"

许唐成偏了偏头．"你声音都这样了，还没事？"

易辙低着头，不说话。

小男孩看到许唐成一直在和刚来的大哥哥说话，一点都没有继续教他的意思，有些着急地叫了一声"唐成哥哥"。许唐成低头，轻轻拍了拍他的脑袋，示意他稍等一会儿。

"家里有药没？"

问完，许唐成又觉得自己的问题大概有些多余。

"算了，你先回去吧，外面怪冷的。他马上就学会了，我再教他一会儿，待会儿去找你。"

找他？

尽管迷茫，易辙还是本能地遵从许唐成的吩咐，扶住车把，准备离开。

还没想明白这句"去找你"是个什么意思，一旁的小男孩突然说："唐成哥哥，这个哥哥的车子好看。"

小男孩看了看易辙，又眨着眼问许唐成："等我学会了，可以骑这辆吗？"

"哥哥的车子太高了，你骑不了，这辆你都要够不着了。"话说一半，许唐成忽然发现了什么，惊奇地叫了一声，"嗯？你换自行车了？"

新自行车的车闸比之前的要紧，易辙乱捏闸的频率降低了不少。手上突然用了更大的力气，但还是假装镇定地点了点头。

许唐成打量了一圈："我怎么觉得和之前的差别不大。"

也是红色，也是山地车。外形基本没什么差别，只是车梁变成了平的。

"之前的怎么了？"许唐成奇怪。

易辙停了停，低声说："不好骑了。"

第十五章

梦在晃

易辙匆忙回了家。

家里还是他离开前的糟糕样子，向西薁果然已经出去了。易辙朝她没有关门的卧室瞟了一眼，那只大大的黑色行李箱被带走了。

那就应该很久才会回来了。这样想着，易辙松了一口气。想到过一会儿许唐成可能要来，他拿了扫把和簸箕，准备将凌乱不堪的地面清理一下，但刚收拾起来，却闻到一股怪怪的味道。

停下来，蹙眉细闻，终于找到了气味的来源——或许是因为在外面逛了太久，身上都沾了鞭炮烟花的火硝味。

火硝味，在易辙的概念里，就等于春节的味道。这样的认知让易辙一瞬间变得烦躁，猛地，他朝地上踢了一脚。鞋子踹到了地上的碎瓷片，瓷片快速朝前滑动，又撞倒了立在那里的簸箕。一连串没规则的声响，像是嫌易辙不够烦乱，上赶着，都凑着热闹，要到他的脑袋里敲上一下。

易辙咬着下唇，盯住屋子角落的一个点，试图让自己重新平静下来。

但视线所及处，一副手套，躺在一摊已经干涸的咖啡渍里。

很久的静立之后，易辙跨过地上的重重障碍，走到方才目光停留的地方，弯腰捡起了那副手套。

火硝味还在往他鼻子里钻，甚至好像还混了一点咖啡味。易辙攥着变得脏兮兮的手套，突然想到了那天许唐成将它送给自己时的样子。

只这样一想，就突然沮丧到了放弃的程度。

他扔了扫把，走到窗边，去看楼底的人。

许唐成还在教那个小孩子，小男孩该是学得差不多了，已经在自己骑着往前走。许唐成在后面追着，嘴里嚷着"我松手了"，手却始终虚架在后座的上方。

车把扭了扭，小男孩慌张地喊了一声，许唐成立马两只手扶住车，没让他摔倒。

易辙静静垂眸看了一会儿。

家里的门被敲响时，易辙还是没能把狼藉的地面收拾好。他把手套放进抽屉，合上，走出去开了门。他还穿着黑色的羽绒服，立在门口，他没有看许唐成，而是垂着头，一直看着地面。

"家里有点乱，我还没来得及收拾。"

门外的许唐成立即明白了易辙为何会是这样低落的表现。他笑笑，迈开腿进了屋，缩了缩藏在袖子里的手："今天外面怪冷的。"

易辙关上门，默不作声地走到一边，把饮水机打开。

"我给你烧点热水喝。"

饮水机的红色小灯亮起来，他才反应过来，水烧开还要一阵子，而许唐成应该并不会待那么久。

"嗯。"身后的许唐成却应了一声，"你没有感冒吧？"

"没有，刚才就是有点流鼻涕。"

听着他的声音确实也恢复了正常，许唐成才放下心来："那就好，不过还是要注意保暖。"

有脚步声响起，越来越近。

许唐成站到易辙的身边，晃了晃水桶："快没水了。过年这几天水站的人也会休息，我多要了几桶水，待会儿我给你……"

想了想自己不太爽利的老腰，许唐成改口道："待会儿你跟我去搬一桶过来吧。"

飘远了的思绪就这样被一桶水拽回，饮水机上，水面颤颤，易辙看着眼前的人，不知该做什么回应。

在他还保持沉默的时间里，许唐成已经拿起了倒在地上的扫把，开始清扫地上的东西。他的这些动作只发出了细微的声响，还是在听到碎瓷片相互挤撞的声音，易辙才慌忙转身，走上前去，摁住他的手。

"别弄，"他沉声说，"我待会儿自己弄。"

"没事。"许唐成不甚在意地答了一声，再想扫地，手腕却被异常大的力气箍着，挣脱不开。

许唐成无奈抬头。少年眼中依旧平静坚定，无声地，却是在告诉他这件事并没有商量的余地。

"这样，"许唐成想了一会儿，做出一副妥协谈判的架势，"我帮你扫地，你待会儿答应我一件事好不好？"

易辙摇头。

"我答应你事情，你不用扫地。"

这回答是许唐成没想到的，谈判对象完全不按套路出牌，轻轻巧巧，就掠夺了他谈判的资本。脑袋里一时空白，许唐成被他弄得笑了出来。趁此，易辙又搭上一只手，从他手里抢过了扫把。

见实在拗不过他，许唐成不得不说："你中午去我家吃饭吧。"

看到刚将扫把握在手里的人愣住，像是扳回了一城，许唐成咧了嘴角："你刚才答应了的。"

易辙张了张嘴，恍然发现，自己刚才下意识地将许唐成口中的"事情"等同于了"请求"。

现在他却突然提出了邀请。

"刚才你看到的小男孩是唐蹊干妈的儿子,他家不在这边,他妈妈今天早上把他放这儿,就去这边的亲戚家串门了。中午吃饭也没外人,你过来一起吃吧。"

"不了。"沉默过后,易辙慢慢摇了摇头。

"别不了,你在家吃什么,这两天餐馆……"

后面的话被许唐成咽了回去,屋子里忽然静了下去——过年的这两天,即使有开门的餐馆,也仅仅是提供一些早就被预订了的、固定菜谱的团圆饭。

"给你扫地都不管用吗?"许唐成叹了口气,声音变低,"只是想请你吃顿饭而已。"

易辙不知要怎样跟许唐成解释,在他看来"请求"很容易达成,"邀请"却不是。

其实他的反应也大概在许唐成的预料之中,如果易辙是个没心没肺、什么都不在乎的人,也不会在自己的妈妈和周慧彻底翻脸之后,主动和他们保持距离。

"那么,算是回礼行不行?"

没缘由的一句话,考验了易辙的理解能力。

"你给唐蹊买了件衣服是吧?我后来才知道,一直想着怎么谢谢你对唐蹊的照顾。刚好,请你吃顿饭,算是回礼,你别嫌轻,行吗?"

这话说的,看似他没有什么拒绝的理由。易辙晃了晃身子,带得手也跟着晃了一下。

低头,目光扫到身上的衣服,他闷声说:"你也给我买衣服了,不用再谢我。"

"我给你买衣服和这件事没关系,"怕他误会,许唐成加重了语气强调，"包括手套也是，那是礼物，知道吗？"

突然提高了语调的话语，让易辙不由自主地点了点头。

怕他再来句什么扭转局面的话，许唐成迅速从他手里抢回扫把，单方面拍板："就这么说定了，待会儿去我家吃饭。"

他说完，也不看易辙，自顾自朝前走。易辙跟着他挪了一步，刚动了动嘴唇，前面的许唐成突然回头，微微举高手里的扫把指着易辙："不许跟着我。"

易辙停住，眨眨眼，"哦"了一声。

"两个人打扫快一点，弄完刚好吃饭。"许唐成指指厕所，"我扫地，你去涮拖把擦地，我一擦地就腰疼，不跟你抢这个。"

易辙听了，老实地举步朝厕所走去。

许唐成暗自摇了摇头，心道请人吃顿饭可真不容易。他刚松了一口气，易辙却又停住，回过了头。

四目相对，许唐成的心都提了起来，生怕他再说出什么拒绝的话来，自己还要再说服一轮。

好在，易辙只是问了一句："你腰怎么了？"

打扫结束，易辙跟着许唐成去了他家。

刚一进门，周慧和许岳良都迎出来，很热情地招呼他。易辙低头，看到门口的鞋柜上整齐摆放的鞋，问许唐成自己要不要换鞋。

周慧恰巧听到，立即摆手说："不用不用，直接进来吧。"

许唐成刚要跟着说不用，目光一转，看到橙橙放在门口的鞋后改了主意。他弯腰拎起地上的一双灰色拖鞋，放到易辙脚边："换这双吧，我的，正好买大了，你能穿。"

灰色的棉拖印着一只熊的图案，很明显，和周慧脚上的拖鞋是一个系列。

许唐成蹲下来，在鞋柜里翻了翻，翻出了一双凉拖。

许唐蹊和橙橙正窝在沙发上打游戏，一直没顾上和易辙打招呼。许唐成走进客厅，向沙发那里看了一眼，回头朝易辙挑了挑嘴角。他在易辙疑惑的目光中，慢慢往前走，稳稳地站到了茶几前，刚好完全挡住电视。

"啊！哥！"

"唐成哥哥！"

两个表情严肃的人不约而同地大叫，许唐成却坏笑着，就是不让开。

"哥你走开啊！"

"没看见你易辙哥来了啊，招呼都不打。"

"易辙哥好易辙哥好！"许唐蹊赶紧喊，她使劲儿朝一边侧着身子，努力去看屏幕，"我待会儿再打招呼不一样的嘛！你快点……"

话没说完，电视机里已经响起"GAME OVER"的音乐，许唐蹊和小男孩哀号一声，都瞪着许唐成。

"橙橙，别跟你唐蹊姐学，"许唐成无视两个人的目光，他朝易辙抬抬下巴，同橙橙讲，"叫易辙哥哥。"

橙橙恼归恼，倒还算懂事，乖乖放下手柄，叫了声"易辙哥哥好"。

比起问好的小孩子，被叫哥的人反倒更为慌乱。易辙轻轻咳了一声，回了句："你好。"

回完，他看向许唐成，见许唐成已经笑着离开了那个地方，又站到自己身旁。

在橙橙的催促中，许唐蹊操纵着手柄，又重新开始了游戏。易辙终于有了精力去看电视屏幕，看过去，发现竟然是很熟悉的界面。

只是选择光标掠过"1 player（玩家）"，滑到了下面一个格——"2 players"。

这便不熟悉了。

易辙做不到一个人操纵两只手柄，所以从没打过两个人的关卡。

他站在那里一直盯着电视机看，许唐成侧头注意到，以为是他也想玩。

"橙橙，我记得你妈妈说你每天只能玩半个小时的游戏，好像在我们出去骑车之前，你就已经玩过了吧。"

小孩子对待对自己不利的问题，通常会选择最普遍的回答方式——忽略。橙橙啪啪地摁着手柄，聚精会神地盯着屏幕，假装没听到许唐成的话。

"橙橙，"许唐成又叫了一声，"不说话我要挡屏幕了啊。"

"别挡别挡，"橙橙红了脸，终于看了许唐成一眼，可怜巴巴地求饶，"再打完这一局，我就不玩了。"

"可以，就一局，然后让给你易辙哥哥玩。"

客厅里，三个人，都看向了许唐成。

许唐成选择了许唐蹊的视线，回她："你也是，橙橙还去骑了会儿车，你在这儿突突了一上午了，昨天不还说不太舒服吗？"

许唐蹊也心虚，乖乖"哦"了一声。

直到许唐成把手柄塞到自己手里，易辙都还在没头没脑地思考着一个问题——他到底要用几成实力？

虽然他没玩过两个人的场景，但单人作战模式他可是玩得不能再熟了。战斗界面放出来之后，他扫了一眼就已经知道路线该怎么跑。他偷偷瞄了许唐成一眼，心想要不还是保留点实力，给身边的人一个发挥的机会？

许唐成却忽然转过头，问他："你会玩吧？"

易辙顿了顿，在心里推翻了刚才的想法。

还是显示一下自己很厉害吧。

耳边响起的依然是那段他听过千万遍的熟悉音乐，只是这一次，他无比期待战斗的开始。

开局，易辙的小坦克就嗖嗖地冲到了两堵墙中间，许唐成在一旁"哎"了一声："你怎么跑那么快。"

他在前面冲锋陷阵，许唐成看了看形势，发现自己完全没什么再上去的必要。他往上走了两步，蹲在家门口守着他俩的窝。

橙橙在一旁，吃着橙子也没堵住嘴："唐成哥哥你为什么不往上跑？"

"你易辙哥哥一个人就可以了，"许唐成解释得很专业，"得有个人在家附近看家，不知道吗？"

橙橙咂咂嘴："知道。"

又看了两局，橙橙剥了颗糖放到嘴里："你为什么老看家？"

许唐成没说话。

"都是打得不好的看家，我和唐蹊姐姐打的时候，她就让我上去打，她在下面看家。"

出言不逊，许唐成分神看了扭着脑袋的小屁孩一眼。

"怎么又偷着吃糖，不许吃了，你妈妈……"

话说一半，许唐成觉得不太对劲儿，再一抬头，果然，发现他和易辙窝里的那只鸟已经被打了。

橙橙鼓着腮帮子扭过来，嘲笑的样子毫不遮掩："唐成哥哥你怎么家都看不好啊。"

许唐成吸了一口气："你给我把糖吐出来。"

四个人有说有笑地玩了一会儿，周慧在那边喊他们吃饭。大家都坐好后，周慧端了一盘饺子上来。许唐成给橙橙夹了两个，又给易辙夹了两个，最后给了许唐蹊两个。

吃着吃着，橙橙忽然含混地叫了一声："我吃到糖了！"

像更小的时候一样，橙橙依然热爱吃饺子吃到糖的感觉。周慧和许唐成对视，笑了笑。

许唐蹊不再是小孩子，早就知道，谁吃到糖，其实都是周慧和许唐成早就安排好的，不过她也配合地欢呼了一声，说自己也有啊。

"唐成哥哥你有吗？"橙橙探着脑袋张望。

许唐成摇摇头，夹起一个饺子假装去试有没有糖，余光却一直在关注着身旁的易辙。

大家的反应都是雀跃的，唯有易辙，在咬到甜滋滋的东西时，忽然喉咙发哽。

他低着头，将糖咬在一侧的牙齿间，舌尖抵着，滑来滑去地蘸着糖块的甜味。

许唐成本来还担心他会一个囫囵，把糖吞下去，留意到他忽然停滞的动作，才放下心来。可把筷子间已经凉凉了的饺子送到嘴里，咽下去，却发现身旁的人好像依然没有新的动作。

这次他没有再偷偷注意，而是直接转过头去看易辙。

没想到，身边的人也正看着他。

很神奇，交接的目光中，许唐成觉得自己理解了班上女生口中的"母爱泛滥"是什么感觉——在看到易辙耷拉下来的眼角时，他忽然很想抱抱易辙。

他也忽然觉得遗憾，没能亲口对易辙说一句新年快乐。

桌上其他的人都在热闹地聊着天，易辙知道，自己现在半鼓着右腮的样子一定很傻。他咬着糖想，在许唐成眼里，他大概就像是一个没见过世面的乡巴佬，吃到一块糖都不会欢呼。

可易辙还是坚持这样傻呆呆地看着他。

这是最后一块糖。包饺子的时候，许唐成还没有碰到易辙，也没有把易辙纳入吃饭人员的范畴，所以带糖的饺子，只有三个。

齿间的糖化了一些，滑到了易辙的舌头上。易辙想朝许唐成扬一扬嘴角，让他知道自己也是高兴的，可脸却僵着，很狼狈，根本不受自己的控制。

同样一直看着他的许唐成忽然将右手握着的筷子放下，身子转过来，完全面对着他。

两根手指摁住了易辙的嘴角，轻轻向上，将它们提了起来。

易辙怔愣地看着眼前的笑脸。

"吃到糖不开心吗？"许唐成问他。

怎么会。

那块糖是从没有过的甜，像是自然醒来的清晨，阳光叠着昨晚的美梦。

而许唐成朝他一笑，梦都在晃。

橙橙还在追问许唐成有没有吃到糖，易辙仓皇低下头的瞬间，听到许唐成连连笑说："吃到了，吃到了。"

第十六章

目的地

这个寒假过得和往常太不一样了。坐在许唐成的车上，看着空旷的高速公路，易辙仍旧被一种不真实的感觉包围着。

早上许唐成来敲门，说一起去看电影，易辙以为只是在他们这儿的那家小电影院看，却没想下了楼，许唐成同他说："那儿的观影体验不太好，我们去北京看，到那里吃顿午饭，看完电影再回来。"

"啊？"易辙惊讶。

"对，让我哥请吃大餐，易辙哥你想吃什么随便点，别留情。"

许唐蹊穿着粉色的小羽绒服蹦蹦跳跳，但马上被一旁的许唐成摁住了肩膀："别老跳。"

家里离北京这么近，易辙却从没去过北京。

车正高速行驶，有嗡嗡的噪声响在易辙的耳边，他透过车窗向外看，只看到了不断掠过的栏杆，还有偶尔的几辆车。

"我们还去上次那家吗？"许唐蹊问。

"还想逛街吗？"身旁，许唐成看了一眼后视镜，说，"想买东西的话就去上次那家，不想头的话我就带你们去一家新开不久的，在我们学校附近，我去看过一次，座椅很舒服，音响什么的也比上次那家好。"

刚才上车时，许唐蹊不想坐前座，所以此刻是易辙坐在了许唐成身旁。许唐成说完，很自然地转过头来询问他的意见："你想去哪家？"

"我都可以。"

这么说着，易辙却有些紧张地在等着许唐蹊的回答。对他来说，"我们学校"四个字，就已经决定了他的真实选择。

"那去新的吧。"

易辙攥在一起的手松开，偷偷地弯了弯嘴角。

汽车驶进城里，高楼变得越来越多，易辙偏着脑袋看着经过的每一栋大楼的名字，觉得北京的样子，完全契合他的想象。

车停在了一家云南菜馆前，许唐成把易辙和许唐蹊放到门口，自己去找停车位。下了车，许唐蹊朝四周望了望，指指旁边："易辙哥，你看，旁边就是我哥的学校。"

易辙顺着她的指尖望去，隔着马路，看到围墙那一边的几幢楼，有高有低，错落散着。

他没有收回目光，一只手却已经帮许唐蹊拉开了门。

进门前，许唐蹊问他："哎，易辙哥，你打算考哪个大学？"

"还没想好。"易辙看看她，又再去望前方的校园。

今天是初八，工作日的第一天，餐馆里的人却还是那么多。他们在服务生的带领下，七拐八拐，到了一处卡座，前面客人用过的餐具还没有收拾，服务生先将菜单递给他们，很抱歉地让他们稍等一下。餐厅来往的人不断，等待的时间里，易辙站到了许唐蹊的左侧，将她隔在较为僻静的角落。

菜单翻了没几页，许唐成便过来了。服务生也收拾好了桌子，三个人落座，许唐成又抽了几张纸擦着桌子。

"哥，我想吃上次的蘑菇，怎么找不着？"

许唐成伸出一只手，将菜单向后翻了几页，屈起食指点了点："在这里。"

他们的座位靠着窗，许唐成抬头想问易辙要吃什么，却见他一直看着窗外。

"易辙？"许唐成叫他，"你看看想吃什么。"

"我都可以，"易辙很快说，"你们点吧，我不会点菜。"

"别啊，"许唐成把菜单竖过来，一页一页，翻着给他看，"这个鸡翅不错，这个虾球也挺好的，你挑挑。"

"我真的吃什么都行，唐成哥，你们看着哪个好吃就点哪个吧。"

听着他俩的话，许唐蹊打趣说："易辙哥，你就挑着贵的点。"

易辙朝她笑笑，动了动身子，显出些坐立不安的样子。

菜点了几道，易辙终于说："我去个厕所，你们点。"

在许唐成的注视下起了身，刚走出座位，他突然靠到许唐成身边，弯下身子支吾着对许唐成说："我……可能有点久。"

他的声音很小，只有许唐成能听到。许唐成一下子笑了，朝他挥挥手："知道了，去吧。"

易辙离开的脚步很匆忙，许唐成转头看着他的背影，脸上的笑一直没落下。

易辙拼命跑出了百米冲刺的速度，以前打架时他都没觉得这么刺激。一路上，掠过驻足等待的人群，惊飞了停在光秃枝丫上的鸟。易辙哈着白气跨上天桥，跑过桥上时，他朝下看了一眼，剧烈的奔跑中，桥下的车辆都变成了模糊的影子。

终于到了学校大门口，他喘着粗气停下来，仰头望着校门上的几个劲挺的大字。

有人在拍照，有人神色寻常地进出，背后竟然还有导游的声音，通过扩音喇叭传来:"这里就是 A 大……"

这里就是 A 大。

是许唐成的学校。

过于猛烈的奔跑使得他的胸腔泛起隐隐疼痛,而疼痛所感,一切都是真实。

再回到餐馆,桌上已经摆了三杯饮料。

许唐成看他像是有点气喘,心里奇怪,怎么上个厕所还能喘成这样?再回想刚刚他经过自己身边时带过的一股冷气,探头,迟疑地问:"你这是去哪儿上厕所了?"

易辙正拼命忍着过于剧烈的呼吸,听到这问题,忙沉了沉气。

"就在那儿啊。"他抬手指了一个方向,清清有些干哑的嗓子,故作镇定,"排队来着,人多。"

许唐成回头看了一眼,更觉奇怪。

"可是……"他朝后,指了一个与易辙相反的方向,"厕所在那边。"

易辙一下子蒙了。

"哦对,"易辙结巴着"我"了几声,"我路痴。"

拙劣低级,连大脑都没经过,他就抛出了这样一个借口。话毕,才生出想咬舌自尽的冲动。

谁会在餐馆里去个厕所都找不到路啊?

果然,对面两个人都愣住了。

许唐蹊最先一步笑了出来,虽然她立即觉得失礼,慌忙往回憋,但显然没有成功。她捂着嘴,忍着笑:"易辙哥,原来你比我还路痴。那我就放心了,我还怕那天我找不着路,你会觉得我傻。"

易辙无言,尴尬地朝她扯了下嘴角,低头握住了离自己最近的那杯饮料。

"哎，等等。"许唐成还没笑完，抽空跟他说了一句话。他将靠近自己的那杯也朝易辙推了推："你看看这两杯你要哪杯，番石榴和杧果。"

"就这杯就行。"

哪儿还顾得上挑口味，易辙扔出这么一句，慌忙灌了自己大半杯饮料。凉凉的液体下了肚，他才勉强镇静下来。

那天看的电影是《长江7号》。但其实，看的什么，似乎都不是很重要。

易辙对于电影的内容并没有什么印象，整场下来，不停在他脑海里闪过的，都是A大的校门，一栋栋教学楼，一条条小路，还有看到的那几尊雕像。偶尔，他会悄悄转过头，隔着许唐蹊去看那个认真看电影的人。电影院似是有一种魔力，眼前浮光变幻，他像是摆脱了银幕上的故事，在看一部属于自己的电影。那是一段无声的影像，许唐成是那里面唯一的主角。骑着自行车，走着路，背着书包，拿着课本，易辙看到了千百种他做不同事时的模样。明明全部都只是易辙自己的想象，却真实到像是他曾亲眼见过，见过许唐成在这样一个校园里，是怎样生活的。

直到影像放映到最后一帧，他看到许唐成坐在宿舍的床上，脱了上衣……

大银幕的光闪闪烁烁，光转影移中，易辙觉得浑身虚浮，像是飘在空中，无处可依。黑暗使得他的灵魂终于脱离了肉体，灵魂感知到的，并不是满座的电影院，而是一片绵软。

那段影像中的许唐成停住了动作。他坐在床上，忽然望向镜头，与他对视。

电影散场，灯光亮起。

易辙惊出了一额头的冷汗。

那镜头就像是他窥视许唐成的眼睛，在被许唐成看到的瞬间，他所有的想法都被剖开在烈日下。

心跳如雷。

强烈的灯光刺着他的眼睛，踏在柔软的地毯上，他经历了长久的茫然失神。

他刚刚在干什么？他又为什么，要疯狂地跑去看许唐成的学校？

许唐成和许唐蹊走在前面，易辙看着他的背影，呼吸是杂乱的。他清楚地意识到了自己的不正常，刚刚荒唐的一切使得他胆战心惊地明白过来，自己到底在抱着怎样的心态接近那个人。

他放慢了脚步，想要与许唐成隔开一些距离，似乎只有这样，他才能有空间，去汲取一些急需的氧气。

而前方的许唐成却像是感应到了他的掉队，突然停下来，转身看他。

"怎么这么慢？"

许唐成朝他笑，等他走过来，才与他并肩，复往前走。

转弯，放映厅出口的地方又很黑暗。易辙和许唐成离得太近，有个小孩子从一旁挤了过去，许唐成为了躲他，朝易辙靠了靠。

全线溃败。

易辙有些绝望地闭上了眼睛。

如果他的接近是危险的，那就危险吧。只要，不让许唐成知道。

第十七章

避难所

再开学，教室的后黑板上已经辟出了一角，时间向前，无增只减。坐在最后一排的易辙每天早自习的间歇都能看到赵未凡更改那里的数字，被擦掉的粉笔灰飞扬四散，落至地面、窗台，完成一次无声接近。

这个夏天，班上似乎变得越来越沉闷，无论易辙何时走进教室，看到的永远都是黑压压的一片，每个人都埋头在永远做不完的习题中，好像现在多做一道，未来的某一份高考试卷上就会多加上一分。

电扇吱呀呀地转，闷热的风从窗外吹进来，易辙跨过堆了满地的书箱，穿过一片潮湿黏稠的空气，一步步走回自己的座位。

但这样的环境，竟从未使易辙觉得烦躁，他认真做着每一张试卷，听着老师的每一句叮嘱，只除了偶尔周五的晚自习，依然会不停看表，穿插没有任何内容的发呆。他习惯了在周五的晚上骑车回去，绕着院子满满转上一圈——能找到许唐成的车最好，找不到的话，也总算是走完了一周内最长的期待之路，落下了一颗心。

整个夏天，C市都没有下一场雨，夏风卷了无尽暑气，始终窝在城市上空，久久不散。直到这天周六，从第二节晚自习开始，突然落了很大的雨。开始是一阵吓人的雷鸣，惊得一贯平静的班上都起了骚动。大雨来势太猛，气温骤降，雨水甚至打出了雾气，从地面升腾而起，引来不少人围着窗户看。易辙用这个晚自习为自己模拟了一场计时的理综考试，所以没太注意到这骤降的大雨，还是等放了学，想要到车棚取车时，才突然被这场雨困住。

雨声喧闹，甚至盖住了一些正打电话与父母联系的声音。

"哎。"

有人从后面拍了他一下，易辙回头，看到偏着脑袋看着他的赵未凡。

"给你伞。"

赵未凡递给他一把伞，自己将另一把伞的绑带打开，手上抖抖，伞便蓬松张开。

"你怎么回？"易辙朝外望了一眼，学校门口的街排水不畅，路面积了很深的水，最深的地方甚至已经没了小腿，许多同学都拎着鞋，卷起裤腿，蹚水过河。

"我爸接我，"说完，赵未凡抬头盯着易辙犹豫片刻，还是问，"要不要把你捎回去？"

意料之中的，易辙撇撇头，说了声"不用"。

身边的人陆陆续续走了不少，易辙和赵未凡刚要走，忽然听到有人叫了易辙一声。赵未凡回头，看到是隔壁班的一个女生。

"我忘记带伞了，"女生看着易辙，笑容很是标准动人，"我爸爸就在门口等我，能蹭你的伞过去吗？"

易辙愣了愣，下意识地开始皱眉。

赵未凡和这个女生不熟，但看这架势，也知道是怎么回事了。难得有易辙的戏看，她当然不着急走了，闲闲地往旁边挪了一步，一边摆弄着伞，一边等着易辙回复。

没想到易辙立马朝前伸了伸胳膊："给你吧。"

女生听到这话，很明显地，脸上闪过一丝讶异，尽管她很快便将这不自然的表情掩盖下去，可还是被一旁看戏的赵未凡瞧在了眼里。

"伞不是我的，"易辙朝赵未凡站着的方向看了一眼，对女生补充说，"你记得还我。"

赵未凡差点要笑出来。

停顿了几秒之后，女生还是接过了伞，竟还维持着得体的笑容，对易辙道了声"谢谢"。

窈窕的背影消失在雨幕中，赵未凡才勾着嘴角上前两步，用胳膊碰了易辙一下："你可真不解风情。"

易辙懒得搭理她的揶揄，问她："你爸在哪儿等你呢？校门口积水那么深，我估计车也开不过来吧。"

"不知道，不过以前他也不到门口接我，都在旁边那个路口等着。"

"你给他打个电话。"易辙看门口人那么多，怕赵未凡出去也找不着人。但等他拿出手机，才发现手机已经黑屏了。

他不禁骂了一声："我昨天才充的电啊。"

而这天许唐成正好在家，晚上见雨下得狠，便早早联系了许唐蹊。许唐蹊贴着校门右侧出来，被早就等在那个角落的许唐成一把拉住。

"把你的伞收了，前面积水太深，我背你过去。"

校门口太吵，说这话时，许唐成几乎是贴在许唐蹊的耳边吼的。

"不用。"

"不行，"许唐成把她拉到自己的伞下，直接抬手帮她收了伞，"这水都能到你膝盖了，着凉了就麻烦了。"

许唐蹊无法，只得按照许唐成的意思，接过许唐成手里的雨伞，趴到了他身上。许唐成把许唐蹊送到车里，确认车里不冷，许唐蹊的身上也没有湿，才将车钥匙递给她："你在这儿等着，我去等等易辙。"

其实许唐成在给许唐蹊打完电话之后就联系了易辙，但易辙的手机却一直是关机状态。他怕在自己还没到校门口的时候，易辙已经恰巧走这个时间差出来，再加上反正裤子已经几乎全湿，便索性也不再去费力寻找水浅的地方，直接举着伞，大跨步地往前跑。

许唐成踮起脚、伸长了脖子朝学校里面望，几乎每一个出来的学生都打着一把伞，穿着一身校服，乍一看，很难分辨出来人。看着不断涌出的人流，他也不确定，在这样乱糟糟的环境中，自己成功捕捉到易辙的概率到底有多少。

不过好在易辙很高，他想，这样的话，目标应该比较明显。

就这样等了一会儿，走出来的学生变得越来越少，人与人之间有了更大的间距，不再像之前那般一窝蜂。但许唐成还是没有看到易辙。

看看腕上的手表，10点20分。

可能还没出来？

雨势未歇，还又随了风。

许唐成又左右晃着朝里望了望。再等一会儿吧。

等在学校门口接孩子的家长实在太多，去往车棚的路上，易辙朝门口看了一眼，看到那儿水泄不通的人潮，忽然生出一股子烦乱的情绪。

这样没防备的雨是萧条冷清的，但又很神奇地，能够引来这样一阵充满温情的热闹。

因为雨下得大，很多人都放弃了骑车，虽到了放学的时间，自行车棚依然被塞得满满的，易辙动手挪了三辆，才勉强把自己的车推出来。他没有打伞，浑身湿透，额上不断有水顺着碎发滴下来。跨上自行车之后，他抹了一把后颈的雨水，接着将车头转了一个方向。

他不想在此时去穿水泄不通的大门口，打算从家属区的后门出去。

车把左右摇晃两下，原本蹬在地上的脚收上来，车子很快加速，在道路无人的一侧，逆着一旁的人流朝前行进。

少年躬身骑在校园里，大雨从头顶浇下，灌了满身，脚下也有不断溅起的水花，本该是有些狼狈的场景，却让易辙觉得莫名爽快。下这么大的雨，在校园骑车也不会有人管，路上的人都忙着回家，有打伞的，也有像他一样直面暴雨的，而在他们眼中，他也只是一个着急回家的人而已。

一路都是飞骑，带着满身的水到家，走过的台阶都被印上黑漆漆的一摊水渍。掏出的钥匙也滴着水，易辙甩了两下，又在湿漉漉的袖子上蹭了蹭。刚要开门，身后的门却率先打开。

看到易辙这副样子，周慧很是吃惊。短暂的惊疑之后，她朝前迈了一小步，却又有些匆促地退回去。在她踟蹰的时间里，易辙先说了一句"阿姨好"。

"哎，"周慧连连点头，"怎么……"

周慧吐了两个字，却又像不知该不该说般停了下来。易辙望着她，静静等着。

"怎么自己回来了，唐成不是去接你们了吗？"

对于"你们"二字，易辙是反应了一会儿的。

周慧在看到易辙之后便有些怀疑，现在瞧见他脸上露出的茫然表情，更加印证了易辙并不知道这件事的猜想。

但——是没联系上，还是没有联系，周慧便拿不准了。二者意思相差太大，使得她说话都变得小心翼翼。

"那我去给他打……"

她的话没说完，易辙已经扶着扶手，一步两阶地冲下了楼。

周慧错愕，赶忙跨出门，追着喊了两声。易辙却像什么都没听见，楼道的门打开又合上，一声响，隔绝了雨声。

周慧方才的话中带着不确定，易辙却从未像现在一样，这么快地做出判断——他一定给自己打了许多通电话，如果现在给手机充上电，一定还能看到他的许多条消息。他会告诉自己放学在校门口等他，会告诉自己他来接自己，也会在最后告诉自己……

"我联系不上你，看到的话，给我回个信。"

为什么刚才要跑去走小门？

易辙骑车往回赶，路上满脑子都是这样的一串质问。怎么就不能往人多的地方走了？怎么就不想被别人看了？易辙咬牙，老叽叽歪歪瞎矫情什么？

车骑得太慢了，易辙觉得到学校的路突然莫名其妙增出很长，好像还要好久才能到。疯狂的骑行引来路人侧目，他却完全没有注意到。最后他干脆站起来，在被大雨模糊了的视线中将车骑得左右摇摆，以一个极限的速度，飞掠过与他方向相反的人流。

终于快到学校大门口，大腿已经酸软，堆积的乳酸开始叫嚣，却依然抵不过他近乎机械的动作。

人体内乳酸产生的原因是什么？这道题他在今晚刚刚做到过。

刹车，停住，易辙一眼就看到了站在门口的人。

大雨，他撑了一把黑色的伞。

那是他的避难所。

易辙骑过马路，贴到许唐成身后停下，许唐成都还完全没有察觉。看着他向学校里面张望时拉长的脖颈、踮起的脚，易辙轻轻叫了他一声。

雨声覆住了呼唤，眼前的人没有听见。但在易辙要再上前一步时，很突然地，他又转过了身。

"你……"许唐成被吓了一跳，再看到他这被淋了透湿的样子，有些愣地伸出一只手，拽上了他的胳膊，"你这是从哪儿来？"

一把伞，遮住了两个人。

易辙的呼吸还未完全平复，他张了张嘴，声音抖着："我手机没电了。"

第十八章

少年意

"我知道。"许唐成说。

他也说不出到底为何这样相信，但在发现易辙关机时，他第一时间想到的，便是手机没电了，而不是机主因为什么不好的情绪，主动切断与外界的联系。他将易辙上下打量了一遍，确定易辙目前的状况已经不能再糟了。薄薄的校服裤子贴在腿上，胸口亦是湿答答一片，完全展现出了人体轮廓。皱起眉，抬头刚要责怪，许唐成却发现那束看过来的目光中，好像包含了不一样的东西。

歉疚，着急，都有，但又都不完全。

一时的猜测迟疑，使得他没有再说任何话。

"我出来的时候走了小门……对不起。"

"对不起什么？"看他一脸懊恼，许唐成笑着说，"本来也没有提前联系好，错过也是正常的。"

易辙正跨下车，听到这话，抿唇低头，很快地捏了两下闸。

雨像是还有加大的趋势，许唐成听到身后有吱啦拖拽的声音，回头看，发现校门已经合上了一扇。

"走吧，我们先把你的自行车放到对面那里。"

学校对面是一个广场，许唐成记得以前那里有二十四小时的收费停车场，他隔着马路望了望，问易辙："现在还能停一夜的吧？"

"能。"易辙点点头，跟着他朝前走，许唐成则微微提高了手，撑着两人头顶的伞。

其实他手里还有另一把伞，只是易辙要推车，他便没将这把伞给出去。

校门口的积水已经漏走了一些，路上又有了一辆接一辆的车，车灯明晃晃的，刺穿了雨幕。过马路时，易辙不经意地朝身侧一瞟，忽然看见许唐成已经湿了半扇肩膀，再抬头看，才发现头顶的伞一直朝自己这一侧歪着。

雨珠顺着伞边滚下，碎到地上。

"我来打吧。"他将手握到伞柄上方，与许唐成的手相接。

"你推车，不方便。"

易辙却在手上使了劲儿，直接将伞挪到了自己手里。

"方便。"

在这之前，无论遇到多么突然、多么大的雨，他都没和别人一同打过伞。将伞朝另一侧偏过去，遮住另一个人全部的身体时，易辙的心里忽然飘出那么一点得意满足的情绪，大概类似于，将草莓蛋糕上的草莓偷偷挪到对方的盘子里，或是在炎热夏天的小卖部，偷偷让出最后一瓶冰水。

微不足道，暗自开心。

回到车上，许唐成才发现有来自周慧的未接来电，他回拨过去，告诉她会很快到家，顺便嘱托她煮一壶驱寒的姜汤。

"易辙哥，你是到家了又回来了？"许唐蹼转过身，有些吃惊地问。

易辙正用一条干燥柔软的毛巾擦着头发，听到这个问题，点着头应了一声："嗯。"

"让我妈打个电话过来就好了啊。"

许唐蹊不解的问题，也正是许唐成不解的。从周慧口中了解了刚才的来龙去脉之后，他便有点想不明白，易辙怎么这么轴，明明打个电话就能解决的问题，为什么要顶着这样大的雨，去而复返。

从后视镜里看了看把头发擦得乱糟糟的易辙，他忍不住唠叨："可真够胡闹的，都到家了，还回来做什么？你这淋一晚上，感冒了怎么办，马上就要高考了，身体万一出问题，影响多大。"

"没事。"不知有意无意，易辙回避了前半截话，只答，"我身体好，感冒不了。"

"身体好也禁不住你这么折腾，我不管你'觉得'自己会不会感冒，待会儿回去，你先回家冲个热水澡，然后我给你把姜汤端过去。我妈说晚上喝姜汤不太好，不过'两害相权取其轻'，我觉得你还是喝一碗吧。"说完，他又转向许唐蹊，"你也是，回去也抓紧洗澡。"

"哦。"许唐蹊答应。

"不用，太麻烦……"

话说一半，被瞟了一眼。

"哦，好。"易辙改了口。

打起向左的转向，许唐成开着车上了路。

这个热水澡洗出了易辙有史以来的最快速度，完全无视了许唐成要他多冲一会儿的叮嘱。而在洗完澡，等着许唐成来的时间里，他又飞速将客厅收拾了一遍——乱丢的衣服都丢到别的屋里，茶几上太脏，找块湿毛巾擦一遍，地上散着瓜子壳，扫掉……

都收拾完，他觉得自己哪里还需要姜汤，早已经出了一身薄汗了。连许唐成进门见到他，都愣了愣："热水澡洗太久了吗，脸这么红？"

许唐成把姜汤放到茶几上，走到易辙身边，摸了摸他的脑门："你不会发烧了吧？"

再用另一只手摸摸自己的，似乎还好。

易辙垂了垂眼皮，在背后搓着手，没吱声。

姜汤盛在一个圆形的玻璃饭盒里，盖子被打开，立时冒出热乎乎的气。许唐成将饭盒推到易辙面前，叮嘱："小心烫。"

只喝了一口，就没法控制地皱起了眉毛。

"不好喝？"

姜味太大了。

可话出口，却是："有点烫。"

口不对心，讨好人的第一步。

许唐成笑了："不是跟你说了烫吗，你吹吹。"

于是碗里的汤便起了水纹，一圈一圈，赶着散开来。

许唐成随手拿起茶几上的一本书，是英语阅读理解的习题册。他将胳膊挂在腿上，走马观花地翻了几页，发现整本都已经被做完，纸页上有红色笔迹的改错痕迹，还有一些陌生单词的注解、长句的结构分析。

一本阅读理解的习题集，是不会自然出现在他家客厅的茶几上的。易辙偷偷用余光扫着身边的人，扶着饭盒的手指，开始不安分地，一下下敲击着玻璃壁。

许唐成没有察觉他的小动作，看了一会儿，才随意问："最近怎么样？还有十几天就要考了。"

"还行，"手指停下，易辙又吹了口气，也学着许唐成的样子，把胳膊挂到了腿上，"最近几次模拟考都挺稳定的，年级前五。"

其实是前四，说谦虚了。

"厉害啊，"许唐成的眼中闪过了惊喜，饶有兴致地偏过身子问，"有目标学校吗？选择范围很大了，可以好好挑挑。"

"学校……"

易辙嘟囔了一句,许唐成以为他这意思是还没想好,便开玩笑说:"不然你考虑考虑 A 大好了,师资雄厚,学风优良,校园优美,还能当我学弟。"

说完,许唐成都开始笑自己的自卖自夸。一旁的易辙心里打鼓,脸上这层皮逐渐开始不听使唤,被许唐成的情绪牵着动。他扯着嘴角笑,手上将饭盒换了个方向。

一个完全没有意义的动作,暴露了他心中的紧张。之后,装作不经意地,他说:"好啊。"

许唐成听了还是笑:"真的?"

"嗯,"易辙这回抬头,在明亮的光下看许唐成,他大着胆子问,"给你当学弟去行不行?"

这段对话的开始,便是因为许唐成的一个玩笑,结束时,他也依然只当是一个玩笑,所以他笑着说好,笑着说以后罩易辙。但他并不知道,对于他,易辙说的每一句话,从来都是用上十二分的认真。

考前最后几天的一个晚自习,易辙被老杜叫了出去。到了办公室,他才明白这场谈话的内容是"个别学生考前心理维稳"。

"易辙啊,你高三成绩进步真的非常大,说实话,这是我没想到的。我以前就知道你聪明,但是说你半天,你心都收不回来,现在你醒过闷来了,知道学了,我特别高兴。"

老杜言辞恳切,易辙也难得听得认真。他承认,曾经他的确惹过不少祸,劣迹斑斑,是因为老杜,他才没被从这个实验班踢出去。就说那次被记过的事情,他站在副校长的办公室里,也是看到老杜低声下气地跟人家说尽了好话。

"其实高考我不担心你,我觉得你心理素质好,上考场完全不怯,所以只要你稳住，相信我，哪个大学都没问题的。"

听到老杜这句话，易辙竟然松了一口气，这连他自己都没想到。

静了一会儿，他问："真的吗？"

"啊？"老杜没想到他会应自己，一下子还有点愣。

易辙再次重复："哪个大学都没有问题吗？"

"真的啊。"老杜立马一拍大腿，说得很大声。再仔细咂摸这话音，他又品出点更深层次的东西来："怎么，心里有目标了？"

易辙低了低头，两只手的食指和拇指分别相对，架出一个四边形的框，刚好将地面上一处十字形的瓷砖边缝框住。

"我考 A 大。"

不是我想考，也不是我要考，而是我考。

考 A 大，通信工程。

他不知道别人是怎样想的，但随着高考临近，这个目标已经几乎撑满了他的整颗心，到了迫不及待的程度。迫不及待要到那一片校园，迫不及待要和他出入同一栋教学楼，迫不及待，想要在饿扁了肚子的时候，与他在食堂偶遇。

在和老杜说出"我考 A 大"之后，他感到如释重负，又隐隐期待。压了这么久的秘密终于要光明正大地亮相于世，那点发芽的小心思，也终于要有所依托。

太过激动，以至于高考前的那晚他竟然失了眠，睁着一双眼睛在床上辗转，脑袋里交替出现着要背的古诗词，英语作文模板，语文阅读理解题答题要点……还有偶尔闪过的许唐成。折腾了许久，羊都数了两百只了，还是没能睡着。

考生失眠也就算了，隔着几面墙的地方，明明已经远离高考不知多少年的人，竟也在床上翻来覆去地滚着。

许唐成一直在认真纠结这两天到底要不要接送易辙，想送吧，又想到人家都说高考一定要讲究平常心，平时怎样，这两天就还怎样，千万别搞特殊；不送吧，他又觉得不放心，别人都有人送有人接的，易辙还要在大热天，一个人骑着个车来回跑，没准儿饭都吃不好。

纠结半天也没个结果，最明显的后果，不过是把那点可怜的睡意彻底弄没了。反正睡不着，他干脆跷高了脚，一个打挺儿坐起来，跑到窗前抽了根烟。

最终，许唐成还是没送易辙，易辙早上醒来，手机里躺了两条消息，都是一声简单的"加油"。

他给赵未凡回了"你也是"，轮到许唐成，则是呆愣半晌，只回了一个"嗯"字。

退出短信界面，手机揣进兜里，终究还是觉得不甘心。

又翻出来，存了一条消息到草稿箱。

两天，其实很快就过去了。回京前，许唐成站在楼下，连抽了几根烟。他并没有烟瘾，只是等待的时间总是忐忑，没留神，烟就烧多了。

也看到了几个陆续回来的考生，从他们口中，许唐成隐约听到"数学好难""英语挺简单的"这样的话，每个人和每个人说的都不一样，但又是同样的兴奋或懊丧。他抿着唇，挤出口中的烟雾，在心中不安地猜着易辙到底考得怎么样。

怎么想，都该是说"题好简单"的那个吧？

一直来回转圈等着，不知朝大门的方向望了多少遍，快到七点钟，他才终于看到了慢悠悠骑车回来的人。他的耳朵里还是塞着耳塞，车轱辘没有走直线，而是在小路上碾出一个个"S"形的弯。

许唐成歪歪头，站好，等他过来。

夏天，傍晚七点钟的太阳还是又明又暖，易辙的一只手里捏着一个透明文件袋，文件袋被阳光一遍遍冲刷，2B 铅笔、黑色签字笔都被刻上了一层余晖，但奋战的痕迹依然清晰。

易辙一直低着头，直到两个人足够接近，车轱辘进入了许唐成的影子，易辙才终于抬起头，看到了静静立着的许唐成。

紧张的情绪下，许唐成甚至无法具体分辨易辙的眼底到底闪过了怎样的光，只看到他停下来，朝自己翘了翘嘴角。

是轻松愉悦的表情。

许唐成重重呼了一口气。

"还没回北京吗？"易辙不再克制脸上的笑，问道。

大概是因为心情好，他没有下车，而是玩似的一直慢慢骑着，绕着许唐成转圈。

"等你。"许唐成想再抽一口烟，抬起手来，却发现烟已经被他捏变了形，烟蒂以一个不大的弧度翘着，像一个隐晦的对号。

好像是个好兆头。

"你高考，我倒跟着紧张了两天。"他望了望天，叹气说。

易辙还在绕着他转圈，圈子的范围越来越小，但始终以他为圆心。

"这么高兴啊，"许唐成左右摆头，寻着他看，"考得特别好？"

"特别好。"

易辙朝他傻笑，他便继续由着易辙转。

也不知转了多少圈，许唐成终于觉得眼晕，伸手拽住了他："好了，别转了，晕。"

易辙的一句"特别好"直接带给了许唐成一个绝好的心情，开车起步时，不小心，一脚油门踩得特别狠。一旁散步的大妈被吓了一跳，摇着蒲扇瞪他，许唐成立马探出手去道歉："对不起，阿姨，对不起！"

车子快要滑出大院，后视镜里突然出现了一个躬身狂骑车的身影，在他还没反应过来时，易辙已经追到了他身侧。

他放下车窗："怎么了？"

"没事，"少年的脸上微红，有薄汗，他扬着嘴角低头，说，"太开心了。"

许唐成一下笑开。

自行车的速度当然比不了汽车，很快，易辙就落后了，许唐成想要转头去看他，却在目光触及后视镜时忽然失语，咽下了要喊出口的话。

后视镜里是一轮落日，他是能拖住太阳的少年。

第十九章

梦成真

　　易辙和赵未凡一起找了一个暑期工，是在一家烧烤店做服务生。老板人很好，会在每天收工的时候招呼大家一起随便吃点，喝杯扎啤，聊聊天。不过，开始时易辙和赵未凡还会留下，过了几天就说什么都不吃了——烧烤店烟熏火燎，哪怕是露天的，易辙他们两个人每天也都要沾一身的味道，天天闻这味道都要闻吐了，巴不得下班以后赶紧跑回去洗澡。

　　赵未凡把围裙摘下来，挂到里屋的衣架上，低头，皱巴着脸去检查自己的上衣。今天被一个乱跑的小孩子撞翻了托盘，刷满了酱的烤串全都扑到了她身上。老板娘贴心，当时立刻找了件围裙给她遮了遮。但现在下了工，她便对着这一片污渍发起了愁，偏偏她今天还穿了一件淡黄色的上衣，使得胸前那一片狼藉更加显眼。

　　大概是因为她在里面待了太久，门口响起了敲门声。

　　"还没好？"

　　赵未凡又在心里叹了一声倒霉，无可奈何地打开门，走了出去。

　　看到她的衣服，本来在鼓捣手机的人微微一愣："衣服怎么了？"

　　"被个小孩撞了，"这么一大片污渍挂在胸前，让赵未凡多少有点不自在，她拽了拽衣服，蹙眉道，"唉，好烦，这怎么出去啊。"

　　易辙收了手机，想了想："我去给你买件衣服套着。"

见他提步欲往外走，赵未凡赶紧叫他："这个点了，你去哪儿买？"

"旁边的小街上有摆摊的。"

不一会儿，易辙便买了衣服回来，而这时的赵未凡已经被老板一家拉着聊了好一会儿。

"哦对啊，高考今天出分，是不是过了十二点就能查了？"

"嗯，是。"赵未凡一面应着，一面接过易辙手里的塑料袋。

易辙买来的是一件牛仔短袖衬衫，肥肥大大的样子，不太像女款。赵未凡拎着看了看，把一排扣子解开，直接套在了身上。衬衫有领子，又宽松，完全不会露出里面的衣服，这样穿上，也不会显得奇怪。

"哎哟，小伙子够体贴的啊。"老板娘许是瞧着他俩顺眼，忍不住打趣，"你们现在的小孩，就是比我们年轻的时候会来事。"

"我年轻的时候怎么了？"举着半杯啤酒的老板不服气，"我没给你买过衣服啊？我当时不还……"

"行了行了，"老板娘打断他，"没人想听你那点事啊。"

这些天，赵未凡也已经习惯了听他们拌嘴，她理着衣服，在一旁笑。

"哎，对了，我儿子跟我说不能老问学生考得怎么样，所以一直也没问你俩。"老板娘笑眯眯地看了两人一圈，"怎么样？反正今天就出分了，我问问也没事吧？"

老板也来了精神："估分了没啊？好嘛，我外甥今年也高考，跟我说估分估了三百八，我说你这可牛大发了。"

赵未凡犹豫了一下，还是说："七百多吧。"

果然，老板和老板娘都愣住了一样，眨巴着眼看着她。

突然没了声音，几个人面面相觑，气氛一下子尴尬了起来。

赵未凡在心中默叹一声。

这就是为什么她从来不愿意提分的事，每次遇到爸妈的朋友啊、亲戚啊问她，她说完自己的估分以后，别人都是一副怀疑她昏了头的样子。

可是就是七百多啊，只要作文不被判跑题。

"七百？总分不才七百五？"

"嗯……"赵未凡含糊应着。

"这么高啊？真厉害，真厉害。"老板和老板娘对视了一眼，不知是信还是不信，迟了很久才补上两声显得僵硬的笑。

"你呢？"老板娘大概也觉得刚刚让小姑娘尴尬了，又连忙活跃气氛，很积极地问易辙。

"695。"

装衣服的黑色塑料袋被揉成一团，一个抛物线，飞进了门口的垃圾桶里。

"走吧。"易辙朝赵未凡撇撇头，回手拉开了玻璃大门。

成絮最近忙得不见人，通常是早早到实验室露个面就走，再回宿舍，几乎都已经过了十二点，甚至有时要到凌晨一两点，才悄悄回来。尽管能感觉到他刻意放轻了动作，但许唐成还是会在他开门进屋时就立刻醒来。他了解成絮，知道他这样早出晚归，一定是有什么要紧的事要忙。怕他因为打扰自己而过意不去，许唐成便都假装没听见他的动静，在床上合眼装睡。

而这天成絮回来，竟发现许唐成还没睡，正戴着耳机，坐在床上看电影。

成絮凑过去，朝屏幕望了一眼。许唐成察觉到，摘了耳机看他。

"今天这么早回来？"他看向屏幕右下角的时间，还不到十二点。

"嗯，"成絮打了个哈欠，坐到他身边，"以后就不会很晚回来了。"

稍许停顿，他又接着问："之前吵到你了吧？对不起啊。"

"没有，"许唐成笑着摇头，从一旁的袋子里拿了一小包怪味蚕豆，撕开，递给成絮，又抽了一张抽纸铺到他面前，给他放蚕豆皮。

"你最近到底在忙什么？看你这瘦成什么样了。"

"嗯……"成絮捏了一颗豆子放到嘴里，把皮嗑下来，支吾了一声，才说，"我找了个实习。"

许唐成有些惊讶："这么早就找实习？"

成絮抓了抓他那一头自来卷："其实是帮我老乡，他注册了一个公司，在弄一个社交网站，我帮帮忙而已。"

或许人在某些事情上真的是有很敏锐的直觉，立刻，许唐成就想到了一个人。

"是上次的那个……"他略微回忆，说了一个名字，"傅岱青？"

许唐成刚刚已经拔掉了耳机，外放的影片里，男女主人公正深情地互诉爱意。成絮看上去一直在盯着屏幕看，但在听到那三个字时，眼珠却已经开始四处乱转。

许唐成一直在回忆傅岱青这个人，并没有注意到成絮有些奇怪的神情。

"嗯，"成絮不甚自然地应了一声，转头看到许唐成若有所思的样子，也不知怎么，突然心虚。他轻轻咳了一声，问："今天你怎么还没睡啊？"

"我等高考成绩。"说完，许唐成忽然意识到刚刚光顾着和成絮聊天，完全忘了自己在等十二点。反应过来，连忙动动鼠标，看了看时间。

"高考成绩？"成絮先是自语了一句，又很快想明白，"你有亲戚高考啊？"

"嗯。"

夜市小摊上的衣服都很便宜，相应地，做工比较粗糙。走在路上出了点汗，赵未凡便开始觉得脖子那里被扎得很痒，她不停地抬手拂，易辙自然也注意到了。

"都是这样的衣服，没好的。"

赵未凡点头："知道，就是这领子有点扎。"

捂着脖子又走了两步，赵未凡忽然问："现在几点了？"

易辙看看手机："十点半。"

"还有一个半小时。"赵未凡说。

其实到现在，易辙对于成绩都没什么紧张的感觉，他自己考的试，考得怎样，当然是再清楚不过。

"你真的估了 695 ？"

"没估，"易辙说，"我只对了英语完形的答案。"

赵未凡奇怪："那你刚才说 695。"

易辙看了她一眼，之后低头，踢一脚地上的石子："随便说的。"

突然起来的夜风吹扬了他的上衣。

把赵未凡送到家，易辙又自己溜达了两圈，走哪儿算哪儿，漫无目的。总是热闹着的广场上没了跳舞的人，街上也没了各种小商小贩，这个时间，小城的人大部分都已经入睡，没睡的，估计又有 ·大部分都是围在电脑前等着那一个数字。

碰到一个被踩扁了半截的矿泉水瓶，易辙转了个方向，飞快地起了一脚。水瓶撞到墙上，又落下，掉进了脏兮兮的垃圾桶。

终于逛回了楼下，易辙抬头，家里的灯竟然亮着。

向西荑回来了？

立刻，他就掉头往外走。

手机在这时响了一声。

"睡了没有？待会儿查分吗？"

易辙看看漆黑的前路，又回头望望自己家的灯光，回："查。"

因为这一个字，还是上了楼。

不情愿地往上走时，他在心里希望向西荑已经睡了，灯亮着是忘了关，或者，即使没睡，也懒得搭理他，再不济，他告诫自己千万别跟她吵起来。毕竟马上就是十二点，查分才是重点，别的都要忍一忍。

但他没想到，做好了心理建设上去，却看到家门口坐着一个男人。男人看样子有点年纪了，却穿了满身铆钉，留了一大把络腮胡，还梳着一头看上去邦邦硬的脏辫。

他背靠墙坐着，听见楼道里有动静，才微微睁开合着的双眼，挤出很窄的一条缝看了看来人。不过这个睁眼的过程很短暂，易辙都没看太清，男人就已经又闭上眼睛接着睡了。

看这人完全没有要让开的自觉性，易辙拧着眉毛，偏了偏头。

或许是感觉到面前的人没了动作，靠墙的人收了收腿，给来人腾出了更多可以通过的空间。

易辙没耐心，直接拿钥匙在楼梯的铁栏杆上敲了两下。

"让开，挡着我开门了。"

金属相互撞击的声音并不小，地上的男人被吵到，嘟哝了一声。他歪了歪脑袋似要继续睡，但没过两秒，又猛地完全睁开了眼。瞪了易辙片刻，男人几乎是跳起来的。

"你是谁？"

易辙被他抽风似的动作弄得一愣，再看他一脸戒备的模样，立马明白了这人在想什么。

他在心里骂了一声有病，向西荑到底能不能跟个正常的人类交往？

"让开。"易辙看了看时间，有点不耐烦地说。

男人却伸开手臂、满身戒备地挡在门口："你到底是谁?！"

带着愤怒，他的声音提高了不少，震亮了好几层楼的灯。

易辙下意识地朝旁边的门看了一眼，而后压着嗓子冲男人吼："你小点声行不行，别人不睡觉啊！"

"你必须告诉我你是谁，以及，你和我的缪斯是什么关系。"

易辙还从没听过现实中有人这样拿腔拿调地说话，一句话拐了八道弯，最终拐到一条欠抽的道路上。

向西荑到底是从哪儿招来的奇葩?

易辙怕这种不可预知行动的生物真在这儿闹起来，便直接扔出一句："她是我妈。"

男人傻住，易辙一把将他推到一边，开了门。

结果男人也不知是突然接上了哪条反射弧，竟然朝着易辙的后背猛扑了上去。

"段喜桥，滚出去。"

没等易辙把拳头抢过去，屋里正敷着面膜看荒诞喜剧的向西荑说话了。

"噢！我的缪斯，你不可以这样……"

"滚。"向西荑在一阵夸张的笑声中再次开口。

男人在距离向西荑两步远的地方停住."我为了来找你，跋涉千万里。"

"滚。"

"我没有钱，也没带身份证，我无处可去。"

"滚。"向西荑单纯重复。

"噢！我的缪斯，你看，那里！"叫作段喜桥的男人指着窗外，"外面天寒地冻，大雪下了三尺厚，我这样出去，难道不是死路一条吗?"

现在是六月。

"神经病，"向西荑也终于失去了那点少得可怜的耐心，她眯着眼睛看着男人，"你再这么跟我说话，信不信我现在就把你阉了？"

"噢！"

看到男人突然捂着胸口跪在地上，易辙是真的觉得这个男人应该确实是脑子有不小的问题，没准儿真是个神经病。

挺神奇的，还是第一次，他能跟向西荑站在一条战线上。

易辙没兴趣看这浮夸的表演，甩开客厅里的两个人进了屋。再一看表，已经 11 点 58 分。他连忙开了电脑，但这台破电脑实在卡得很，光开机就用了不止两分钟，易辙的一只手搭在桌子上，食指则有些焦躁地一下下敲击着桌面。

方才完全不紧张，这会儿却心跳得越来越快。屏幕上终于显示了桌面，鼠标的指针又一直在转圈，而屏幕上的时间已经不等人地跳到了 12 点 02 分。

查成绩的人太多，易辙好不容易打开了网页，网站却一直卡着刷新不出来。

"查到了吗？"不知刷新第几遍的时候，易辙收到了许唐成的消息。

因为许唐成的这句询问，易辙变得更加焦急，此时突然不合时宜响起的敲门声，让他心中的不耐烦更增。不想理门外的人，他只当没听见，继续不停地点着鼠标。

但门外的人却丝毫没有要停下的意思，敲门声由三声一断，变为五声一断，最后甚至成了没有间隔的均匀敲击，催命似的给人添乱。

易辙最后狠狠摁了一下鼠标，丢下瘫痪的界面，去开了门。

门外是段喜桥，他朝易辙扯出一个炫耀牙白似的笑容，矜持地朝易辙鞠了一个躬。

"您好，请允许我进行一段自我介绍，我是段喜桥，一名自由音乐人，当然，对我来说更重要的身份是，您母亲向西冀女士的忠诚追求者。噢，"段喜桥双手合十，举到面前，朝下压，"刚才冒犯了您，我非常非常抱歉。"

说完，他后退一步，又朝易辙鞠了个躬。

易辙面无表情地看着他。

"那么……"段喜桥忽然将嘴咧得很大，"我能邀请您来听我即将举行的个人首场音乐会吗？"

回应他的是一声巨大的撞门声。

撞上门，易辙还觉得胸口憋着的一股气要炸了，他发泄似的狠狠踹了门一脚，把门外的段喜桥吓得耸肩抱臂，后退了两步。

易辙在心里默念了几句"不要和不正常的人一般见识"，才走回电脑旁准备继续刷成绩。

没想到，再回去时，电脑的屏幕已经不再是一片空白，上面列着一个表格，几个数字。

虽然大概知道会是什么样的成绩，但在看到总分的时候，他的大脑还是蒙了一下。

实际的东西，还是能够比判断、预测的，带来更多的喜悦感。

他缓缓坐到椅子上，两条腿微微叉开，手搭在腿间，盯着电脑看。房间里没有开灯，只有屏幕照出的光，刚好打亮了他的脸。

良久，一直绷着的嘴角才被扯动了一个很小的幅度。

许唐成捏着手机等待着，原本只是蹭电影看的成絮倒成了主要看的那个。

"还没查到啊……"用毫无动静的手机敲了敲桌面，许唐成嘟囔了一句。

"这会儿肯定还不好查，估计网站都快被挤爆了。"

成絮刚说完，被攥得发热的手机就响了起来，许唐成一个激灵，立马摁了接听。

"查到了？"

问出这句话之后，许唐成才发现自己紧张得厉害，他握了握拳，但手上冰凉，更增添了他的紧张感。成絮很有眼力见儿地暂停了电影，看着身边接电话的人，也同样屏息等待。许唐成和他对视一眼，无意识地伸手，攥住了他的胳膊。

"多少？"

那边说了一个数字，成絮听不清，却看到许唐成立即放松地塌了肩膀，笑弯了眼睛。

第二十章

眼中人

许唐成在周末带着一堆礼物风风火火地赶回了家，易辙知道他要回来，早早就在楼下等，顺便喂那只很久不见的黑猫。

成绩出来的第二天，易辙打电话给许唐成说要请他吃饭。许唐成猜到易辙大概不会去那些同学聚会，便提醒他说："我记得你说有同学帮你补功课来着吧，你要不要请他们吃个饭？顺便也聚聚。"

不论怎样，许唐成都认为中学时代的同学情谊和大学本科、研究生等等时期的都不相同。十几岁，最纯情，最热血，十几岁的校园，也最是无法复制。

那边的易辙想了想，说"好"，但立即又说："那你也来。"

"你们同学吃饭，我去不好吧？"

许唐成想说等他跟同学聚完了，自己再带他去吃点好吃的，易辙却说："好，你也是帮我的人。"

他这样说，许唐成心底一软，便答应了下来。

"晚上在哪儿吃？"

易辙接过许唐成手里的东西，帮他拎着往家走。

"本来我想请你们吃点好的，但是……我和赵未凡在一家烧烤店打工，那个老板一定要我们在他那儿聚。"他小心地看着许唐成的脸，问，

"你想吃吗？不想吃的话我们就换个地方，你挑。"

"可以啊，"许唐成挺高兴地说，"我好久没吃烧烤了，我们学校周围的烧烤店都是那种饭店式的，没咱们家里这种露天的爽。"

易辙松了口气，却又问："唐蹊去吗？她去的话还是别去烧烤了，太呛。"

"她不去，她去我大伯家玩了。"

易辙点了点头。两个人到了楼上，易辙要把手里的袋子递给许唐成，许唐成却摆摆手："给你的，祝贺礼物。"

易辙一愣。许唐成笑了笑，拽过袋子的一面给他翻看里面的东西。

"也没什么，给你买了个书包，还有块手表。"

在一中的时候，大家的书都是常年放在学校的，一个月也就一天半的月假，基本没人把书往家拿，许唐成觉得易辙一定没有书包这东西，便去给他挑了一个。至于手表，则是许唐成考虑了很久以后才选定的升学礼物。

易辙虽不懂手表的各种牌子，但看那表的样式、包装，就知道一定不便宜。

"你不用老给我买东西。"他捏着纸袋，低了低头，又抬起，"你……"

他想说你回来就很好了，但话到嘴边，又不确定这样的话是否有些唐突。

"你……"

对面的门忽然被打开，周慧探出身子，看到他们，笑了："我就说刚听着门口有动静，怎么回来了不进屋？"

"马上。"许唐成怕易辙再推拒这礼物，顺势将袋子往他手里一塞，"我去换件衣服，马上出来，你先把东西放回去吧。"

易辙看看他，再看看后面一脸温和的周慧，沉默地点了点头。

手表戴上手腕时凉凉的，易辙静静地看着秒针转了很多圈，还是觉得没看够。许唐成看到他戴上了手表之后非常高兴，连声夸好看。

"看来我眼光还不错啊。"走在路上，许唐成还拽过易辙的手放到面前欣赏，"我一眼就看上这块表了，你觉不觉得这个表盘的设计特别好看？而且你戴着比我戴着好看多了，我手腕细点，戴着显得表特别大，衬不起来，售货员还不建议我买来着，不过我当时就想你戴应该正好合适。"

他伸着自己的手腕去和易辙比，易辙侧头看着，又动了动小臂，调整到与他完全平行的位置，并且更加贴近。

自己的胳膊是比他的粗，还黑点。

易辙翘了翘嘴角。

他们约的是直接在烧烤店见面，所以一路走过去，都只有易辙和许唐成两个人。路途不算长，十几分钟而已，但两人的话就没停过。也不是所有的对话都是很有意义的内容，大多时候只是闲聊瞎扯，比如等红灯的时候，许唐成看到路边的一家奶茶店，便会问："什么时候开了家奶茶店啊？"

易辙转头看看，心里也不清楚这店是什么时候有的。他好像并不会去注意周围环境的变化，哪怕是每天都会经过的道路，也不会多张望一眼。

"应该是新开的吧。"

"看着好像还不错，好喝吗？"

"没喝过。"

信号灯已经转换，易辙却没走。

"你想喝吗？我去给你……"顿了顿，他换了措辞，"我们去买杯尝尝？"

"别了吧，"许唐成想了想，"吃烤串喝奶茶，不太搭。"

一如平时，他做了决定，易辙便会点头，应一声。

走了两步，许唐成"哎"了一声，问："待会儿我会不会跟你们有代沟？"

掐着手指算算，怎么也差六岁呢，差出两条沟来了。

"万一你们说的话我听不懂怎么办？"这样一想，许唐成自己都觉得好笑，感觉自己和他们在一起，大概已经完全成了一个"老年人"。

易辙立刻说："你就跟我说话就行了，我说的你都能听懂。"

"那怎么行？"许唐成笑了起来，"放心，怎么说我也在学生会什么的摸爬滚打了几年了，到时候我尽量跟上你们，不会给你丢脸的。"

"不是，"易辙解释，"他们太吵了。特别是有个栗色头发的，叫尤放，他是非要自己跟着来的，话特别多，你不用理他。"

许唐成听了，也只笑着摇头："不行，我得有个邻居大哥哥的样子。"

两个人刚到，赵未凡他们几个也到了，烧烤店的老板正好端着一盘花生毛豆从屋里出来，见到他们几个人立马招呼。不光招呼，还跟来这儿吃饭的朋友介绍，甚至已经热情到了易辙后悔答应他在这儿聚餐的程度。

"哎哟，您不知道，那一桌子都是学习好的。"像显摆自家孩子一样，老板指着易辙和赵未凡说，"看见没，这俩孩子在我这儿打工的，都考了七百多分！"

那桌一阵惊叹，说着"厉害"，易辙却尴尬得想钻地缝。他胡乱朝周围扫了一眼，看见一旁的许唐成正用拳头掩着嘴偷笑。

尤放像是嫌不够热闹，吊儿郎当地用一只胳膊挎着椅背，另一只胳膊抬起来，拍了拍身边的蒋子阳："老板，这儿还有一个呢，也七百多。

一中一共仨上七百的，都在你这儿吃饭呢！"

蒋子阳被他拍得往前趴了一下，抬手，推了推晃下来的眼镜。

赵未凡瞪了尤放一眼。

老板听了，立马大喊："也七百多啊！哎哟，你说说这是怎么考的啊！对了，你们看见一中挂着的大条幅没？不光一中，好几条大街上都挂着呢，合着就是你们仨的名字呗！"

提到这个，易辙更加尴尬了，一中往年也会挂这种大条幅，但通常都是等高校录完了，才挂出几条"热烈庆祝我校×××同学被××大学录取"这种字样的条幅。今年大约是他们成绩确实好，把校长高兴坏了，出分以后就把他们三个挂出来了，弄得易辙一看见就起一身鸡皮疙瘩，根本不愿意往那几条街上走。

老板显摆完了，走过来，两只手分别扶了一张椅背："你们这是一桌学霸啊。"

"我可不是。"尤放赶紧撇清。

"你不也六百多，也是学霸，学霸。"

老板又看看许唐成："我看这位也是个学霸。"

易辙本来一直埋着头，专心用筷子的末端杵着桌子上的毛豆皮，这时忽然抬头朝老板说："嗯，他Ａ大的。"

老板"哎哟"了一声，脸上露出赞赏的神情。易辙挺了挺腰背，接着补充："博士。"

等老板摇头赞叹着走了，许唐成才朝易辙凑了凑："我这博士才读了一年。"

"那不早晚的事。"

听见老板还在吆喝，赵未凡咬着花生捂住脸，小声说："是不是全市都得知道咱们今天晚上在这儿吃饭？"

坐在一旁的尤放笑得贱贱的："谁让你们是三甲呢。"

"那你跟着干吗来了？"赵未凡撑他。

尤放朝她笑："你去哪儿我去哪儿。"

"人家易辙都知道请客感谢我们辅导，你呢，辅导你半天连盘毛豆都不给买。"

"哎哟，姐姐，不带这么冤枉人的。"尤放朝赵未凡倾了倾身子，"我是不是天天想找你吃饭，你跟我说你要睡觉，没空，要跟你侄子玩，没空，要打工，没空……而且打工还不带我玩，你连个让我表示感谢的机会都不给我……"

许唐成饶有兴致地看着他们你一言我一语地闹，过会儿偷偷拿没开封的筷子戳了戳易辙。易辙凑过头来，许唐成小声问："他们是男女朋友？"

易辙摇摇头，对着他的耳朵道："他单方面追求赵未凡。"

许唐成了然地点点头。重新坐直了身子，却怎么看都觉得女生也是有意的，明明每句话都在嫌弃男生，却又都是不痛不痒，透着明显的亲近。

熟人的好处就是，老板什么都尽着他们这桌招呼，别的客人三催四催，他们这儿则是几下就摆了一桌子。赵未凡和易辙熟门熟路，自己去拎了几瓶啤酒回来。

易辙放了 瓶北冰洋在许唐成面前："你喝这个吧。"

许唐成不明白："我为什么要喝这个？"

"你不是酒量不好吗？别喝酒了。"易辙用起子掀了瓶盖，又把瓶子朝许唐成挪了挪。

许唐成拍了他手腕一下，绕过他的手拿了瓶啤酒过来。

"瞧不起谁呢？"

看他还没怎样就灌了两口，易辙挑挑眉，心想喝就喝，大不了自己还把他背回去。

许唐成和他们几个倒还真没代沟，不光没代沟，还挺说得来，尤其是和尤放。才喝了两杯酒，尤放就已经换到许唐成身边来，揽着他的肩膀一口一声"哥"地叫。

谁是你哥？

易辙看得不爽，自己闷了一整杯酒。

饭吃得差不多了，许唐成忽然伸手过来，碰了碰他的大腿。易辙浑身一僵，赶紧稳住："怎么？"

"别老自己喝，"许唐成对他小声耳语，"人家帮你那么多，你说两句感谢感谢他们啊。"

"哦。"易辙下意识地听他的话，举杯站起来，却在站起来之后，发现好像没必要这么隆重。他突然的起身，使得桌上的几个人都看向了他，当然也包括许唐成。

现在再坐下的话又太傻了。

"那个……"易辙清了清嗓子，"我之前英语和语文都不好……"

从没说过这种话、从没经历过这种场面的人，刚开口便卡住了。

正是热闹的饭点，周围乱得很，他结结巴巴，说不出个所以然，尴尬慌乱之中，第一反应就是去寻找许唐成。

一回头，看到许唐成正舒服地靠在椅背上，手虚叉着放在腿上，微微歪着头，淡笑着看他。

灯红酒绿映亮了他的眼，而在那中央的，是他易辙。

一颗心像是在很久的沉睡后刚刚转醒，易辙没办法准确描绘出那一眼的震撼，他只知道，他长这么大，从来没被人用这样的眼神看过。

那双眼睛中有鼓励，有相信，有期待，甚至还有……

骄傲。

骄傲，这成了他许多年的信念。

第二十一章

入学季

空调开到最大挡，车内的温度逐渐降了下来。与之相反的，是车窗外恒久持续的闷热。明明节气已行过处暑，却是暑气不消，过境复生一般。

许唐成看看时间，估摸着人快下来了，伸手，将空调调低了一挡。

旋钮刚刚就位，楼道的门便被推开。光线切割，晃出一个高高的身影。

"把书包放后座吧。"

与别的新生不同，易辙没有大大小小的箱子，只带了许唐成给他买的那个双肩包。一身行头看上去太过简单，一点也不像开学的样子。许唐成想想，也好，需要的等到学校再买就可以了。

汽车驶上大路，车速也提了起来。许唐成怕易辙路上无聊，打开了车载播放器。

"那儿有个 CD 包，你挑挑想听什么。"

按照他的指示找到 CD 包，看着里面的一堆碟，易辙却无从下手。

"我平时不听这些，你挑吧，你想听什么？"

"不听？"许唐成讶异，"我看你总是挂着耳机啊。"

易辙抬起一只手，摸摸鼻子："我听的都不是流行乐，都比较……"

"燥。"想了一会儿，他才想到这么一个字。

"哦。"许唐成笑了，"那你随便挑一个吧，这些我都听了很多遍了。"

他说随便，易辙却挑得认真。只不过，目光掠过的一个个歌手名字于他而言都是陌生的，最终，也只按照他的喜好，挑了一个封面看着最顺眼的。

碧蓝的天空下，有一个俯身弹琴的女人。

微弱的读盘声音之后，音乐开始播放。

整个过程，许唐成从未低头去看，但音符只淌出了几秒钟，他便挑挑眉："选了这张啊。"

"嗯，"易辙偏头看他，问，"怎么了？"

"没事，是我挺喜欢的一位女歌手，这是她的第一张专辑，讲的是一个个旅人的故事。"

易辙乐于去参与一切他喜欢的东西，所以对于他所介绍的内容，都听得格外认真。

前方车辆不少，由于即将到达检查站所以行驶缓慢。看着前方车龙，许唐成在乐声中偏头，说："突然想起来，这张专辑里我最喜欢的一首歌，歌名倒很适合现在。"

"什么？"

易辙忽然有点后悔挑了这张英文碟。即便高考拥有很不错的英语成绩，他的英语水平也仅限于学校里学到、用到的那点，他怕许唐成待会儿说出一个歌名，自己却无法正确翻译。

好在，略微沉吟过后，许唐成只说了一个很简单的单词。

"Journey。"

旅程。

那时的易辙，对于这个单词的理解很表面。他由家至京，北上，是一段短暂的旅程，再深一点，进入大学，也不过是走上一小段新的道路。许唐成没有再做解释，女歌手的声音坚毅又柔软，到了某一个段落时，许唐成轻轻跟着哼出了调子。

事后想来，易辙觉得可惜，这首被许唐成特意提到了的歌，他到底没能好好欣赏。许唐成喜欢的，大概都是好歌，但易辙鉴赏水平有限，再加上这张专辑中，歌曲的节奏于他而言又大多过于缓慢，听得他昏昏欲睡。尽力撑着，却还是在一小会儿之后，控制不住地失去了意识。

一旁开车的许唐成瞥见，无声笑笑，紧接着，旋小了音量，空调也暂时关掉。

易辙再醒来，车已经停在了 A 大停车场。

新生报到，校园里的车格外多，避免不了地，不时会响起鸣笛的声音。路上这一觉睡得安稳，被喇叭声吵醒时，易辙都还在做着一段场景并不真切的梦。睁开眼，昏沉转至清醒间，他看到前方的一栋楼上挂着某个学院的迎新条幅。

红色底，白色方字。

他看着条幅回忆了一阵，才连接上睡梦前的故事——平静行驶的车辆，缓慢唱着的歌曲。

车内安静，只有他一个人。易辙转着脑袋去寻许唐成，看到他正站在车旁打电话，右手夹着一根烟，没有吸，只任它烧着。

梦里也是校园，可显然，眼前的校园要更加让人喜欢。

"下车吧。"愣神间，车外的许唐成已经打开车门。他撑着胳膊，轻声对他说着安排："拿着录取通知书和证件，别的就放车上吧，等会儿我们还要出去吃饭、买东西。"

"嗯。"易辙点点头。

按照许唐成说的，他从书包里翻出了装录取通知书的快递袋，却无论如何都找不到自己的身份证。

"没带?"

"带了吧……"易辙说得不太确定,但又有些印象,他记得昨晚自己的确拿起了身份证,装到了书包里。可具体在哪儿,则是一片混沌。

"别急,再找找。"

说着,许唐成也坐上车,顺手拿起他刚刚翻出来的快递袋,刚要检查,车窗却被敲响。易辙抬头看了一眼,是一个身形高挑的男人,年岁不大,但明显要比自己成熟。

许唐成很快又下车,和他交谈。

易辙看到那个人给了许唐成一根烟,笑着同他说了什么,许唐成摆手,指了指车里,没接。那人却又朝他递了递,不依不饶的样子。从这个角度,易辙只能看到许唐成的侧脸,看不清他到底是什么样的表情,但最终,易辙看到许唐成还是抬手,接过了那根烟。

那人朝他凑了凑,帮他点燃。

"还没找到?"直至许唐成再上车,易辙仍是一无所获。

"嗯。"

许唐成在上车前就已经掐灭了烟,按照时间估算,那根烟大概连半截都没有燃掉,但此时他的身上依旧带了淡淡的烟草味。他抬手落臂一个动作,烟味便向易辙飘得更近了一些。

"你什么时候开始抽烟的?"易辙忽然问。

"嗯?"许唐成重新拿了快递袋在手里,低头前,被他的话拦住。许唐成想了想说:"大三吧,那会儿太累,就开始抽了。"

书包里已经被翻得一团乱,易辙胡乱揪起早已皱得不成样的衣服,又放下。

"少抽点吧,对身体不好。"

许唐成惊讶抬头，看着他认真的表情，笑了起来："哎，你好像没资格说我吧。"

易辙动了动嘴唇，没出声。许唐成没在意，埋头翻找，没想到很快，发出一声惊叹。他朝易辙扬了扬手里的东西："同学，在宣传册里夹着呢。"

好在，有惊无险。

"干吗要把身份证夹在宣传册里？"他看着额上都已经冒出汗的人，叹气道，"你这丢三落四、乱放东西的毛病，也该板板了。"

书包敞开着，说话间，易辙注意到许唐成的目光落了下来。

"嗯，知道了。"应下他的话，将露出一角的衣服匆忙塞回去，易辙迅速拉上了拉链。

每个系都会有一个迎新台位，许唐成带着易辙找到电子工程系的台位，站在一旁等着他办各项报到手续。负责迎新的学生里竟然有几个都认识许唐成，一口一个"学长"地叫着，交谈间，透着熟稔热络。

他们聊的内容很杂，聊着迎新的工作，偶尔会提到学院的几位老师、几件趣事，甚至，易辙还听到他们聊了什么竞赛安排。有些内容他能听懂，有些却全然不懂。奇怪的是，尽管不懂，尽管已经尽量让自己专注于填表，他还是忍不住去听他们所说的话。

到后来，他很敏感地察觉到，他们此时交谈的氛围，和许唐成与自己说话时是不一样的，甚至也不同于他曾见过、经历过的任何一场。

这群人聊天的内容看似东一句西一句，跳脱无序，但细想下来，这种跳脱却是一种连贯有趣的思维，存在于一个自由的维度之中。

他第一次体会到大学老师所说的"思想自由，意趣蓬勃"，便是在这样一场不起眼又十分随意的交谈中。

签字笔忽然断了水。

易辙使劲儿画了几下，纸页被刻出一道沟，但依然写不出墨迹。

一只手现于视野，递过一支笔。

易辙抬头，看到许唐成仍在和别人闲散地说着话，眼睛却在看着他。

"这是你弟弟啊？"坐在桌前的长发女生注意到他们的小动作，转移了注意力，问许唐成。

"嗯。"

"挺帅的啊。"女生眨眨眼，问许唐成，"怎么样，有女朋友吗？"

许唐成立马笑答："我哪儿知道。再说，有没有的你也惦记不上了啊。"

"我又不给自己惦记，我给我学妹惦记惦记不行啊。"

许唐成笑着摇摇头："那你今天得惦记多少个小学弟啊。"

他回避得轻巧，完全没用到当事人开口。

填完表、领了一袋子资料出来，许唐成却忽然转头看向易辙："你到底有没有女朋友？"

易辙一愣，立即摇头。

"没啊。"

有女朋友什么的，于他而言已经是太不可思议的事情。

接下来的话，许唐成在稍做考虑之后，还是问出了口。

"其实，我还以为你突然考到北京来，是因为赵未凡。"观察着易辙的脸色，他补充道，"就是觉得同学里你好像只和她关系不错。"

而且那天吃烧烤时，易辙好像对尤放表现出了略微的不满。

"赵未凡？"易辙很快说，"和她没关系。"

易辙否认得斩钉截铁，使得许唐成不禁开始怀疑，自己之前的推断是否完全错误。

在填志愿的时候，易辙到底在想什么？这个问题，在刚被易辙告知他报了Ａ大通信之后思考了很久。易辙给他的理由很简单，觉得Ａ大不错，这个专业也不错，而且学校还有认识的人。可许唐成仍觉得奇怪，忍不住问："不是一直想去上海吗？"

这样问，是因为他知道，易辙当初为什么选择跟随妈妈一起生活，更知道，这么多年，易辙其实一直都很想念自己的父亲和弟弟。

但当时昏暗的楼道内，易辙只是低了低头，说："也没有那么想去。"

因为宿舍的入住时间有限制，许唐成临时改变了安排，先带易辙去办入住，再出去买东西。被褥之类的可以直接在学校买，都是统一的样式，从枕巾到床垫，一套下来，该有的都有了。易辙嫌出去买麻烦，便说直接买一套算了，许唐成却拦住他，自己去看了看面料。

"床单被单什么的还行，摸着是纯棉的，冬天的这床被子可不行，里面填的都不是棉花。"许唐成边走边说，"不过反正现在盖不到，天冷了再买一床就行了。"

易辙把那一大摞东西扛回来，放到床上，看时间不早了，拉着他要去吃饭。许唐成却又俯身，挨着被子闻了闻。随后，他皱眉道："这也不行啊，不洗……"

宿舍是四人间，许唐成在直起身后看到已经有人把自己的床铺好了，用的也是这一套床褥，便及时停住，没再说下去。

跟着易辙出了门，他才小声说："你不嫌弃的话，待会儿我去给你拿一套我的床单和枕套，刚洗完，干净的。你这套都还没洗过，闻着一股味，也不干净。"

因为楼道中来往的人很多，方才要与他说话时，许唐成贴近了他，还碰了碰他的胳膊。看着近在咫尺、等待自己回答的人，易辙心里忽然一阵柔软。

这种汹涌人潮中，与他最亲密的感觉，真的是不错。

"好。"说出这么一个字，他就再不敢多说了。

"你也住这儿吗？"下楼时，易辙随口问。

"不，我住得离你好远。你这儿挨着南门，我住东门，还要再靠北一点。"

易辙停在一级台阶上，不动了。

"怎么了？"许唐成插着兜，在楼梯靠下三级的地方，回头看他。

竟然不住一起。

"没事。"

第二十二章

九月风

好像是从宿舍出来之后，易辙才终于进入了新生的兴奋状态。

许唐成看他东张西望的，便给他介绍一些学校建筑的相关历史。不过易辙很快发现，对于学校，许唐成似乎了解得也不是很清楚，特别是涉及年份的地方，他总是说着说着，就思考般倒吸一口气，说"哎呀，这个我忘了，哪年来着"。但即使是这样混乱的解说，易辙也都是静静听着，不会发问，亦不会打断，只是在他笑的时候跟着笑，他需要回应的时候给出回应。

直到走到一栋教学楼前，易辙忽然停下。

"这是你上课的楼吗？"

"是我们系的楼，"许唐成纠正他的措辞，又说，"不过本科大部分课程都不在这儿上，咱们的老师有一部分在这儿办公，实验室也有一部分在这栋楼。"

易辙点点头，还是静静立着看。

像半年前，那个冬天一样。

两个人在食堂吃了饭，刷的许唐成的饭卡。饭后，许唐成带着易辙去了学校附近一个比较大的超市。易辙除了两身衣服什么都没带，有不少要买的。

下午超市里的人很多，许唐成在入口处拉了一辆车过来，易辙立即伸出手，扶住："我来。"

许唐成也没和他争，松了手，跟在他身旁走着。

"买洗漱用品，毛巾，纸，洗发水什么的也要买，还有什么？"

身边的人一直在掰着手指碎碎念，易辙则一直明目张胆地盯着他看。许唐成突然回头问他，使得他一时语塞。

"没，没什么了吧。"

想来，易辙没有任何住宿经验，当然也不是个善于居家的人，大概对这些事情根本没什么概念，更别说想得周全。许唐成便索性不再问他，只带着他一个货架一个货架地挑过去。

"香皂，你要什么味道？"许唐成在前面弯腰问。

易辙直愣愣地推着车在后面站着，一点也没有要给自己挑东西的意思。

"都行。"说了这么一句，他食指敲敲购物车，"你用什么的啊？"

"柠檬的。"

"那我也要柠檬的。"

许唐成笑了一声，蹲在地上抬头看他："你能不能有点主见？"

虽然这么说着，他还是扔了一块柠檬味的香皂到购物车里。香皂滚了大半圈，趴到一条蓝色的毛巾上。

第一次一起逛超市，易辙推车，他往里扔东西。

到了排队结账的时候，易辙觉得嘴角都被自己搞僵了——总想往上翘，又总被自己强制拉下来。

东西自然是易辙来拎，他连拎袋卫生纸来贡献体力的机会都没有留给许唐成。出门时，许唐成帮他拉着大门，心里还有些不适应。和家里人逛超市就不用说了，即便是平时和成絮逛，他也大多时候都不忍心让比自己瘦小许多的成絮来拎。

看着易辙走得稳稳的背影，他吸吸鼻子，想，长得高就是好啊。

新生入学，先要经历一周的各种培训、听讲座。易辙在偌大的礼堂里听着一位老师讲"大家都是天之骄子"。

"天之骄子"，这些天他听过不止一次。礼堂的座位空隙狭小，时间久了，他坐得不舒服，朝前滑了滑身子，膝盖却顶到前面的座位。又饿又累，他望着天花板思考，考个好成绩，就是"天之骄子"了吗？

忽然，脑袋里就又出现了入学那天，和一群学弟学妹侃侃而谈的许唐成。

就像小时候，楼道里的叔叔阿姨都最喜欢他一样，他似乎有一种魔力，使得同他说话的人会不自觉地对他笑。哪怕他只是站在那里淡淡点头，你也会觉得，这个时候，他就该这样淡淡地点头。

九月风牵肠。

他在树荫下，也在骄阳中。

眼前像是被这样一幅半透明的画面遮住，礼堂的天花板上，明晃晃的灯光都柔和了一些。

大学生活和易辙想象的基本没什么两样，唯一有区别的，就是他和许唐成不住一栋宿舍楼这件事。甚至在正式上课之后，他发现他们两个人的活动区域，几乎完全是能以一条线分隔开的两片，就连食堂，按照就近原则，去的都不是一个。再加上 A 大校园又特别大，恨不得所有学生都得买辆自行车才能活动，所有曾经想过的偶遇，一下子都变成了不切实际的空想。

这天下了课，他捏着手机，从教室一路走回宿舍也没想到要以什么理由去见许唐成。床上铺的还是许唐成给他的床单，就算已经洗过一次，他还是偷偷装作忘了，拖着没还给许唐成。

趴到上面，深深吸了一口气。

惆怅间，楼道里忽然传来一声很大的声响，像是凳子撞到门的声音。易辙愣了愣，抬起脑袋留心去听，紧接着，立即就听到一阵骂声。

声音很熟悉，应该是隔壁宿舍传出来的。

手机屏幕忽然弹出一条消息，看到发件人，易辙猛地坐起，带得床板晃动。

"晚上一起吃饭？"

只踏了一级梯子，易辙便跳下了床，出门前还飞速洗了把脸。

楼道里的风波还没有平息，易辙出去，看见一个男生站在楼梯上，正指着旁边宿舍的方向骂。来往的人不少，竟没有一个敢上前劝阻，即便是楼梯上的男生架着腿挡住了路，需要下楼的人，也都选择了绕到其他的楼梯。

易辙扫了一眼，径直朝那个男生走去。

"让开，我下楼。"

对于突然沉着脸走过来的人，男生静静打量了一会儿，没动。

几个宿舍又探出了几个脑袋，屏息间，却见那个男生忽然一偏头，笑了起来。继而，他朝旁边一撤，靠到墙上。

易辙看也不看，越过他朝下走。

"哎，"男生忽然在身后叫他，"我是郑以坤。"

易辙对这场混乱没有任何兴趣，谁对谁错，谁有问题，都不是他关心的议题。他当然也不关心这个男生叫什么，但这句自我介绍还是使他停下了脚步。

他已经拐下一段楼梯，沉默地朝上望去，眼风扫过犹如静止的几个人，这才看到隔壁宿舍的门口站了一个看上去非常单薄的男生，此刻竟然红着眼睛。

他微微拢眉。

跑下楼的时候，易辙听到郑以坤正对着那个男生骂："我说你没断奶是不是？告老师，哎哟，这招儿都能使出来，牛×啊？"

烤鱼店生意红火，好在许唐成提前打电话订了位子，进门后，服务生便引着他们两个到了一个靠窗的座位。

"最近怎么样？"

"还可以。"

"和室友相处还顺利吗？"

关心别人时的第一个具体问题问什么，是一件非常值得考究的事情。易辙没想到许唐成会问他这个，思忖片刻，还是说："一般。"

将一杯温水推给许唐成，他接着说："老实说，有点看不惯。"

其实三个室友中，有两个倒还好，只是这最后一个，在短短几天就弄得易辙特别没话说。他们的宿舍除了衣柜、书桌，还配有一个行李架，一共四层，每人占一层。易辙其实没有行李，只是那天从超市回来，买的一提卫生纸没处放，便放到了行李架上。

本就是随意放的，对于放在了第几层，也只是顺手而已，他并不曾刻意去挑选。却没想到那天晚上，那个室友忽然在宿舍提议，说要把行李架擦一擦。宿舍的其他两个人都在床上忙着各自的事情，一人说"等一下"，一人则觉得没必要擦。易辙要去厕所，那人却一直追着他问，他只好说："你随意。"

等他从厕所出来，看到自己原本放在第二层的纸，被挪到了最顶层。

当时，易辙就无奈到不知道做什么反应好了，他十分不能理解这样的行为。其实放在第几层他都无所谓，那个室友若直接来跟他说，第四层太高了，想和他换一换，他也一定会同意。他真的没想到，会有人为了这样的小事费尽心机、斤斤计较。

"你没住过宿舍，以后在宿舍生活，肯定还会有这种不适应的地方。"许唐成并没有问具体的事情，像是完全预料到了一般，只是轻轻笑了笑，"来这儿的呢，可以说都是尖子生吧。状元啊，年级第一啊，比比皆是，几乎都是从小骄傲到大的。个性上，可能会有一些比你以前接触的同学要难相处，甚至不排除有那种从前只顾着学习、丝毫不懂得与人相处的人。"

许唐成看了看易辙："不过不管别人怎样，你吧，以后遇到什么事千万别冲动。说真的，你以前那样打架，真吓着我了，可别再一个不对付跟人打起来。"

"不会。"易辙赶紧保证。

"你就像现在这样，先摸摸室友、同学都是什么性子，尽量和他们好好相处，实在觉得有问题、处不来的，稍微躲着点，别搭理就行了。"

易辙点头，又好奇："你遇到过不好相处的吗？"

"本科算是遇到过。"许唐成回忆起以前的事，喝了口水，笑说，"以前我有个室友，也不算不好相处，就觉得他挺特别、挺好玩的。他是早上一定要第一个出宿舍，晚上一定要最后一个回来。每天早晨，只要有人有动静，他就会腾地从床上坐起来，摸起眼镜，冲出宿舍，连脸都顾不上洗。"

易辙愣住，眨巴了半天眼，才问："他为什么啊？"

"想做学习时间最长的那个吧。"许唐成忽然笑起来，"最搞笑的是，有时候我们并不是因为学习才不回宿舍啊。有一次我和一个室友去看通宵电影，他凌晨两点给我们发消息问我们回去了没有，我们说在看电影，劝他回宿舍，他还不信。"

还真是什么样的人都有。易辙觉得这人怪好笑的，忍不住笑了起来，又一下子觉得自己碰上的那位，也不算什么了。

"所以说，各种各样的人都会遇见，有可能就像我那个室友一样，他只是某一方面让你觉得理解不了，人并不坏……"

话说着，门口忽然进来了一群人，易辙看到许唐成朝那边望了一眼，立即有些惊讶地"哎"了一声。他回头去看，他们中有个男生走了过来。

看着眼熟，等他走近了，易辙才想起这是上次在停车场碰到的那位。

一群人，是许唐成先开了口。

"学长，你怎么在这儿？"

"他们学生会聚餐，非要把我拽来。"

这时后面又过来了一个男生，朝着许唐成喊："好啊，成哥，你拒绝我们还跟别人出来吃。"

这句话里的某个词惹得易辙起了轻微的不快，他淡淡抬眼，瞟了过去。

"我有约在先啊，谁让你们该吃饭了才叫我。"

那个被许唐成唤作学长的人朝易辙看了过来。

"这是？你上次说的那个弟弟？"

许唐成点点头，叫了易辙一声："这是于桉学长。"

说罢，又拍拍另一个人的肩膀："这位是现在的学生会主席，也是你学长，陆鸣。"

同样，他向于桉和陆鸣介绍了易辙，说是电子工程系的新生，自己的弟弟。

也是奇怪，明明是两个人，易辙这一眼看过去，视线偏偏就只和于桉对上了。

"看你这弟弟不错啊，"于桉迎着他的目光看过来，抬了抬嘴角，"哎，陆鸣，你还不把人招进学生会去。"

说不清是哪里不舒服，易辙看着桉，微微皱起了眉。

"我看可以。"陆鸣搭上许唐成的肩膀，笑嘻嘻地回道。

简单聊了几句，那边便已经有人招呼他们两人。临走，陆鸣还问许唐成要不要带着易辙去和他们一起吃。许唐成忙摆手拒绝，给出的理由是他们太闹。

人都走后，许唐成问易辙："想去学生会吗？"

易辙对这些都没感觉，他没进过学生会，不了解，也就说不上想或不想。但看许唐成和他们这熟悉的样子，再想到方才于桉的那个眼神，也不知是从哪儿起了一股气。

他说："可以试试。"

"那就试试，还挺好玩的。"

对易辙而言，这天的偶遇不过是一段插曲，说进学生会，也不过是因为莫名其妙地嗅到了那么一点点敌意，一时说气话。但他没想到，最后自己还真的被招进了学生会。

社团招新那天，学校的路上挤满了人，他从食堂回来，平均每走两步都会被一个人拦住，向他宣传自己的社团。嘈杂的环境中，来人热情到几乎在朝着他的耳朵吼。最夸张的一次，是被动漫社几个学姐围在中间，问他对 cosplay（角色扮演）有没有兴趣。易辙站在中间，不好前进也无法后退，动也不敢动地僵在那里。

"哎哎哎，"身后有个女生的声音响起，她挤到易辙身边，抓住他的胳膊往外拖，"老刘你别抢人啊，这是我们的人。"

是那天入学迎新时，坐在桌子前的女生。

　　易辙被她拉着往一把伞下走，没来得及说什么，又忽然被轻轻推了一把。

　　"人给你救回来了。"

　　目光从被拽着的胳膊上收回，抬头，意外地对上了一束再熟悉不过的视线。许唐成的笑容里有戏谑的味道："挺受欢迎的啊。"

　　刚刚的女生拍了一张表到他面前，话语和动作一样，干脆利落："来，易辙是吧，欢迎加入学生会文艺部，填表，留联系方式，我们会通知你面试的。"

　　"文体不分家，文体不分家啊。"不知什么时候，一个平头男生也站到了他身边，又拍了一张表在桌子上，"去什么文艺部，你看你这么高个儿，来体育部正好，我们体育部都是硬汉。"

　　"可拉倒吧你，我跟你说，别听他的，体育部就是干体力活儿，搬砖的。"

　　"呸！文艺部是打杂的。"

　　说着说着，平头男生和直发女生就玩笑般吵了起来。

　　看着面前的两张表格，趁打嘴仗的两人不注意，易辙以询问的眼神看向许唐成。许唐成领会到，悄悄朝文艺部的表格转了转下巴。

　　易辙于是默不作声地摸过笔，把那份表格填了。

第二十三章

又重逢

　　自从和许唐成聊过那一次之后，易辙和室友的相处便始终保持在不温不火的状态。他一向起床很早，每周会保持三天以上，趁着清晨人少，到操场去跑几圈。宿舍里偶尔有人起晚了，让他帮忙带个饭，他都会答应，但除此之外，大概还是性情不合的缘故，再没有什么深入的交往。

　　倒是郑以坤，经常会到宿舍来找他。最初是一个晚上，他们宿舍刚准备要熄灯，郑以坤忽然敲门，问他借手机，说自己的手机摔坏了，现在着急打个电话。

　　手机给出去，才想到屏幕的壁纸有些不妥。不过看到郑以坤已经拿着手机往外走，易辙想想，也没什么大不了的，便没有开口。

　　那时他用的手机虽不是什么大屏智能手机，但那张被他用作屏幕的图片也足够清晰，足以让人辨认出那是一个男人的背影，且并不属于他本人。

　　快到门口，郑以坤的步子停了停，易辙看到他回头看了自己一眼。他坦坦荡荡地回视，两个人的目光在空中碰了好一会儿，郑以坤才笑笑，走了。

　　再后来，每到上课铃打响的时候，郑以坤都会从后门晃晃悠悠地进来，一屁股坐到易辙旁边。

即便这样，易辙也没主动搭理过他。也不是觉得这个人有多不好，只是总觉得，他们不是一路人。那会儿他还不明白自己到底是从哪里得来的这个结论，直到后来有一天他才突然发现，郑以坤那副吊儿郎当、谁也不在乎的样子，竟然和向西黄有几分像，只不过向西黄的不在乎要更锋利，郑以坤则多半维持着平和的表面。

那天碰到郑以坤和成絮在一起，易辙是非常意外的。两个人的身边倒着一辆自行车，书本散了一地，郑以坤正半弯着腰，自下而上瞧着成絮的脸，而成絮则红着一张脸躲他。

易辙对于郑以坤脸上那副逗人看戏的表情再熟悉不过，毕竟隔三岔五，隔壁宿舍就要上演一出摔凳子掀桌子的闹剧。他叫了郑以坤一声，赶紧跑过去。

"你干吗呢？"把成絮挡在身后，易辙拧着眉看他。

他的突然出现让郑以坤惊讶了片刻，向后一闪脑袋，脱口而出一句："你什么时候管起闲事来了？"

易辙没搭理他，转身问成絮："学长，你没事吧？"

"还真是学长啊？"郑以坤愣过之后，突然一乐，歪着头，越过易辙的身体去望成絮。

成絮躲过他的目光，同易辙说："没事。"

易辙瞥了郑以坤一眼，弯下身去帮成絮扶起自行车，接着又去收拾地上的书。成絮这才随着他，慢半拍地蹲下来。

"学长，我帮你啊。"

这声"学长"叫得成絮怪不自在，最终，和易辙说了一声之后，落荒而逃。

成絮仓皇离开，易辙才面色不善地问郑以坤："你干吗了？"

"我没干吗啊，路上撞到他，跟他说了几句话而已。"他一副意犹未尽的样子，笑，"他真是学长啊？也太小了吧。"

不知为什么，郑以坤这表现，让易辙突然有点不舒服。他是见过许唐成护小鸡一般护着成絮的，自然也就把这种行为带到了自己身上。

转身离开前，他忍不住再揪住身边的人，警告："你别找他麻烦。"

这话有些突兀，说得郑以坤一愣。他看看易辙，自言自语般小声嘟囔："也不是他啊。"

很快，易辙就反应过来他在说什么。

"你，"易辙停住脚步，顿了片刻，淡淡说，"别去胡说八道。"

像第一次见面那样，郑以坤看着易辙，一言不发。好一会儿，他才轻轻一声嗤笑。

"我又不是我们宿舍那个嘴碎的。"他拍了拍易辙的肩膀，挑着眼睛往周围扫了一圈，还是那张似笑非笑的脸，"不过，兄弟，我提醒你，你最好还是把手机屏幕换掉。"

郑以坤说完就走了，易辙留在原地，看着他离开的背影。

成絮的那摞书里有一本颇具年代感的数学书，那一摔，竟然摔散了几页。他坐在宿舍对着泛黄的书页发愁，许唐成进来，奇怪地看了一眼。

"怎么这样了？"

"骑车摔了一跤，"成絮抬头，因为熬夜而红肿的眼睛有些可怜地看着许唐成，"这是跟别人借的，怎么办啊。"

"摔了一跤？"许唐成立刻问，"你没事吧？"

成絮摇摇头，还是一副无精打采的样子。

许唐成放下手里的东西走过去，小心地托起那本书，翻了几页。

书脊处为锁线订，本是比较牢固的工艺，但到底架不住时间的熨烫，纸张脆弱，书体略显松散。

"贴回去行不行啊？"成絮仰着头问。

"不太好贴。"许唐成摇摇头。看到成絮黯下来的眼睛，他又想想说："我帮你试试吧，虽然不可能一点都看不出来，但起码比现在好很多，到时候你再跟人家道个歉。"

成絮立即点头。

要想尽量复原得好，这操作难度可不小。许唐成洗漱完，把要用的工具准备好，便赶成絮去睡觉，成絮哪好意思，连连说自己要帮他。

"我需要安静的环境，你在旁边会打扰到我。"许唐成推推他，"行了，你快睡去吧，看看你这眼，什么样了都。"

对于许唐成，成絮向来是百分之百地信任。既然他这样说，成絮只好又挠着脑袋，说了声"那辛苦你了"。

爬上床，躺在台灯波及不到的黑暗里，成絮翻了个身，忽然又想到下午的事情。

"对了，"他支起身子，看着斜下方淹没在灯光中的人，"我今天看见易辙了。"

许唐成很快回过头："是吗？"

"嗯。"成絮撑着脑袋，咂了一下嘴，"我怎么觉得他又长个儿了。"

下面的人笑了一声，反问："有吗？"

"我觉得有。"成絮很肯定地说。

"也没准儿，他上学早，现在也还是长个儿的时候。"

"嫉妒。"

窸窣的声响停住，望着破旧的书脊，许唐成忽然记起些很久以前的事情。易辙的爸爸常年在外工作，妈妈又无论如何都不管他，小孩子早早就被扔进了学校，甚至连第一次去上学，都是易辙自己背着小书包去的。

他一年级，许唐成六年级。半大的小伙子刚刚买了一辆单车，路上碰到跑着的小孩，便扬声叫他。

小孩停下看他，鼻尖上的汗都闪着光。

那时许唐成买的是辆不甚标准的山地车，同样也没有后座。许唐成摘下小孩明显过大的书包，挎到自己的胳膊上，把他拎上了车梁。

车梁。

这个遥远的、几乎已经被他遗忘的场景，忽然触动了他那感慨时间飞逝的思想。那时的小短腿已经比他高出半个脑袋，而坐在车梁上的人，竟换成了自己。

风水轮流转?

摇摇头，他感叹。

易辙丢三落四的毛病到底给他惹了麻烦。才开学几个月，他就将一卡通、手机丢了个遍，最要命的是，临近元旦，身份证也丢了。要放在平时倒也没什么，问题是他前阵子和爸爸联系，刚说好假期要去上海看他们。他来上学并没有过户口，便需要回家补办身份证，偏偏身份证没了又没办法买火车票，易辙在宿舍衡量了半天，还是给许唐成打了个电话。

许唐成在电话那边说正好周末打算回去，易辙不知是真是假，但夹杂着点别的目的，就顺理成章地和他约定了下来。

周五晚上。

刚上车，许唐成就开始温和地数落他，易辙老老实实地听着，拉过安全带，扣好。等许唐成说完，车开了，他却发现方向不大对。

"先去接个人，"在他发问之前，许唐成先做了解释，"我同学，说有东西要带回家，咱们把她捎回去。"

中文的口头表达里，区分不了"他"和"她"，所以等车停在大学门口，易辙才知道要接的是个女孩子，还是他见过两次的那个。他看着窗外笑得明媚的女孩愣神，一旁的许唐成已经下车，帮万枝将行李箱放到了后备厢。两个人不知说了什么，都笑得很开怀，易辙转头，看到许唐成帮万枝拉开了后座的车门。

万枝见到他也是一愣，但很快，便露出友好的笑容。许唐成坐上车，帮他们两个人做了介绍。

"你好啊！"万枝先朝他打招呼，又对许唐成说："我们见过，车站一次，还有那天咱们聚餐你喝多了，是他去接的你。"

"哦，对啊。"这么一说，许唐成才记起来。

到了要下高速的收费站时，易辙习惯性地在前座中间的小盒子里帮许唐成翻找零钱，却没想到，小盒子里就还剩一张五元、两个钢镚儿，他赶紧摸摸自己的口袋，又很快想到什么，停下来，懊恼不已。

"车里钱不够了，我也没带钱。"

收费站的车不多，他们的前方只有两辆车在等待缴费。许唐成把车停下，从小盒子里拿出那五元，又开始翻自己身上。

"我这儿有。"后面的万枝立刻递过一张十元，"是十五吧？"

"不用，"许唐成赶紧拒绝，"我带了，最近忙晕了，忘了往车里放零钱。"

"好啦，别找了。"前方的车已经开走，后面有等待的人不耐地摁了喇叭，万枝笑着催促，"后面还有人等着呢。"

十五元钱递出去，易辙一直看着。

出了收费站，许唐成才瞥瞥易辙，问："钱包呢？"

易辙咳了一声："跟身份证一起丢了。"

许唐成顿觉哭笑不得。

他看着易辙，张了张口。想教训他，又觉得有外人在，不合适，到底忍住没说什么。身后的万枝却发出了轻轻的笑声："我刚上大学的时候，也很惨，在公交车上被划了书包，钱包被偷走了，身份证啊，还有所有的卡都在里面，一次丢了个遍。"

明显是帮忙解围的话语。

一路上几乎都是许唐成和万枝在聊着天，即便是已经察觉到这个女生对许唐成带了很明显的好感，易辙也不能否认，万枝是一个相处起来很舒服的人。她的话其实不算多，远远不到滔滔不绝的程度，但断断续续，却总能找到一些话题来避免无聊与尴尬，甚至对于易辙，也表现出了完全的善意和恰到好处的关心。

反观自己呢，易辙看向窗外。

话都不会说。

第二十四章

灰尘叠

汽车在小区门口停下，两声关门的声响后，易辙也跟着下了车。

小区旁便是一个超市，超市前有辆卖糖雪球的小篷车，循环放着《冰糖葫芦》。易辙循着音乐声望过去，看到砖沿上坐着两个穿一中校服的男孩子，各自捧了一袋在手里。白乎乎的哈气，裹着同样沾了一层白的糖雪球。

收回视线，他没有往车尾走，而是不作声地立在一侧，看着在那边说话的两个人。

突然，被人拍了下肩膀。易辙转头，发现竟是包裹得很严实的许唐蹊。

"易辙哥，那个女生是谁啊？"刚刚见面的许唐蹊完全没顾上和他说客套话，她悄悄藏在他身侧盯着车尾那两人看，一双眼睛溢满了兴奋。

"唐成哥以前的同学。"

他简单解释。

话音刚落，那边一直在同万枝交谈的人像是感知到了什么，突然看过来。看到露出的半颗小脑袋，许唐成先是一愣，很快便偏头笑起来。

他朝这个方向招了招手，又朝着前方叫了一声。易辙这才看见，不远处还站着周慧。

许唐成走过来，还没来得及告别的万枝也跟在他身后。许唐蹊把手插到兜里，转过身朝周慧挤挤眼，又若无其事地笑着转回去。

"你们来买东西？"

"嗯，"许唐蹊提起手里的塑料袋给他看，"这不是你们回来嘛，妈觉得家里菜少，说再来买点。"

周慧也已经走过来，有些好奇，又不露痕迹地打量着站在许唐成后面的那个姑娘。

万枝朝她甜甜一笑，微躬身，叫了声"阿姨好"。

这次的见面简短，内容也无非是寒暄问候，按理说并不会有什么深刻的印象留存。但那天回去的路上，坐在车里的周慧却是三句话不离万枝。明里暗里地，都是说万枝这个小姑娘很好，并且看得出她对许唐成的印象也不错，要许唐成一定把握机会，主动一点，多和人家姑娘接触接触。许唐成则是一个劲儿辩白只是普通朋友而已，联系并不多。尽管如此，周慧却仍逼得紧，数落他不懂怎么和小姑娘相处。

"接触不多就要多接触一些啊，哪有人是上来就熟的，不都是慢慢互相了解吗？有空你就约姑娘一起吃个饭什么的，要我说以后过节啊、放假啊，你别老往家跑。现在家里又没什么事，你平时忙，没空和人出去，放假了再老往家跑，可不就谈不成恋爱吗？"

这忙说，周慧觉得自己忽然就找到了许唐成这么久都没谈恋爱的原因。再认真琢磨琢磨，越想越觉得自己分析出的这个主要原因很有道理。不然自己的儿子这么优秀，怎么就找不到两情相悦的小姑娘了？

她拍拍自己的腿，肯定般重复："对，就是因为你没时间，你以后不要总回来了。"

连不让回家的旨意都下来了，许唐成知道周慧这是真的着急了，无法，他只好先在口头上将她安抚下来，连声保证会好好考虑。

许唐蹊坐在一边偷偷笑，说她的哥哥哪儿哪儿都好，就是在追女孩上，跟个木头疙瘩似的。话锋一转，她看到一直沉默着坐在前座的易辙，忽然挺起身子朝前一倾，贼兮兮地问："易辙哥，你呢？"

易辙正听着他们的对话出神，思想一时没能与这个问题对接上。

"你有女朋友吗？"见他没反应，许唐蹊又将问题问得更加明确，并且开玩笑道，"有的话赶紧指导指导我哥。"

汽车驶入小区，许唐成踩着刹车停下来，等待对头车通过。

因为思考这个问题，易辙不自觉地朝许唐成看去。转过头，却发现他同样也在看着自己。

"没有。"

道路一侧又有人家的车库前被堵了车，车库主人无法停车，坐在车里不耐烦地长摁着喇叭，提醒那人赶紧下来挪车。

四方嘈杂声涌入，这声回复，便淹没在这长长的鸣笛催促声中。

那张补办的身份证上，一对大大的黑眼圈，印证了主人的一夜辗转。

并且在那之后，又有好几次，易辙都梦到了一些相关的场景。

梦大多是模糊的，也是温存的。但都与他无关。只有一次，他梦里的主角忽然不再是许唐成和另一个女生，而是他自己骑车载着许唐成，从那个他常去的斜坡俯冲而下。梦里画面清晰，清晰到他能看到那里的自己松开车把，许唐成在呐喊，头发被吹起，扫到他的下巴上。

猎猎的风在耳畔狂奔而过，一场刺激，惊天动地。

到这里，都还是个好梦。

可等单车停下，急促的呼吸平静后，梦里的那个许唐成忽然跳下车，回身看他。他眼眸漆黑，让易辙一下想到了那听不见任何声音的深渊死地，也想到了传说中一切生灵都能拥有平静幸福的天堂。好像无论多矛盾的东西，都能和平地存在于他的眼中。

许唐成叫了他的名字，接着说，要告诉他一个好消息。

"我要……"

眼睁睁看着许唐成开口的一瞬间，生生集合了他这么多年所有的情绪，以至于那一幕终成了催人泪下的慢放镜头，他也终于，当了不愿将这场梦看至终场的懦夫。

挨不到后续，他疼到倏然惊醒。

接下来，便是长久的空洞注视。

耳边有音乐声响起，是手机的铃声。他用略微僵麻的手拿起枕边的手机，看到是许唐成的来电。

"起床没？"

易辙清清干哑的嗓子，答："正要起。"

"嗯，怕你睡过了。起来收拾收拾吧，我大概二十分钟之后到南门，咱们先去吃个早餐，再去南站。"

虽然以前已经自己去过上海了，但从北京出发，还真的是第一次。许唐成大概是真的完全在将他当成小弟弟来照顾，竟然在前一天，坚持要送他去南站。

挂了电话，易辙还是久久回不过神来。方才电话中许唐成的声音真切无比，这让他忽然意识到，终有一天，许唐成会和一个女孩谈恋爱、结婚，然后拥有一个很幸福的家庭。

甚至，易辙想，真到了他结婚的那天，会不会让自己去给他当伴郎。

天花板上灰尘层叠，那是长年累月写下的斑驳痕迹。

早餐是在一家包子铺吃的，在询问了易辙的意见之后，许唐成要了两屉小包子，分别是不同的口味。易辙开始时吃得很慢，直到许唐成说吃饱了，他才迅速把剩下的所有包子都塞进肚子里。

来的路上许唐成已经打了几个哈欠，在等待易辙吃完的时间里，又用拳头掩着嘴巴打了一个。上车后，易辙忽然没头没脑地说了一句："等我到了十八岁就去学车，然后就可以我开车了。"

许唐成笑笑："好啊，正好，我老腰疼，开时间长了还真挺累的。"

"你腰到底怎么回事？"易辙难得对着许唐成皱起了眉，"要不好好去医院查查吧。"

"查过，也没查出什么来，可能还是体质比较弱，遗传。"

"哦。"易辙迟疑地应了这一声，却还是不放心，想着有时间还是陪他去医院检查检查，哪有二十多岁的人就腰不好的。

又是元旦，易辙看着街上不停掠过的各种红色装饰，忽然想到高中的时候，自己在新年到来之前，跑到车站去接他。

"笑什么？"许唐成问。

"嗯？"易辙从窗外移回视线，"没什么。"

他掩下嘴角过于明显的笑意，问："你待会儿回家吗？"

"嗯。"许唐成点点头，"不过明天就要回来，后天要和同学一起去欢乐谷。"

同学？易辙立即想到了万枝。

原本闲闲搭着的两只手忽然交叉到一起，装作不经意地，他问："大学同学吗？"

"不是，以前初中的几个同学。"

其实许唐成并非不懂万枝的意思，她来约他，还特意告诉他还有两个同学一起去，大家结个伴，会更好玩一些。而恰巧，另外的这两个同学是他们初中班上唯一存留到现在的"班对"。

本想推托，但万枝在电话那端过于小心谨慎的态度，又让他有些不忍心。他对万枝称不上有那种怦然心动的感觉，但也并没有排斥感，而且觉得这是个很好的女孩子。

挂了电话，他倚着窗台想，是不是真的是因为自己没有恋爱经验，所以都不会判断他的这种好感，到底是基于朋友，还是基于什么别的可能关系。再者，他甚至怀疑，那些别人口中的怦然心动，别人口中的一往而深，真的存在吗？

如果存在，为什么他从未体味过。

"欢乐谷啊……"易辙这样嘟囔了一句，然后笑了，"我还没去过。"
他脸上的失落一闪而过，许唐成却在一个瞥眼间看得真切。

"其实我也没去过，"他说，"那就，这次我去探探路，然后下次带你去玩。"

车站人很多，熙熙攘攘的，像是连方向都能模糊掉。许唐成把易辙送到还不成，又带着他到取票大厅取了票，确认他带了身份证，才终于算是要放人。

"你进去以后记得看那个大屏幕，在上面找你这趟车的检票口。"
他还在叮嘱，易辙点点头，说知道了。
排队进站。
快要轮到他进去的时候，易辙忍不住，终于在涌动的人群中回了头。
而许唐成竟还没走。看到他望过来，许唐成站在队伍的尾巴旁，朝他笑了笑。
广场上的风很大，易辙朝他挥手，想比口型让他回去，却不小心发出了他根本听不到的声音。
"回去吧。"

许唐成像是听懂了他的话，无声地对他点点头，也举起手挥了挥。

直到完全进入大厅，易辙才终于看不到他。易辙捏着手中的红色车票向前，突然有些矫情地想，大概总有一天，自己也要像现在这样朝他挥挥手，然后一个人朝前走。

曾经的那个元旦是自己骑车到了他的身边，那时懵懵懂懂，对少年心事尚不自知，只知道他要回来了，而自己很想见他。哪怕是近乎莽撞地冲到他身边，易辙都没觉得有任何不妥。

这样想来，那时竟像是他最好的时间。

卷三

新年焰火

第二十五章

电波里

让易辙耿耿于怀的欢乐谷，许唐成到底没去成。

那天回家他没有提前报备，所以回去以后才发现家里空无一人，再打电话一问，才知道是奶奶病了。

"前天开始说嗓子疼，肚子也不舒服，你大伯说带她去看她不去，吃了两天药了。刚刚突然说觉得冷，明天让我们带她去看看医生。我这刚要让她量个体温，摸着肯定发烧了。"

奶奶平日还算健朗，除了高血压，没什么别的毛病，生病也并不是常有的事。但老人的身体不比年轻人，一有什么毛病就不容易好，往大伯家赶的这一路，许唐成的额头都没能展平。等见着奶奶，看到她都穿上了棉袄，他便更觉难受了。奶奶从来都是怕热不怕冷，夏天开空调永远要坐在空调下面能吹到冷风的地方，就算有时心疼电，不愿开空调，自己开风扇，也是让风扇不晃头地直吹着自己。到了冬天，在家里时，都要别人好说歹说才会穿上一件厚马甲，哪里穿过棉袄。

"唐成回来了啊。"

奶奶见他进来，立马就笑了起来。许唐成听着她因为嗓子不舒服而变得嘶哑低沉的声音，眼睛立时发酸。

"怎么回事啊，怎么病了？"

"没事，"奶奶拍拍身旁的位置，要他坐下，"我觉得就是上火。"

"怎么不去医院看看啊?"

大伯母忙在一旁说:"快吃饭了你奶奶才说觉得发烧,要明天去看看,我们说现在带她去医院她还不去,就认你陈叔。结果你大伯看了看人家那儿早关门了,刚给他打了个电话,说人在外面,你大伯过去接了。"

体温表拿出来,许唐成在灯下一看,已经37.8℃了。

"饮水机下面有纸杯,待会儿人家来了拿那个给人家沏水,别用玻璃杯,怕人家嫌。"

见奶奶都这样了还在想着别人,原本就因担心而焦急的许岳良不免有些恼地念叨:"你就别管别人了行吗?都什么时候了啊!我们这一遍遍说,你不舒服要早点跟我们说,老是自己撑着,老是怕给我们添麻烦、怕给我们添麻烦,就先不说这算不算添麻烦,你说这是不是越拖越乱,要是早点去医院,能成现在这样吗?"

"爸!"

"好了好了。"周慧也拽了拽许岳良,"你少说两句吧,妈难受着呢。"

奶奶听着,没说话,只一下下拍着许唐成抚在她膝上的手。许唐成反手握住她:"别理我爸,他是心疼你。"

许唐成知道,奶奶从来都是这么个性格,万事都替别人着想,生怕给别人添一点麻烦。要说疼人,他没见过比自己的奶奶更会疼人的。

"我知道。"奶奶点点头。

因为没精神,奶奶的眼皮一个劲儿地往下耷拉,和平日非常不一样。许唐成心疼,握着她的手不撒开。很快,他又听到奶奶说:"我是觉得就是上火,憋的,没什么事。但是老不好,我怕真有什么事,要真有什么,还是你们遭罪。"

医生很快来了，奶奶还要起身迎，被医生连忙扶住。细致地瞧过后，医生给开了药，说先吃三天的药，如果不见好转的话，再考虑输液。

许唐成按照单子去药店买了药，又把医生吩咐的用法用量给奶奶标记到药盒上——奶奶不认字，几次几片，都要用竖线和圆圈表示。一天要服三次，就画三条竖线，一次两片，就画两个圆圈。再详细些，若是一定要饭后服用，便再画上一个碗的形状。这是奶奶这么多年的习惯。

都准备好，又叮嘱了奶奶两遍，许唐成才扶着她到屋里躺下。他给万枝去了一个电话，告诉她实在抱歉，自己后天不能赴约了。万枝得知是他的家里人生病，立即说没关系。

"这样吧，正好票都在你那里，你找一个其他的朋友陪你去可以吗？以后有机会，我再跟你赔罪。"

"没关系没关系，你不用管了，我来处理就好了，你就安心在家照顾家人吧。"

临时放了人家鸽子，还是这种带着女孩羞涩心意的事情，他着实觉得抱歉。他挂了电话，还是担心他的爽约会让万枝在那"班对"面前有些尴尬，便又发消息给其中的那个男生，简单解释实在是事出突然，道了歉。

到了第三天早晨，奶奶的病终于有了好转。许唐成早早起来，先打电话给大伯问了问奶奶的情况，放下心来之后，又开车转着去买一家的馄饨。

大概是因为身体不舒服，奶奶这两天的胃口都不是很好。馄饨是原来奶奶住老房子时常去吃的，做得香软，吃下去熨帖。

在馄饨摊等着，许唐成看到一旁新开了一家生煎包店。瞧着那家店生意挺红火，他便和馄饨摊的老板说了一声，让等会儿再给他煮，他先去排队买份生煎包。

排队等候的时候来了电话，许唐成看到屏幕，才想起自己这两天都忘了问易辙到上海后的情况了。

"不好玩，"那端易辙直白地说，"也不知道为什么，我爸一直带着我和易旬跟他的生意伙伴吃饭、应酬，我这两天几乎不是在吃饭，就是在陪着他们玩。"

许唐成猜测是不是奶奶的病终于见好的缘故，听着少年轻声的抱怨，他心里竟一下子轻松了不少。

"而且那个老板有个女儿，昨天吃午饭的时候说要逛街，我爸当时就让我陪她。我就立马说我不去，结果我爸……"

易辙说到这儿停住，许唐成便问："你爸就说你了？"

"没有。"易辙的声音变得更低，"不过他看了我一眼。"

说实话，许唐成对于易辙的父亲并不算了解，他记得那时，易辙的父亲几乎一个月、两个月都见不到人，但每次回来，许唐成又都会知道。因为那一定是向西骂得最厉害的两天。

虽然不了解，但在这种涉及利益的饭局上，这样直接地拒绝一件明显是在讨好对方的事情，大概会是什么样的局面，许唐成多少也能猜到。

"别想太多，我猜你父亲在这段合作关系中，应该是处于弱势的一方，所以他会用一些不算正式的手段，去适当拉拢对方。怎么说呢，"许唐成偏头思索，挑选了一种较为温和的措辞，"这种情况比较常见。"

电话那端经历了短暂的沉默，之后，易辙很简单地告诉他："我不喜欢。"

"嗯，我知道。"

打架被不公平记过后，都要挺着身板的人，怎么可能习惯这些场面事。

"但我还是答应了，"易辙说，"昨天跟着她逛了一天，等她试衣服，给她拎袋子，很烦。"

上海之行和他预料的大不一样，他甚至根本没能好好和父亲说上几句话，弟弟也是能躲就躲、能推给他的就推给他。他知道，有些事他不去，易旬就要去，这样各种原因综合之下，他还是屈服了。

易辙处事有多不圆滑，许唐成自然是知道的，所以他听得出易辙满怀的苦闷和打心底的不喜欢。

听得出，自然便心疼。

"不喜欢就回来。"

生煎终于排到了他，老板问他要什么口味，他将手机稍稍放远，说："鲜虾和牛肉，各一份。"

"嗯？"

易辙没听清，以为他是对自己说了什么。

"没事，我在买生煎，排队，刚刚轮到我。"说到这儿，许唐成便试着调节一下易辙的心情，"对了，家里这儿新开了一家生煎店，你知道吗？在文明路，看着挺好吃的。"

易辙听完，重点却没放在这家新开的生煎店上，他愣了愣："家里？你不是今天去欢乐谷吗？"

"没去成，我奶奶不舒服，我就临时爽约了。"

许唐成拎着生煎往回走，又从馄饨摊取了馄饨，回到车上。其间电话一直没有断。

"嗯，今天已经好多了，我给她买点爱吃的。"

"那你同学那儿……"易辙试探着询问。

"只能解释一下，道个歉了。"

说到这儿，许唐成忽然停住。他倚在椅背上，看着外面来来往往在早市买菜的人，想到万枝和欢乐谷的事情，忽然叹了口气。

"怎么了？"

"没事，就是觉得，在这件事上没有处理好。"他想了想，问，"易辙，你有没有喜欢过什么人？"

这个问题，使得那边的易辙几乎立时停了心跳。但虚虚张嘴，还没能出声，电话里的许唐成已经自顾自地又说了起来。

"我觉得自己很奇怪，长这么大，没谈过恋爱，甚至也没对谁产生过很喜欢她、想和她谈恋爱的冲动。我怀疑自己可能更适合'日久生情'这一类，可又怕如果在和人家接触之后，万一又发现我对这个女孩的情感并不是那种喜欢，会对她很不公平。"他苦笑一声，"所以，忽然就不知道怎么办才好了。"

说完，他等了好一会儿，易辙都没有给他任何回应。

"易辙？"

他奇怪地叫了他一声。

"嗯，"易辙很快说，"我在。"

"你说，喜欢一个人到底是什么感觉？在看见这个人的时候，真的会产生和对待别人都不一样的情感吗？"

电波载了心里的千回百转，碰上那一声喜欢，大概再刚毅的少年都会变得细腻。

"我也不知道。"

他低声说。

从前的十里洋场，今日的上海外滩，数不清究竟来往经过了多少人。

一代又一代的人成为历史，谁没有撒过谎呢。

第二十六章

我背你

从上海回来之后，有意无意地，易辙开始避着许唐成。他从前觉得，不管怎样，自己安静地在许唐成身边待着就好，可是慢慢发现，人都是贪心的，他也是。

奶奶的病，归根结底是因为着急上火，身子禁不住熬。许唐成念叨奶奶要多喝水、多吃水果的时候头头是道，到了自己这儿，却是忽略得彻底。

自己导师牵头了一个排名前几的项目，由好几个高校、单位合作。近期要开启动会议，请了很多院士、专家，还有一些做这个项目的顾问，许唐成自然也要跟着忙好一阵子。不光前期要帮着老师准备启动会议的 PPT、展示视频，还要和实验室的人一起充当服务人员，帮忙布置会场、引导来宾。安排专家的座位是极有讲究的，讲究到连一向细致的许唐成都觉得麻烦。哪边为尊有讲究，文件、水的摆放有统一标准，还不断有人挑毛病。即便到了开会期间，也一直有巡视的人，搞得他们放松不得。

等会议终于结束，许是见大家战战兢兢地绷了太久，实在不容易，一个学长自掏腰包，领着一众学弟学妹去聚餐了。

许唐成那时也意识到自己折腾得上火了，所以点餐的时候，也随着大家要了碗冰粥，压压火气。

但没想到，这碗粥惹了大麻烦。

许唐成第二天要在上午十点到十点半之间去给理学院的一个老师送份文件，但他早上起来就不舒服。刷牙的时候只是有点恶心，慢慢地，感觉越来越强烈，出门前他已经到厕所吐了两次。但成絮不在，校医院又在与理学院相反的方向，他便想着先把文件送过去，再自己去校医院。但从那位老师办公室里出来，下了一层楼之后，许唐成就蹲在楼梯转角处彻底动不了了。他强压住肠胃里不停涌上来的恶心感，试图起码让自己撑到校医院，但只要稍微站起身就禁不住地要吐。

从前高中的时候，他也有过一次很严重的急性肠胃炎经历，此刻估摸着也知道自己大概是个什么情况了。自己实在去不了医院了，他将头抵在膝上，强忍着摸出手机，翻开了通讯录。

手指摁着向下的箭头，一直下翻，最终停在了一个名字上。

已经上了一个多小时课的教室，空气变得不是那么新鲜。讲台上，老师正讲着编码，手机突然振动，带动书页小幅度地轻颤。

手机的主人不知在想什么，老师都因为这声音停了下来，却还是没人去接听或制止这阵呼叫。一直趴着睡觉的郑以坤没抬头，只用手肘捅了捅易辙。

易辙回了神，对上前面老师的目光，赶紧拿起手机。在这样的场景下，他本能地想要挂断这个电话。但在看到屏幕上的名字之后，手指转了方向，想也没想，他就已经把手机举到了耳边。

台上讲课的可是一向严苛的副院长。

前排的同学回头，讶异地看着他。

寂静的教室里，接电话的人猛地弹起了身子。来不及跟郑以坤打招呼，易辙直接挤着他往外冲，郑以坤迷迷糊糊地被撞得直起了身子，还没明白怎么回事，就已经被易辙逼得只能使劲儿向后靠着。

易辙跨过郑以坤的腿，到了过道。老师一声咳，明显在提醒。

本已经向着后门要开始跑，听到这重重的咳嗽声，易辙才慌忙回身，边后退边朝老师鞠躬："对不起，对不起，老师，我有特别要紧的事。"

老师没来得及应，莽撞无礼的学生已经冲出了教室。

连高考体测的时候，易辙都没这么拼命跑过。

理学院。

理学院，二楼到三楼之间。

楼梯转角。

视野是剧烈晃动的，他恨不能跑得快些、再快些。

终于跑到了理学院，终于见到了那个蹲在地上、埋头在膝的人，易辙几乎在一瞬间，腿就软了。他撑着楼梯扶手，才得以让自己冲到许唐成身边。

"唐成哥。"易辙咽咽干哑的嗓子，看得出许唐成非常难受，易辙小心翼翼，不敢碰他。

"我带你去医院。"

易辙扶上许唐成的肩，但被许唐成的一只手握住了手腕。

"易辙……"

听他叫过自己无数次，还是第一次，这两个字是抖着的、颤着的。

这种颤抖让他害怕，怕到不知所措。

"我动不了。"许唐成很小声地跟他说。

"那我，"易辙蹲着，尽力去看他的脸，离他很近，"我背你。"

像是终于找到一条路，易辙像给自己肯定般连连重复："我背你，我背你……"

易辙脚下挪着，朝许唐成背过了身，再轻轻拽着他的胳膊，想帮他倒在自己的身上。谁知身后的许唐成刚刚动了动，便开始急剧地干呕。他没吃早饭，刚刚又已经去吐了好几次，再怎么吐也已经吐不出东西。尽管这样，他还是吐到整张脸通红，身子也不受控制地前倾。

易辙赶紧回身搂住许唐成，许唐成便撑着易辙的胳膊，几乎将整个人的重量都压在易辙身上。

"唐成哥。"

苍白的手指紧紧攥着他的袖子，黑色布料起了无数褶皱。

"唐成哥，你忍着点，我们去医院。"

尽管他从未经历这种情况，常识也告诉他，这样下去不是办法。他半托半揽，将许唐成弄到自己身上。起身时，意外地，有一滴透明液体落到地上。

北风呼啸的天气，他竟出了汗。

才下了两级台阶，许唐成便用微弱的声音叫他："易辙。"

"嗯？"

"不行……我想吐。"

易辙尽力稳着，不颠到身上的人，却又很着急，恨不能带着他飞到医院。

"想吐就吐。"

易辙感觉到许唐成一直在动，抱着他的脖子蹭来蹭去，是很不安、难以忍受的样子。接着，易辙就听到他几乎忍到哽咽的声音："会吐你身上。"

易辙怎么受得了他这样像是带了哭腔的一句话。

就这么一句，让他这么长时间的纠结全部释怀了。什么喜欢你、喜欢她，都不重要了，只要他能平平安安、无病无灾，他要喜欢谁都可以。

他要怎么样都可以，但自己要在他身边守着。

"要吐就吐，吐多少都没事，不要忍。"

他们最终没去校医院，因为易辙前一天刚听郑以坤跟他吐槽，说校医院只能治感冒，而且只会开一种药——防风通圣颗粒。人民医院离学校也很近，易辙直接背着许唐成跑出学校，在路边打车。他这才觉得 A 大可真大，到西门的路远到没边似的。终于上了出租车，许唐成已经不再那样剧烈地呕吐，而是瘫软地靠在他身上，难受得不停微微蹭着，变着姿势。

除了那次被许唐成带着去医院处理伤口，易辙就再没到医院看过病。进了大院，他才发现自己根本不知道应该背着许唐成去哪里。怎么带人看病，到哪里去看，他竟然没有任何概念。因为这种一无所知的状态，他心底慌乱又焦急。

最终，还是匆忙问了一个路过的医生，才知道要去急诊。

他背着许唐成到了大厅，想找医生，也不知去哪儿找。急诊大厅里，入目的是各种病患，甚至还有很多挂着血迹的。痛苦的呻吟声、音调很高的说话声交织成一片，似催化着那份心急，让人更加失了分寸。

好不容易看到一个护士，易辙赶紧冲过去挡在她面前，喘着粗气说："我朋友，一直吐，现在好像没力气了。"

背上的许唐成已经不再动，甚至抱着他脖子的手也无力地垂了下去。护士看了看，小跑着领着他到了一间屋子，让他把许唐成放到床上。

易辙依言做了，再看许唐成，除了在刚刚被放下的时候睁开眼睛看了他一眼，之后就再没睁开眼。他俯下身，听到床上的人在小声哼哼着。

"唐成哥，"易辙放轻了声音，"很快就会没事了，护士去叫医生了。"

许唐成的嘴巴动了动。

"什么？"易辙没听清，凑近问。

"冷。"

易辙立马脱下衣服，给他盖上。

医生在这时也过来了。易辙赶紧让开一点，让医生来看。

医生对护士吩咐着要配的药，让先给打一针，再输液。整个过程中，许唐成已经是近乎昏迷般躺在床上，除了用很小幅度的点头摇头来回答医生重复了两三遍的问题，整个人再也动不了了。

"家属去挂个号啊，不然没法开治疗单。"

易辙赶紧点头，在护士的提示下去挂了号。没过多久，护士便端着托盘进来了。这时临时病房内很安静，铁器、玻璃碰撞的声响，却让许唐成又睁开了眼。

见他看着自己，易辙会意，低头，把耳朵凑过去。

"不打针。"

易辙听清了，却没反应过来："什么？"

已经有安瓿瓶被敲断的声音。

"我不打针。"

这次，易辙确认刚刚不是自己听错了，他都没去问个为什么，直接腾地站起来，冲着护士说："护士，我们不打针。"

口罩上方的一双眼睛瞥了他一眼："药都开了，不打怎么行。他这是伴有肠痉挛症状的，现在这情况必须得打一针，打完才能输液。"

"我们不打针。"易辙不懂医学，就知道刚刚许唐成说不打针，而且现在都还在尽力睁着眼看着他。

"别闹了，这么大人怎么还怕打针啊，忍忍就过去了啊，就一下。"护士屈起手指弹了弹针管，冲易辙歪歪头，"把裤子给他脱下来一点，露出屁股来。"

"不打……"

或许是不打针的意志在支撑的缘故，许唐成这回声音竟然大了一点。

"他不想打。"易辙赶紧又帮着说。

"都虚脱了，不打不行。打完就舒服多了，输液管不过来你这一阵。"

护士说得坚定，说完，又看向愣在一旁的易辙："还愣着干吗啊，快点。"

易辙看着许唐成苍白着脸、连手指头都动不了的样子，一狠心，低头凑到许唐成面前："唐成哥，你忍忍，护士说就一针。"

"我不……"

易辙把手伸到盖着的羽绒服下面，解了许唐成的腰带。护士一觉出动静，把后腰的裤子往下一扯，消毒，一气呵成。

许唐成动不了，自然连反抗的机会都没有。身体条件这样恶劣，易辙却还是听见，护士这一针下去的时候，许唐成骂了一声……

第二十七章

桥归桥

无论易辙有多没想到，或是许唐成有多么不情愿，这一针也已经痛快地扎下去了。易辙看得不安，一直小心翼翼地瞄着床上的人，却发现在打完针以后，许唐成的眼皮便没再抬起来过一下。

"唐成哥……"易辙叫了他一声，接着说，"医生说不打不行，打完针，你就好多了。"

易辙在说这话时蹲下了身子，就凑在许唐成面前，声音很轻，轻到像是在哄人。没能做到他的要求，没能站在他这一边，哪怕许唐成的这个要求本就是不占理的，易辙解释起来，却还是心虚。

床上的人不知究竟听没听见，反正依旧闭着眼，没理他。

"我错了……"

护士在这时又推门进来，打断了这段吭吭哧哧的忏悔。推车上装了输液用的东西，看上去比方才还要壮观许多。

易辙觉得心肝都疼了。这打针都那样，现在输液可怎么办啊。

"家属去给领床被子吧，"护士对于他的担忧没有任何感同身受的表现，她手上很熟练地兑着药液，垂眼道，"加上营养液，要到挺晚的。"

涉及实务性的事情，使得易辙立即抛开脑袋里那一堆心疼的想法。他直起身，应了一声朝外走。但都已经出了门，人又折了回来。

"请问……在哪儿领被子？"

护士连头都没抬："出门右转，走到头左拐，右边尽头第二间。"

把这绕口令似的一句话默默念了一遍，记下。刚抬脚再要离开，却发现在自己耽误的工夫里，护士已经兑好药液，在拆输液器。露出的针头闪着冷光，易辙看见，再看了一眼许唐成，忙对护士说："等我回来再扎。"

没想到这高高大大的男生竟还有点婆妈，护士一转头，对上他过于严肃的神情，顿时有些想笑："行行行，快去吧。"

他很快交了押金，取了被子。

虽说医院的被子理论上是都消过毒的，但易辙闻着还是有些不大好闻，被面发黄，看着不像是很干净。想到在餐馆吃饭时，许唐成都要仔细擦擦面前的桌子，还有开学时特意借给自己的床单，易辙又将盖在许唐成身上的羽绒服往上抻了抻，只将拿来的被子搭至他胸前的位置。

这个过程中许唐成倒是睁了睁眼，但都没看他，就耷拉着眼皮，瞅了瞅盖到自己下巴的黑色羽绒服。

本以为输液的时候还得再把人得罪一次，但没想到，许唐成这次倒是一点都没闹，始终很配合。护士说攥拳，他便乖乖地把拳头攥上了。

易辙松了一口气，站在一旁瞪眼看着护士给他扎针。

"血管好细啊。"护士轻轻拍着他的手背，说了这样一句。

易辙因为这句话更加伸长了脖子，朝他的手看过去。许唐成本就肤色白，此时的手背更是见不到一点血色，白得吓人。

好好的，怎么就成这样了？

光是看到这样一个手背，易辙就心里发酸。

护士临走前叮嘱他仔细看着，小心别跑液，等药液快没了要记得叫她。尽管是很公式化、背诵般的叮嘱，易辙却还是连连跟着点头。郑重地将这几条记下。接下来的时间里，他便屈着身坐在床边的小凳子上，不错眼地看着。

房间里的温度始终偏低，窗户关不严，有些漏风。易辙起身，又替许唐成掖了掖被子和衣服。

此时的他已经不再像刚才那样慌乱无措，毕竟许唐成已经在好好地躺着接受治疗，不再是痛苦难耐的样子。易辙也相信，只要自己好好照顾他，很快，他就会好起来，重新变回健健康康的样子。

只要自己好好照顾他。

明明已经勉强算是安稳下来，想到这一点，他又突然消沉下去，那股恐惧感也像是从未退去般卷土重来。

易辙看着透明的液体一点点流进他的身体，在他的手背上，窝着一截细细的软管。突然回想起，刚刚一枚针头刺入他的血管，护士捏了捏输液器，一小截血回流。

很深的红色，从软管里冒出来，又退回到他的身体里。

那个颜色对易辙来说并不陌生，毕竟他曾经打过那么多次架，见过那么多次血。但真的是第一次，这颜色让他觉得心惊胆战。

他当时后怕到手都在抖，甚至在那一瞬间想，万一他没有接到这个电话怎么办，万一他刚好不在学校、刚好不在许唐成身边，许唐成又该怎么到医院来。

想了许多，都是早就被现实推翻的伪命题。但现在冷静下来，他却怕有一天，这些他打着"万一"的名号构想出的场景，真的变成了现实。

想到这儿，就不敢再想。

临时病房外总有来往的病患、护士，这样的吵闹声中，许唐成睡得也不安稳，不时会转转脑袋、动动身子。这样的时候，易辙便会轻轻扶住他的手，小心护着扎针的那里，还要小心不能弄醒他。而在其余的大部分时间里，即便有细微的动作，许唐成的身体也都几乎是保持着一个最舒服的姿势。微蜷身体，下巴被黑色的羽绒服领子掩着，只露出半张脸。

易辙难得有机会能这样安静地守着他，便也始终和他一样一动不动。直到身子僵了，才轻轻挪挪自己，调整调整。

许唐成一直昏睡着，直到第一瓶药液下去大半的时候，病房的门被推开，两个护士推了一个女孩进来。医生诊断、治疗，响动很大，使得许唐成缓缓睁开了眼。

易辙立即起身，倾身在他面前。

"不舒服吗？"他忙问。

许唐成眨眨眼，像是反应了一会儿。易辙这才注意到，他的嘴巴已经干裂到像是粘在了一起。他明明动了下巴，要说话，却连两片唇都没能分开。

"我去给你弄点水。"说完，易辙又忽然想到，刚才医生说了，许唐成现在吃不了东西，也喝不了水。

"别给他喝水，他现在喝还得吐。你去弄点温水，用棉签蘸着，给他擦擦嘴唇。"

依旧是刚才给许唐成扎针的护士。易辙回身望着她，停了半拍，才问："去哪儿弄？"

来医院半天，他问得最多的问题就是，什么东西在哪儿，什么事情要怎么办，好像本该是常识的东西，到了他这里，都变成了无一例外的一片空白。

"去……"护士原本已经插着兜要离开，看见这个从刚才开始就一直过分紧张的男生露出些尴尬的神情，便转口说，"你等会儿，我给你拿过来吧。"

易辙没想到能得到这样的回复，赶紧连声道谢，还嫌不够似的，给人家鞠了一个躬。

护士一下笑了出来，觉得眼前的这个男生，是真的很真诚。无论是担心还是感谢，都是实实在在的。她在医院工作几年，也见过各种各样的人，但在将一杯温水、两根棉签递给易辙的时候，她想，涉世未深，还没来得及完全成长的少年，应该就是这样子。他还不那么会照顾人，还不那么会应对突发的事件，但比谁都急，也比谁都愿意学。

易辙在重新静下来的病房里给许唐成擦着嘴唇，那两片唇刚刚被浸润了一些，他听到旁边病床的女孩说了声"手凉"。

旁边的女孩也是在输液，陪床的应该是她的妈妈。听她说凉，那个阿姨便起身，嘱咐了两句后出门去，没一会儿回来，手上拿了一个暖水袋，在大约手腕的位置给女孩一下下敷着。

易辙侧头看着，若有所思。

他把棉签暂时夹到左手的指尖，伸出一根手指，很小心地摸了摸许唐成一直露着的手背——药液流过的地方，的确很凉。

踟蹰着想了一会儿，易辙放下手里的东西，又坐到小板凳上，把自己的一只手覆到了许唐成的上半手背，与胶带隔着一点点距离，但刚好能捂住他被药液冰到的地方。他当然不敢用力压，始终悬着劲儿，让自己的手心轻轻与他的手背贴着。

好像也管用。易辙能感觉到，被自己盖着的肌肤，似乎暖起来了一点。

焐了一会儿，手心变凉了一些，他就将两只手合到一起，来回使劲儿搓。搓热了，再覆回去。

慢慢地，静下来的病房只剩了这肌肤摩擦的声音。一旁的阿姨留意到他这边的动静，忍不住告诉他，暖水袋在医院门口的小卖部就有卖，很近，出了楼就是。

易辙摇摇头。

这里只有他一个人在陪许唐成，许唐成又在没有意识地睡着，他不放心把许唐成留下。

最后一袋药液里加了钾，护士说输快了会手疼，便将输液器调慢了速度。这样一来，全部输完时，已经是晚上十点多。

护士给许唐成拔了针，她拉开门离开时，一声尖厉的哭号忽然挤进了屋子，屋里的人都吓了一跳。

许唐成还没有醒，压着他手上的针眼，易辙凝眉转头，赶紧去看外面的情况。

隔壁床的妈妈已经先他一步起身去关门，他只从门合上的间隙里，看到了走廊上满脸是血、坐地哭号的女人。

一旁病床上的女孩像是被吵醒了，很小声地问自己的妈妈发了什么。妈妈摸摸她的额头，轻声安慰，说，好像是车祸。

一瞬间，易辙的思想竟有些游离。明明只是病房里很普通的一段对话，很普通的一个场景，却带给了他莫大的陌生感。

陌生感，这一整天都是这样。

他从前习惯于把自己封闭在一个很小的世界里，难过，或是不难过，那里都只有他自己。没有第二个人存在，也就不会有意外情况发生。他不会不知道该去哪里看诊，不会不知道该去哪里拿被子，也不会不知道该去哪里找一个杯子、接一杯热水。因为他从不需要做这些事。

那样生活的自己，也永远不会像现在这样——身处一间病房，病房里，每个人都守着自己心头的宝贝，有人在温柔地解释一些无关于自己的事情。

盯着紧闭的房门看了一会儿，易辙眨眨眼，然后缓缓转回了身子。

他在自己的世界里活过，也在只有自己和许唐成的世界里活过。

但现在都不是了。

对他而言，许唐成也不再仅仅是孤零零的一个被纳入他自己世界的存在。不知所措的情况永远只存在于与外界的交会之中，他担心着一个人，便会担心所有不好的事情，希望那些永远都不要发生在许唐成身上。

自己因为他，有了很多第一次的经历，也要为了他，去真的接触这个世界。

校园是这样，学生会是这样，医院也是这样。

那位母亲说要去帮女儿打些热水，开门前，先确认了外面不会再有任何混乱，才叮嘱一声，离开。

易辙还在用手压着那条胶带，他握着许唐成的手仔细看，发现许唐成真的很瘦。手背上都清晰地显出了一条条青色的血管，微微突出，拱起苍白皮肤。

他将两个拇指并排放到胶带中间，然后摩挲着，轻轻向两边展开。滑到边缘时，指下变成了许唐成微凉的皮肤。

保持着这个姿势没动，易辙愣了好一会儿。而在这一会儿的时间里，他几乎回想了记忆中一切关于他的事情。从相遇，到现在。

他不知道别人是不是也这样，但从很遥远的时候开始，他的记忆就非常零散、混乱，像一个个无序的碎片，偶尔留在他的脑袋里。大概是童年时就生活在一个永远不知何时便会爆发单方战争的家庭，很多时间，他度过了，就只是度过了，不过是日历上一个数字的变化，根本不会有任何东西留存。

而唯独许唐成，始终是不一样的。

弟弟刚出生时，他们搬过来。那时易辙还在上幼儿园，第一次见到许唐成，他穿着蓝色的小学校服，胸前挂着一张绿色底的校牌。

都是第一次见面，几个小孩子里，只有他乖乖地仰头同自己的父亲说："叔叔好。"

易辙当时一直盯着这个哥哥胸前的校牌看。那上面有一张一英寸照片，红底的，旁边还有几行字，可惜他并不认识。许唐成不时在动，那张校牌便左一下，右一下，摆来摆去。易辙都不知道自己的脑袋也一直在跟着摆。

直到校牌被一只手攥住，他抬头，正碰上许唐成弯下身子，向着自己笑。

和校牌上的那张照片一模一样。

也是奇怪，明明还那么小，他就已经断定许唐成是自己见过的，笑得最好看的人。

再往后这么多年，这个结论不仅没有变，"许唐成"这个名字上，还又接着被他补上了很多个标签。

最会说话的人，穿白色衣服最好看的人，骑车最帅的人。还有最隐秘、最珍重的一条，是唯独属于他一个人的——对易辙最好的人。

零碎枯燥的记忆中，黑暗、空白，在光怪陆离的碎片上半遮半掩，那片浮沉大海中，唯独关于许唐成的事情完整连成了一条线。而顺着这条线，他竟也长大了。

慢慢地，易辙也不知道到底是从什么时候开始，许唐成变成了他对这个世界的感知。

好与坏的判断，时间走过的踪迹，甚至是那些被人们称之为温暖的感情。

易辙抬头，去看床上的人。

他很难说清楚从小到大到底对许唐成有着怎样的情感，他记得在心理课上，老师曾经讲过这样一段话，大意是，友情是所有纯粹以情感维系的感情中，最稳定的一种。胜过爱情，更胜过单单的有好感。哪怕你和你的好朋友很久很久都不见面，再见面，你们也能用零到二十分钟的时间，把两个人之前相处的感觉拉回到分离之前的样子。你有很多个朋友，但一般情况下只会有一个爱人。猜忌、占有、退让，相较于爱情，这些行为思想在友情里都会被弱化。很多人不会有一段从一而终的爱情，却会有很多陪了一辈子的朋友。

这是整个学期的心理课上，他唯一认真听的一段话。刚听完时不以为然，觉得二者根本没有可比性。最后老师的一句玩笑话，却让他猛地惊醒。

老师问大家，这是不是也能从一个方面解释人们平时所说的，不能"杀熟"？

底下的同学在笑，在窃窃私语。老师接着说，有意思的是，一旦一对朋友间产生了什么超出友情的感情，但只是一方有意的话，那么这段友情有百分之几十的概率会进入危险期。要想度过危险期继续存活，要么，他们之间至少有一个情商很高的人，要么，他们之间至少有一个情商很低的人。不然，捅破一层窗户纸，两个人之间会再隔上千层万层。

易辙在那时恰与老师对上了视线，他想，他那时的神情一定足够茫然，所以那位老师才会定定地看了他一会儿。

课堂上几秒的空白，没有人知道他经历了怎样的漫长无望。

拉回思绪，易辙低头笑了笑。

所以说，不能说的话，就要永远憋在心里。

病房里此时安静得出奇，去打水的妈妈还没有回来。易辙回头看看，那个女孩也闭上了眼睛。

病房的墙壁都是白色的，说来也奇怪，白色，大概是被赋予感情色彩最多的一个颜色。医院、婚礼、葬礼，美好或哀伤，希望或绝望，竟奇妙地贯穿了人们的一生。像是在白色环绕的地方，所有事情，哪怕是不可说的、该被埋藏的贪婪欲望，也能被允许与这个人世坦诚相见。

易辙握着许唐成的手，低头，也垂下了目光。

让自己的感情有了不该有的变化，是他的错。

以后再不会了，自己会永远保留着方才在来时路上的想法，会安安心心陪在他身边，让他在生病的时候，难过的时候，永远可以心无芥蒂地第一个给自己拨出电话。

他低头，慢慢凑近许唐成苍白的手。

从此桥归桥，路归路。

停了很久，易辙才终于抬起头。

他将许唐成的手放回到床上，仔细盖好。

做完这一切，才后知后觉涌出一阵怅然。两只手合在一起，撑在额头上，他埋头待了很久，才让自己稍稍平静下来。不知是因为一天滴水未进，还是因为刚刚强行剥离了一部分存在了很久的情感，他感觉腿脚开始发麻，甚至这种感觉顺着脊椎，一直爬到了头皮。他用胳膊撑着腿站起来，想要去用冷水洗把脸。

但猝不及防，突然起立的眩晕间，对上了一束视线。

隔壁的女孩不知什么时候醒了，正呆愣地看着他。

易辙没作声，低了低头，稳住身子，放轻脚步走了出去。

门在合上的时候甚至没有发出声音。

女孩盯着男生离开的方向，半天，才如梦初醒般，叹了口气。她不知道旁边的两个人之间有怎样的故事，但刚刚那样的一幕、醒着的男生那样的神情，可以给她带来太多猜测。

她突然想看一眼那个一直安静躺着的人，可转回头望过去，她却惊诧地发现，一直睡着的人不知什么时候醒来，正举着那只贴了一条胶带的手出神。

床上的男生似是察觉到了她的目光，朝这个方向稍稍转过了脑袋。

这还是她第一次看到这个男生的正脸。

苍白，憔悴，没什么表情。

他只看了自己一眼，就将目光转向了房门。没一会儿，他又把手放回被子里，重新闭上了眼睛。

像是什么都没有发生过。

每一个故事都会有一个结局，却很多，都不会轰轰烈烈、幸福美满。

她忽然觉得心口难受，钝钝地疼。因为刚刚的一个对视，她分明看到，那个高高的、沉默的男生，已经红了眼眶。

第二十八章

无解题

医生给开的是要输三天液，但到了第二天，许唐成除了还是很虚弱、无法进食，已经没什么别的症状。急诊的临时床位不可能一直占着，易辙要给许唐成办个住院，许唐成却拦住他，说让他问问医生，可不可以回学校输液。

问过医生，医生给开了转院单，拿了两天的药。

这两天许唐成都只能喝一些米粥，甚至刚开始的时候，只能喝米汤。学校食堂里卖的粥要么太稀，要么太稠，易辙转了一圈，实在没什么看上眼的，便自己跑到学校附近的一个粥铺，打包了两份粥。

大冬天的，用衣服裹着，送到许唐成宿舍的时候都还是热的。

"这个是小米南瓜粥，这个是蔬菜粥，"易辙把两个保鲜盒的盖子都打开，"一个甜的，一个咸的，你想喝哪个？"

许唐成举着勺子，手上还有很浅的、被胶带贴白了的痕迹。他抬头，看到易辙被风吹红了的脸。

这家粥铺他知道，味道很好，离学校却并不算很近。走着去要二十分钟，即便坐公交车，也没有能够刚好到达的车次，前后的站台都还和粥铺隔着不近的距离。

看到易辙看向自己的眼睛，许唐成突然发现，那里面早已装了太多他没办法回应的东西。

小心翼翼，万分珍重。

他从前不曾注意，现在却再无法忽视。

"我喝小米粥吧。"低头避开他的注视，许唐成将另一份推到易辙面前，"你吃了没有？"

易辙摇摇头，又把那一份推回给他："我不饿，你先吃。你可以换着喝，米就先吃一点点就行了，把两个的汤都喝了。"

许唐成沉默地舀了一勺，递到嘴里。

很香，温度也正合适。

又喝了两口以后，他对易辙说："你快去食堂吃饭吧，再晚食堂没饭了。多吃点，你这两天也没吃好。"

他病两天，易辙跟着忙前忙后，饥一顿饱一顿的，瘦得竟比他还要多。从前易辙的脸上有刚好合适的一点肉，今天再看，颧骨都更加明显了。

易辙却还是摇头。他不放心，想要看着许唐成吃完。

许唐成还要劝说，却在这时，宿舍的门响了。成絮提了一个比他还要宽的大黑塑料袋，用胳膊肘拱开门，挤了进来。

"怎么回事？"进门后，成絮立刻把袋子扔到一边的地上，跑到许唐成身边，"什么病啊这么严重？"

面对他的问题，许唐成一愣："你怎么知道我病了？"

他生病的事，连班里同学都不知道，唯一知情的，只有易辙。许唐成转头看向易辙，易辙连忙朝他摇摇头，表示跟自己没关系。

"别人告诉我的。"

成絮说这话时有些支吾，惹得许唐成奇怪。

"谁？"他追问。

成絮这才说了一个名字，许唐成听到这个陌生的名字，更加奇怪：

"郑以坤是谁？"

"我同学。"一旁的易辙突然插话。说罢，他又想起什么似的补充："但我没告诉他啊。"

按理说，郑以坤应该根本不认识许唐成，除了那张没有正脸的照片，他都没见过许唐成。易辙又仔细想了想，这才想起来，自己确实跟郑以坤说过要去医院。

他那天突然冲出教室，又一夜未归，郑以坤碰到他之后自然要询问。但郑以坤也并没有具体询问什么，只是拉住他，问他去哪儿。易辙当时赶着要去陪许唐成输液，便随口说："去医院。"

坐在那里回忆，易辙觉得很纳闷，一句"去医院"就能读出"生病的是许唐成""病得很严重"了？

许唐成听易辙讲了这件事，搅着粥没出声，不知道在想什么。等轰了易辙赶紧去食堂吃饭之后，他才回头又叫了成絮一声。

"你和这个叫郑以坤的，关系很好？"

"没有，"成絮想都没想，立刻摇头，"他老爱逗我，我不爱跟他待着。"

他说完，就把那个大黑塑料袋打开了。

许唐成侧头一看，发现竟然是一个巨大的熊。刚刚被压扁了团在塑料袋里就够大了，此时展开，估计拉起来比成絮都高。他吓了一跳，差点被嘴里的粥呛到："你从哪儿弄了个这么大的熊？"

"郑以坤……给我的。"他把那个"送"字咽了下去。

许唐成立时便觉得不大对劲儿："你不是跟着老师去出差了吗？"

成絮点点头："是啊，但是我飞机刚落地，他就打电话，说在机场，硬要接我。见面以后他说这个熊是昨天去电玩城赢的，非要给我。"

若是在以前，许唐成还不会想什么，但医院的那一幕，使得他打开了一扇从未注意过的门。这两天翻来覆去地想着，回忆了很多以前的事情，不知不觉间，变得更加敏感。

与其说敏感，不如说是直觉。而更大的直觉是，这个叫郑以坤的人，不适合深交。

从郑以坤告诉成絮是自己生病了，并且很严重来看，就知道这个人很聪明。他摸得清别人的想法，轻而易举地推断出脉络，补全一件事情的经过。

而成絮……

许唐成看了看正抱着那只大熊，琢磨着要摆在哪里的人。

怕是被人家卖了还要帮着人家数钱，说差十元的那种人。

许唐成又送了一勺粥到嘴里。想了这么半天事情，粥已经有点凉了，他又喝了两小口就不敢再喝了。他把餐盒收拾好，看着成絮收拾东西的背影，再三斟酌下，才开口。

"你……最好还是离那个'郑以坤'远一点。"说完，许唐成又觉得自己似乎有点武断，毕竟他根本没见过郑以坤，一切的结论也都仅仅是推断。他便又改口说："或者有时间我通过易辙认识他一下。"

好像也不太对。自己又不是成絮的监护人，见人家朋友干什么。

许唐成觉得自己已经语无伦次，两天多没吃东西，又始终思绪混乱，搞得他都快丧失思考能力了。见成絮奇怪地看着自己，他叹了口气，摆摆手："算了算了，以后再说吧。"

易辙下了楼，就看见刚刚被提到的人正站在一棵柳树旁抽烟，眯着眼睛，不知在看着谁。

郑以坤也看到了易辙，他朝易辙招招手，歪着嘴笑。

易辙朝旁边一扫，见这人又换了辆车，敞篷的。

许唐成差不多好了之后，易辙婆妈的行为还是没能改掉。即便许唐成又恢复了忙碌，几乎不能见面，他也每天或打电话或发短信，提醒许唐成再忙也要按时吃饭。

博士的寒假要放得晚一些，许唐成他们实验室又几乎是他们学院放得最晚的那一个。本科生早就该放假了，易辙却并没有走。

成絮看着一旁一直在闪的手机，轻声问许唐成："不接吗？"

许唐成沉默地看了一会儿，才接起来，很简短地回复了易辙在那边的叮嘱。

挂了电话，对着满屏的代码，许唐成却怎么都再集中不了精神。光标一个劲儿地闪，敲得他太阳穴突突地痛。

学校里的学生陆续走了一些之后，许唐成常去的那家打印店便关了门。这天急着要打印一个项目的任务书，他便去了南半校区的那家。很巧合地，等待空机器的时候，碰上了陆鸣。

"还没走？"

"别提了，"陆鸣骂了一声，接着说，"这学期不是办了个舞蹈大赛嘛，宋瑞志月初找我，让我给他报资料，神烦。"

宋瑞志是现在主管学生会的老师，他上来的时候，许唐成已经大四，退出了学生会。但这个老师的作风他多少听说过一些，起码就他了解的来说，没几个学生不抱怨他。

"我真是受够他了，当时办比赛的时候，就这舞不让跳，那舞不让跳，人家好好一跳爵士的姑娘，他非说跳得太不正经，领导在不能这么跳。你都不知道彩排的时候他给我们挑了多少毛病，从舞台布置到节目设置、规则流程，"陆鸣抬抬手，朝他竖起一根手指，"117条，让我们一条一条记下来改，我当时都想拿笔杵他脸上。"

117条？

就连许唐成都被这个数字震惊到。

陆鸣又说："问题是，他又什么都不懂，你说他提的能有什么好意见啊，就那个爵士，要按他说的，还跳屁啊。我让他们彩排的时候按照他说的跳，正式演出的时候直接该怎么跳怎么跳。"

许唐成挑眉："没当场骂你们？"

"骂了啊，当时就叫我们几个出去，在楼道里把我们这一顿骂哟。"陆鸣咂咂嘴，"不过爱怎么着怎么着，我也不图学生会的什么，带完下半年我也就滚蛋了，不指望他能给我说什么好话。"

托实验室某个老师的福，许唐成深深了解有一个无理取闹的上司老师是什么感觉。他拍了拍陆鸣的肩膀，安慰："没事，在学生会本来也要跟老师周旋，他也不会真把你怎么着。再说了，你活动办得好，是大家有目共睹的，也不是他说什么就能给你否决掉的。"

"我也这么想的，所以懒得理他，但是检讨还得交。"陆鸣无所谓地笑笑。

许唐成到打印机那里拿了资料，走到桌前正要整理，陆鸣突然回头说："对了，他们跟我说易辙要退。"

"退？"

"嗯，他不是你弟弟嘛，我就跟文艺部的人提过一嘴，让他们关照着点。前些日子他们跟我说，易辙说不想待学生会了，想退了。"

现在，光是提起易辙这个名字，许唐成都会有些和从前不一样的感觉。他整理着手上的纸页，在桌上磕齐，一下下，半天没弄完。

"是什么原因，你知道吗？"

"嗯……"陆鸣把 U 盘拔出来，"等会儿出去跟你说吧。"

把资料给科技处送过去，回去的路上，许唐成都在想陆鸣刚刚的话。

不合群吗？

这一点，许唐成从前就知道。但他一直觉得易辙现在已经好了很多，在这方面应该不会存在太大的问题。

至于和老师起冲突，嗯，他也该知道。

走到操场，许唐成重重吐出一口气。他眺望一圈，在看台挑了个座位坐下。

他觉得自己似乎太晚才意识到，易辙在他面前和在别人面前，一直是不一样的。

而意识到这一点以后，很多事情的原因，似乎都变得有迹可循。易辙为什么报考这里，为什么又报考与他相同的专业，一下子都有了答案。

许唐成甚至忽然想起，不久之前他还在倾诉的过程中，问易辙："你有没有喜欢过什么人？"

摸着最细最软的小指，许唐成第一次发现，原来有些问题刚一出现，就能立刻被判断为无解。无论他自己进行怎样的思考，试图寻找怎样的方案，都解不开这道题。

手机的铃声又响了起来，还是那个名字，还是在这个时间。

许唐成静静坐着，没接这个电话。

他看着手机屏幕暗下去，却又很快，再度亮起。那份永远不会停下来的执着让他觉得害怕，自己一直那么偏爱、怕其受委屈的弟弟，忽然之间，他就不知道该怎样去面对了。

他知道自己的无力。无解的题，还是不要做的好。

第二十九章

绿茶饼

在经常打不通许唐成的电话之后，易辙也开始反思自己是不是表现得太过紧张啰唆了。怕打扰到许唐成正常的学习工作，他不再打电话，只是偶尔发短信，提醒许唐成要注意吃饭。许唐成有时会很快回复，有时会隔很久才回过来，告诉他自己早已吃了饭，刚刚在给老师做汇报，没看手机。

对于这一次次的回复延迟，易辙一直没大注意。他理解得浅显直白，无非就是，许唐成前段时间休息了那些天，使得他不得不加紧把寒假前该干完的活儿干完。对他来说，最深最深一层能想到的，也就是回许唐成一条短信，问："有没有什么我能帮你的？"

直到那天，他们再一起去超市，易辙才知道，原来这是躲避。

也不知是怎么回事，都进了腊月二十，天气却忽然升高了几度。天暖和了不少，也没有风，易辙觉得这样的天气很适合出去溜达溜达。特别是许唐成本身体质就弱，这连着得有一周的时间都憋在实验室里，对身体实在不好。计划一番，他便在快要吃午饭的时候跑去实验室等许唐成。

他站在门口，侧身向里望，看见许唐成坐在最靠墙的一排，耳朵里塞着耳机，正认真看着电脑屏幕。旁边的一个男生碰碰他，许唐成立即抻下了耳机。那个男生对着自己的屏幕说了什么，许唐成歪过身子，握上了他的鼠标。

"同学你找谁？"一个刚接了一杯热水回来的女生看到他，好心询问。

易辙说了许唐成的名字，那个女生便点点头，贴心道："我去帮你叫。"

他的目光追随着女生的背影，就看到许唐成朝自己望了一眼。易辙还没来得及朝他笑笑，他就已经站起身，收拾座位上的东西。

"怎么了？"

楼道里很安静，许唐成的声音显得很近。易辙稍稍动了动脚，拿出原本就准备好的借口。

"我想去超市，买点东西。你跟我一起去吗？"

许唐成看着他，慢慢将手中的耳机线缠好。

易辙的目光随着耳机线转，等到整齐的一团穿过许唐成的手指，被他握在手里，易辙才觉得这个场景很熟悉。

他的嘴角向上翘了，连他自己都没有察觉。许唐成却都看在了眼里。

"我……我实验室……"

许唐成的第一反应就是拒绝，但张开嘴，才发现自己怎么都说不出一个欺骗易辙的谎言。许唐成捏捏手里的耳机，对上他期待的目光，还是说："去吧，也没什么事了。"

后来回想，那第一次的妥协大概就叫心软，而心软，则更像是从一开始就注定的结局。

许唐成那时做不到骗他，最终也没能骗得了自己。

到了超市，依旧是易辙推车，许唐成走在一侧。

来这里本来就是他想要找许唐成出来的一个借口，易辙实际上也并没有真的需要什么。两个人转了一圈，购物车里只被扔进了几包零食，一支牙膏。

易辙看向许唐成，问他："你不用买什么吗？"

"不用，"许唐成摇摇头，"过两天就回家了，没什么要买的。"

结了账出来，在快要出门的地方有稻香村的糕点，易辙留意到许唐成往那边多看了一眼，便问他要不要买。但许唐成还是摇头，说不用。

易辙到这时觉得有点奇怪，他们往常也会一起逛超市，许唐成也喜欢买一些话梅、饼干类的零嘴，今天却什么都没买，就算要回家，好像也不用这样。他思考了一会儿，微微侧过身子问："你是不是又不舒服？"

许唐成一怔："没有啊。"

易辙怀疑地打量了他一圈，才有些勉强地点了点头。许唐成想多解释一句，又想到什么，继续保持了沉默。

说了这么两句话，已经走到了稻香村的摊位前。易辙停下来，退了一步，隔着玻璃窗向里看："我还没吃过稻香村，好吃吗？"

"还行，我就觉得绿茶饼挺好吃的，别的没感觉。"

"那我们买几块吧。"

所有的点心都被摆在落地玻璃窗后面，有一层层的格子，从地面而起。

易辙弯下腰，目光晃了一圈，找到许唐成所说的绿茶饼。但等他回头，想向许唐成确认是不是这种时，却看到站在身后的许唐成正定定地看着自己。

"怎么了？"

他不自觉地直起了身子，目光竟没办法从许唐成的眼睛上移开。老板隔着玻璃窗在问他要哪种点心，他却不知为何，突然慌了神。等他回过神来，许唐成已经轻声告诉老板，要五块绿茶饼。

再看向许唐成时，刚才那个复杂的眼神已经像是他的错觉。

易辙的计划是，逛完超市，也就中午了，正好可以对许唐成说顺便吃个饭。他早就看中了一家主打虾饺云吞的馆子，听班上的女生说味道非常鲜。

往日都是许唐成带着他去各种各样好吃的菜馆吃饭，还是第一次，是他发掘了一个地方，然后带许唐成来。

他们找了一个靠近角落的位置，点了一份虾饺，一份云吞，外加两道菜，一份流沙包。易辙在服务生离开后打开了装绿茶饼的袋子。他捏出一块，先递到了许唐成的面前。

许唐成轻轻摇头，看着他："我不吃了。"

"为什么？"易辙依然没有放下，"我觉得你胃口好像还是不好。"

许唐成自然知道不是胃口的原因，但向易辙解释的时候也只是避重就轻，说自己其实只喜欢吃这个饼的皮，馅太甜，他不爱吃。

"那你就吃皮。"易辙在他对面笑，"正好，你先咬两口边上，剩下的我吃。"

其实这话并没有什么意思，许唐成回想，好像在易辙上大学以后，不知道从什么时候开始，他们吃饭，他吃不了的、剩下的，易辙也都会拉过去吃。就像那天他送易辙去车站，吃早餐时易辙也一直吃得很慢，是在等他先吃完。他还开玩笑说，看来两个人身高有差距不是没有原因的。

以前不觉得有什么，现在想起来，似乎真的有些亲密了。

易辙并非表现得毫无破绽，怪只怪他竟然慢慢习惯了这种节奏。

最后，他还是摇了摇头，拒绝了一直等待他的人。

"不用,你吃吧。"

这还是自许唐成生病以来,他们第一次到外面吃饭。易辙猜测是不是因为太久没有一起出来吃饭了,这顿饭的气氛似乎一直有点奇怪。

他琢磨着到底是哪里不对,但一直没分析出什么。直到快吃完的时候,他问许唐成什么时候回家,许唐成却像没听见似的,一直看着碗里,没给他任何回应。易辙这才想明白,原来这顿饭,是尴尬在许唐成很少说话。

易辙又猜了许多原因,许是许唐成心情不好,许是实验室没做完的事情太多,许是他遇到了什么需要耗费心神的事情。猜了这么多,他都没猜到自己头上。毕竟他现在已经在极力压着自己的那点心思,试图让自己在面对许唐成时,纯粹只有坦荡的关心。

尽管易辙一直在找话题让许唐成开心一些,效果却好像并不太好。许唐成也会像从前一样给他回应,和他随意聊着,易辙却还是感觉不大对。最终,依然是在有些别扭的氛围里,结束掉了这顿饭。

两个人一起走到门口时,是许唐成在前的站位。易辙习惯性地越过他去帮他推门,两个人的手便在门把上撞到了一起。

本没有什么,却没想到许唐成立刻收回了自己的手。他避让的速度,脸上的神情,让易辙当时就愣在了原地。

那明显是一种本能的反应,而从前的许唐成并不曾这样。

门没推开,许唐成被夹在他与门中间。

躲闪、沉默,这一系列的不对劲儿,让易辙突然有了一个很可怖的猜测。但直到两个人各自无言地回到学校,他也没敢去求证。甚至,巨大的慌乱笼罩着他,他连口都再开不了。

"听说,你要退出学生会?"

刚刚走进校门，许唐成忽然这样问他。

"嗯，"易辙依然恍惚着，对于他的问题也回答得过分规矩，"退了。"

"为什么？"

许唐成试图让两个人的相处回归到从前那样，但问题问出来，他才觉得这三个字被自己说得很生硬，连表情都像是一个在做例行追问的考官。说到底，自己还没有那么强大的功力，能够在易辙面前镇定地演戏。

易辙却根本没有心思去注意这些细节。他的呼吸都是乱的，回答许唐成的问题时，也断断续续、毫无逻辑。

"我看不惯，看不惯他们那一套……就，挺没意思的。"他发现自己其实什么具体的原因都没说出来，强打起精神，接着说，"老师恨不得让人都点头哈腰，还有一些人我也不……"

最后两个字被他留在了嘴里。

还有一些人我也不喜欢。

那天的回程像是一场噩梦，他知道许唐成一定是发现了，只不过装作什么都不知道。

假期前的最后几天，易辙都没再去找他，甚至也不知道他到底何时离校、何时回家。早就已经进入春运时段，这时已经不可能买到回家的火车票，易辙做好了打算，等过几天去他实验室偷偷看一眼，他要是走了，自己就去客运站排长途大巴。

但没等他去偷偷看，陆鸣忽然在学生会的群里问，有没有还留守在学校的学弟学妹，临走前一起出来吃个饭，他请客。群里立刻有不少人说他虚情假意，等大家都走了才说要请客。易辙看了一眼便关掉了 QQ 窗口，假装没有看到，不做回应。可陆鸣神通广大，也不知是怎么知道的他还在学校，很快就来单独跟他聊天，告诉他就算想退会也一定要去。最后还捎带说了句，自己还请了许唐成来。

本都拒绝了两句，在陆鸣把"许唐成"抛出来以后，易辙呆呆地看了屏幕半天，还是敲下了一个字。

"好。"

合上电脑，他不得不正视一个一直在回避的问题——自那天后，许唐成就再没主动联系他了。

那天买的绿茶饼还好端端地放着，易辙没吃。因为不敢。

第三十章

最边缘

这天晚上易辙没吃饭，关了电脑之后，他便一直放空地躺在床上。日光收了，天空暗了，视线中也逐渐没了光，再加上室友都已经回了家，屋子里空荡得很，这样一来，好像就连思考都有了更多的空间。他终于可以把所有的事情一条一点地摊开来，摆到面前，不用再偷偷摸摸地去琢磨。

现在的情况，好像说坏，也不算最坏。起码许唐成并没有明确地跟他划清界限。只是易辙多少有些懊悔，觉得或许自己还是明白得太晚了。如果早一点克制，两个人之间便不会有这么尴尬的局面。

想得入神，他都没听到郑以坤推门进来，叫了他一声。

"想什么呢？"郑以坤见他没反应，开了灯走过来，拍拍他的床沿，"走了，打台球去。"

台球。

易辙在短暂的恍惚后适应了明亮的光线，侧过头，看着郑以坤的脸，眼前却又总被另一张模糊的脸挡着。

碰不得，拨不开。

怕是自己这两天思考太多，想魔怔了。又或者说，许唐成的影子是真的无处不在，随便什么事情，在自己这里都能够与其有关。

像是有一股酸涩的感觉从骨髓渗出来，但融入血液之后，又能感觉出细微的甜。易辙眨眨眼，竟觉得这样也很好。

"你……"郑以坤和他对视半晌，挑挑眉，"在难过啊。"

愣了两秒，易辙忽然一下子坐起来，盘腿看着站在床边的人。

郑以坤看他一副戒备警惕的样子，低头笑了一声："你瞎紧张什么。"

易辙没说话，保持着原来的姿势盯了他几秒，才错开目光。

"你吧……"郑以坤把手搭在床边的栏杆上，抬着手指点了几下，才说，"其实挺单纯的。"

迎上易辙不算友好的目光，郑以坤无所谓地抬了抬嘴角，随后靠着上床的踏梯，从兜里摸了根烟出来。

易辙立即平静陈述："宿舍不让抽烟，要抽出去抽。"

"得，"郑以坤收了打火机，烟却没放起来，他夹在手指间玩着，接着说，"看在是兄弟的分儿上，我多说几句，你呢，不用表态，我说的话要是有点用，你就听，要觉得都是在放屁，吱一声，我就麻溜地滚，行不？"

打量了他一会儿，易辙算是默许下来。

虽说要是把郑以坤这个人拎出去，跟人说他是 A 大的，人家肯定不信，但有一点易辙可以确定，郑以坤活得非常自我，绝对不会拿别人的事当回事。换句话说，待会儿只要出了这个门，今天两人的谈话内容，郑以坤就半个字都不会提了。

"别给自己找罪受。"

郑以坤突然扔出这么一句，易辙一时间没明白："什么意思？"

"什么感情都是一样，付出了得不到回报，难受的一定是自己。"郑以坤把那根没点着的烟往嘴边一叼，再说出的话便变得含混不清，"你这个人吧，有点死心眼。但是你去看，古往今来，死心眼一定没什么好下场。"

这话易辙听着别扭："说谁呢？"

"说我，说我行了吧。"郑以坤笑了一声，"我就是说这么一个道理，人啊，有的时候就喜欢仗着自己有个脑子去瞎想，越得不到越心痒痒。要我说感情这东西其实虚幻得很，你自己觉得你有，你就有，你自己觉得没有，就没有。而且这东西吧，谁也管不了你，你愿意给人掏心掏肺，可以，你的自由，但反过来，这也不是你给我一百元钱我就一定得回你点什么的事，所以你愿意掏心掏肺，就只能把自己掏难受了。

"你自己想想，其实有些感情，我估计你自己都琢磨不清是什么，但是这种情况，你越把它看得重，越往里钻，你就越过不去。"

"不是，"这次，易辙在想了一会儿之后反驳，"不是我一定要看得重……"

他说到这里停住，不知道该如何表达许唐成在他心中到底是个怎样的存在。他觉得郑以坤所描述的感情观太过复杂，但此时他却忽然明白，自己对于许唐成的情感，大概才是真的没有人能理解。

郑以坤见易辙忽然有些懊丧地低下了头，以为是自己的话刺激到他了。

"别颓啊，"郑以坤伸出一只手，拍了拍床板，"这样吧，你如果不知道该怎么办，我教你一招儿比较不要脸的。"

易辙抬头，疑惑地看他。

"装傻，别提糟心事，起码也还是表面过得去的朋友。"

易辙没跟着郑以坤去打台球，在郑以坤离开后，他又躺下，继续望着天花板发呆。手机就在枕边放着，肚子饿得不行的时候，他才终于像是下了什么决心，拿起了手机。

只是在他犹豫着、还没有摁下通话键的时候，屏幕就先亮了起来。闪烁的还是那个名字。

一秒钟，易辙就已经用一只胳膊猛地撑起身子，同时用另一只手接通了电话。

"唐成哥。"他僵着身子，盯住对面的桌子角，紧绷着，集中了自己全部的注意力。

那边许唐成应了一声，问："在忙吗？"

"没有。"

桌角竟然掉了一点皮，不知道是A大买的桌子质量不行，还是自己这个室友天天写代码的时候都要抠桌角思考。

"想问问你什么时候回家，如果学校里没事了的话，明天走怎么样？"许唐成顿了顿，解释，"本来打算后天的，但后天同学找我有点事，就想着明天晚上聚完餐走吧。"

"好。"易辙答应下来。

觉得言语单薄，再想说点什么，却完全没了话。

"嗯，好。"

那边，许唐成有些冗余地重复了一句，也忽然沉默了下去。

两个人还从没这样打过电话，好像谁都小心翼翼的，以至连正常的交流都受了限。就连一句"忙不忙，吃饭没有"，易辙都心虚得问不出口。明明连彼此的呼吸都能听到，实际却是隔了跨不过的万水千山。

这一份尴尬正让他觉得难堪，许唐成又开了口：

"那就这样？"

易辙攥攥拳，应："嗯。"

电话断了，易辙有些烦躁地揪着自己短短的头发，埋下了脑袋。他又想到郑以坤刚才说的——互相装没事人，不提这些糟心事，起码也还是表面过得去的朋友。

按照易辙以前的习惯，如果是聚餐，他都会踩着点到。但这次，他到达餐馆的时间比约定的整整提早了二十分钟。

陆鸣订的是附近一家最近很火的新疆菜馆，大堂有些狭窄，虽说他们订的是九个人的位置，但堂内只有小方桌。服务生将两张桌子拼到一起，摆了九张椅子——两长边各四张，还有一张如同大家长的座位被放在了短边。

习惯性地，易辙坐到了最末尾的一个位置。

这个座位背对着门口，大门不时被推开，冷风卷进来，说话声袭过来，易辙都会忍不住回头去看。只是大部分时间，他还没完全回过头，就已经判断出来人里并没有许唐成。

这样等了几分钟，站在一旁的服务生一直看着他，许是以为他等得着急，还拿来菜单问他要不要先点菜。易辙摇摇头，觉得店里黄色的灯光照得他心神不宁。待服务生走开后，他起身，换到了正对门口的位置。

陆鸣他们倒是来得很快，几个大一的看见座椅的布局之后就起哄让陆鸣这个部长坐正中间的位置。陆鸣咂咂嘴，拿捏着腔调同他们开玩笑，说两届学长都来呢，他哪儿能往中间坐。

于桉偶尔会出现在学生会的各个活动上，他这个人很会说话，再加上又总被现在的部长会长敬着，学生会的人基本都认识他。但许唐成并不爱往学生会凑，起码易辙从未见他出现过。

陆鸣这样一说，自然有人好奇另一个学长是谁。陆鸣将许唐成一顿夸后，专门提了于他们而言最重要的一点："别的不说，A大校园歌星大赛的名声，就是他给打出来的。他当部长的时候，绝对是到目前为止所有北京高校里办得最牛×的一届，校内网上当时刷得哟，多少学校拿他那届当范本。"

陆鸣晃晃脑袋："不过范本就是范本，可望不可即，现在咱们也办不出那样的了。"

一个学弟纳闷："有什么办不出的？"

"你不懂，"陆鸣瞟了他一眼，把手里的筷子竖过来，敲了桌子两下，"不要觉得拉够了赞助、请够了嘉宾，就能办好一场歌手大赛了。弄唱歌的东西，也是要有音乐素养的，各轮规则怎么定，怎么能在保证公平的同时让比赛的节奏舒服，还得让选手的演唱和观众的感觉擦出更多的火花，这都得花心思……"

对于这些，易辙没经历过，也从没听许唐成提过。许唐成在大学里成为一个优秀的人时，他还在那个小城，混着日子。

这么一群文艺部的人凑在一起，等人的时间里当然冷不了场，几个话题并行都是常有的事。易辙一杯一杯的大麦茶下肚，听他们聊过一个又一个或正经、或搞笑的点，若是碰上跟许唐成有关的，他就两只手转着瓷杯子，看上面的光圈变幻，垂着眼皮听一会儿。

许唐成一直没来，易辙正想着陆鸣怎么也不给他打个电话，于桉进了门。他被人按到了那个特殊的"家长座"，无奈地笑，又说许唐成还在老师那儿，要晚点才能到，让他们先吃。

这消息让易辙心里有点泄气，却又好像侥幸撤掉了些不安局促，暂时松了一口气。

菜之前都已经点好了，很快，上了几道。热腾腾的气冒着，给人生活的真切感。

大家都说这家馆子的味道不错，虽说是新疆菜，但其实是做了一点改良的，要比寻常的更特别一些。易辙却没吃出什么好吃不好吃来。他筷子都没怎么动，餐盘也保持得干干净净的，直到许唐成开门进来，也就夹了两粒花生、一块土豆。

是易辙先发现许唐成进来的，却是陆鸣先喊出了声音。

易辙不作声地望着他进门，朝这边走，只觉得他一步一步走过来，都刚刚好踏上了自己心跳的鼓点。

方才让他觉得心神不宁的灯光像是魔力更大，使得他有一种思想与身体剥离的虚幻感。

"成哥，坐这儿坐这儿。"

陆鸣身边还有一个座位，易辙身边也还有一个。第一次，许唐成的思想在这种问题上短了路。

易辙大概以为混在大家的目光中盯着他，不会被发现，但其实自许唐成进了门，就已经感受到了这一束过于特别的目光。他不敢跟易辙对上，便从头到尾都在回应着一直招呼他的陆鸣。

也是这份回避的心情，使得他在那双眼睛的紧密注视下，选了陆鸣身边的位置。

易辙坐在他的斜对面，坐下后，许唐成边回答着旁边人的问题边抬头，也在今晚，第一次和易辙对上视线。

始料未及地，他心里忽然剧烈地疼。

也是这别人都没注意到的一眼，让许唐成很确切地意识到，自己还是已经不可挽回地伤害了他。

易辙就坐在那儿直愣愣地看着他。

没有悲伤，没有失望，也没有委屈，就只是呆愣着，像是完全反应不过来刚刚发生了什么。

他坐在最边缘，旁边的一个空位，像是隔开了他和所有人。

第三十一章

原谅我

两秒钟之后，易辙飞速低下了头。

许唐成张张嘴，想说什么，却看到他抬手灌了自己一整杯啤酒。

他忽然记起，很久以前，他也因为易辙的一个眼神心疼过。那也是一个冬天，不同的是，那天晚上自己因为那一个眼神而特别想陪陪他，所以说要请他吃饭。

自行车的车梁有多不好坐，小路上的月光有多美，他竟还都记得特别清楚。

"学长，想什么呢？你回不回家啊，喝不喝酒？"

"嗯？"许唐成匆忙回神，"我不喝，我待会儿就回家。"

"那你快点吃吧，"坐在一旁的丁桉立即体贴地说，"今天晚上天气不好，预报说可能有雪，你要回家就早点走。"

"对对对，"陆鸣赞同，"学长你快吃。"

许唐成却完全没有心思，易辙低下头后就再没抬起来，即便有人同他说话，他也是偏过头去回答，完全避开了许唐成的方向。

最受期待的大盘鸡上来后，有人尝了一口，说是凉的。几个人都在讨论着要不要让服务生去热一热，但店里这会儿人太多，陆鸣站起来叫了两声也没人过来，便有学弟说算了，也不是特别凉，能凑合着吃。

许唐成也伸出筷子，刚想夹一口试试，却被一个突然插入讨论的声音打断。

"还是热热吧。"易辙很平静地看了桌上的几个人，视线也扫过了许唐成，"我去叫服务生。"

说完，他就自顾自起身，叫来服务生，把大盘鸡端走。

许唐成捏着筷子，不是滋味地看着他坐下后又继续喝酒，仿佛刚才发生的小插曲根本不存在。

"易辙。"

他终于叫了易辙一声。

易辙停了停，才抬起头看他。

"别喝太多了，待会儿还要坐车。"

对面的少年抿抿唇，点了点头，将手里的啤酒瓶放回了桌上。

大盘鸡重新被端了上来，一起来的，还有店里招牌特色之一的疙瘩汤。服务生一碗一碗地往桌上摆，端起第三碗的时候，说："这是不放香菜的。"

许唐成心猛跳多了一拍。

他朝服务生的方向看过去，却听到身边的陆鸣很随意地说："哦，我的。"

服务生把碗递给陆鸣，许唐成也不知道为什么，跟着松了一口气。可这口气还没舒到底，服务生便又说："还有一碗不放香菜的。"

桌上短暂的寂静中，易辙抬了抬手："这儿。"

听到他道了一声谢，许唐成觉得自己再没有力气往那边看了。他撑着脑袋，杵了杵盘子里的土豆块，咬着唇走神。等桌上的场面重新热闹起来之后，他才将目光移向了易辙。

易辙察觉到他在看自己，有些不自然地迎上他的视线。

这碗汤是怎么回事，只有他们两个心知肚明。

点餐时易辙并没有说是给许唐成要的，因为本来想着，他坐在自己旁边的话，直接不出声地和他换了就好。但是刚才接过这碗汤的时候没敢给他，现在两个人又隔了一张桌子，易辙知道自己怎么都没办法偷偷递过去了。

许唐成终于受不了这顿饭的气氛，别人没觉出什么，但他知道，从他选座位的时候就已经错了。等大家都吃得差不多了，重点由吃饭变成了聊天的时候，他提出要先离开。于桉带头连声答应，许唐成便起身，叫了易辙，带着他走了出去。

出了门，才发现真的下了小雪。

回去的路上许唐成放了比较轻快的音乐，却还是觉得空间逼仄，音乐反而起了个反衬的作用，让他的心情更加压抑。他很想跟易辙道个歉，甚至迫切地想要和易辙道歉。但道歉便要解释原因，那势必要牵扯到一个他害怕去回答的问题，他根本不知道要怎么说。

相比他，易辙倒是平静得很，还轻声提醒他路不好走，开慢点。

家里也在下雪，好像比北京下得还大一点。许唐成将车开进院子，看到雪地上印出的车辙。因为雪比较大，一辆车开过，雪又盖了薄薄的一层，又有车开过，再印出新的痕迹。这样一来，显得地面凌乱，没什么美感。

路过单元门口，发现自家楼前已经没了停车的位置，许唐成便把车停下，让易辙下去，自己再去找地方停车。

"我跟着你去吧，"易辙没下车，说，"车多，不好停，我帮你看着点。"

"不用，先进去吧，"许唐成放轻了声音，特别想在这个糟糕的晚上快要结束时，让易辙稍微好受一点，"雪大，怪冷的。"

易辙却还是没动。

许唐成又催促了他一声，易辙才把手放到了车门上。却很快，又收回来。

"唐成哥。"

易辙吸了口气，又呼出，再转头叫他。

"嗯？"许唐成挤出一声带着鼻音的回应。

"我有两句话想跟你说。"

许唐成听了，无意识地攥紧了方向盘。那一瞬间，他明白自己其实是非常害怕易辙跟他摊牌的，他承认自己在这件事上并不成熟，他不想伤害易辙，也没办法跨出那一步，去收下易辙的心意。除了装作不知道，装作无事发生，他没有任何别的办法。

但今晚这顿失败的晚饭，让他知道这样做是卑劣的。

他不可能真的像从前一样，就算装作不知道，一些下意识、不受他管控的思想，也总会刺痛那颗真挚的心。

外面的风雪还在，而且像是能穿越车窗，搅乱车内脆弱的平静。

"唐成哥，"易辙没有等他开口，自顾自说出了准备很久的话，"如果我之前，做错了什么事，我希望……你能原谅我一次。"

他低了低头，一只手掐着另一边袖子上的布料。

"我以前挺不懂事的，对不起，"他看向许唐成，眼中平静，甚至还笑了笑，"以后真的不会了，我保证。"

易辙一直在想，或许郑以坤是对的，若无其事，粉饰太平，是大多情况下一种最和平的解决方式。这样谁也不用把那份滚烫的情感硬生生剥开，再一点一点地刮干净。甚至，只要自己脸皮厚一点，自己还可以继续赖在许唐成身边，仗着他心软，暗暗地向他索取一份自己想要的温暖。可易辙不想这样，他不想他们两个之间有任何假装的关系，哪怕说出来之后，许唐成对他只会再有从前十分之一的好，他也希望这份好是许唐成踏踏实实给他的。

如果他们之间都要互相假装，他怕他这辈子都体会不到什么是真了。

他发过誓要一直在许唐成身边，便不只是字面的意思。别说是万水千山，就算是他们之间只隔着一层纱，他也要把这层纱挑破了，留个明明白白。

他说有两句话要跟许唐成说，就真的只说了两句。

道歉，保证，没有任何多余的解释。

许唐成没说出口的那句"对不起"，就这样被易辙坚定地说了出来。

许唐成看着他打开车门，黑色的身影融入大雪，几乎是用尽了全部的理智才克制住自己不去拉住他。

易辙的身上还穿着自己送他的羽绒服，方才他低头摩挲时，许唐成也顺着他的目光看了过去。大概是因为被穿了太多次，那件羽绒服的袖口已经被磨出了老旧的痕迹，边缘的布料翻开了一点，赤裸裸地袒露了毛绒的柔软。

许唐成忽然觉得特别冷。

他静静地看着前方，漫天的雪被车灯打亮，明明飘落的姿态那么美，却还是要落到地上，最后消失掉。

挫败感让他彻底失了力气，一晚上下来，他终是坚持不住，无声地趴在了方向盘上。直到后面来了车，晃着大灯、摁着喇叭催促他快点开走。

停了车，许唐成实在不想上楼。

他围着院子里的花池溜达，转到第三圈的时候，那只黑猫迈着轻巧的步子过来了。它停在距离许唐成两步远的地方，"喵"了一声。

许唐成兜里什么都没有，想着它大概是饿了，就回到车里去找有没有什么吃的。但翻了半天，也只翻出一包饼干来。

他现在大概真的混乱到了极致，竟然拿着饼干回去，用被冻红了的手指捏了一块饼干，放到黑猫的面前。

黑猫凑过来嗅了嗅，又有些嫌弃地退回去。他这才像是收回了自己的大脑，有些无语地想到，猫怎么会喜欢吃饼干。

这个时间也没地方去买火腿肠了。许唐成蹲下来，朝黑猫的方向伸出一只手，招了招："过来。"

黑猫又叫了两声，原地转了一圈，才在许唐成锲而不舍的呼唤中蹭了过去。

许唐成摸着它的脑袋，半天，才说："对不起。"

但黑猫听不懂这声道歉。大约只觉得这个人摸得它很舒服，便放松警惕，闭上了眼睛。

说完这句"对不起"后，许唐成的心里更是难受。他站起身，掏了包烟出来，走到一边想抽一根，喘口气。刚刚打着火，却看见黑猫无声地跟了过来。

许唐成把打火机熄了，拿到一边，跟地上巴巴看着他的黑猫说："去那边，我要抽烟了。"

黑猫歪了歪脑袋，接着朝他叫。

许唐成就又强调："不能吸二手烟，去一边去。"

可惜，再度劝说无效。许唐成只好自己又朝一边走了走，但一回头，黑猫还在紧紧跟着他。他望了望天，终是认命地收了手里的东西。

"我这就去家里给你找找有没有吃的，但肯定没有你爱吃的火腿肠，咱俩商量商量，你凑合着点，行不行？"

这次像是终于满意了，黑暗里，黑猫往后退了一步。

周慧帮他找了点别的肠，还拨了点自己炖的小鲫鱼。许唐成下楼喂了猫，看它吃得香，自己才跑到一旁抽烟。

再回去，周慧掸着他因为落了太多雪而变湿的衣服，问他怎么这么晚才回来。

"聚餐来着，就晚了点。"

"哦，"周慧用干毛巾擦了擦他的羽绒服，挂起来晾好，"易辙跟你一块儿回来的啊？"

"嗯。"

"挺好的，以前你老自己一个人来回跑，我还不放心，你俩一块儿还安全点。"

许唐成没接话，自己喝了杯水，就说累了，要去洗洗睡了。

一直看着他的周慧却问："你是不是心情不好啊？"

"嗯？"许唐成立即习惯性地笑，否认，"没有啊。"

"不可能。"周慧看了看那边挂着的羽绒服，"衣服成了这个样子，手跟脸一片红，刚刚你进门我就想说，你在楼下不知道待了多久。况且我是当妈的，你是不是心情不好，我一眼就能看出来。"

许唐成失笑，摇摇头，不知道说什么好。

"你要是学校里的事，我不懂，也帮不上你什么。但是你要有什么不舒服的，可以跟我念叨念叨。"周慧叹了口气，"你这孩子从小就爱憋着，有什么事都不说。看在别人眼里是稳重，扛得住事，但我怕你憋坏了。"

周慧爱由一件事想到很多后果的思维方式，大概能代表很多上了年纪的妈妈。许唐成知道她爱胡思乱想，怕她今天晚上又睡不好，便赶紧说："我真没事，就是最近有点累。"

对于他的这个解释，周慧将信将疑。她盯着许唐成的表情看了好一会儿，最后，勉强点了点头："嗯，你没事就行。累就好好休息，今年我都把家里收拾好了，你什么都不用干。"

许唐成答应了一声，便要去洗澡。听着身后周慧发出的细碎声响，走了两步，他却忽然起了一个试探的念头。

"妈，"他转身，叫住周慧，用尽量轻松的语气掩饰着，问，"我要是不结婚，你觉得怎么样？"

周慧直起身，听了这话立马拧了眉毛："说什么胡话呢，哪能不结婚？"

说完，她想到了什么，恍然大悟般："你是不是和那个姑娘的相处出了问题啊？"

许唐成愣了愣，一时没想明白周慧说的是谁。

"就是万枝啊，我这一直忍着没问你，你跟她怎么样了？"

听到这句话，许唐成立马觉得现在的对话有些荒唐。他垂了垂脑袋，叹气："我跟她真的就是普通朋友。"

周慧追过来还要问，许唐成赶紧拿了睡衣，躲进了洗手间。但脱衣服的时候，周慧依然站在门外不放心地念叨："你可不许瞎胡闹啊，不会谈恋爱也得谈，再说什么不结婚我就要让橙橙妈妈给你介绍对象了。"

"好了好了，知道了。"

其实，他自己的家庭是什么样子，他比谁都清楚。这是个太传统的大家庭了，不光自己的父母是这样，其他长辈也是。光是把个不结婚扔出来，都足以让这个家庭失去长久以来的平静。

　　许唐成撑着洗手池，用冷水洗了把脸。他把淋浴打开，自己却看着镜子里的人，久久没动。

第三十二章

失落感

在许唐成看来，易辙好像真的是迅速恢复了从前的样子。他不再频繁主动地找自己，但在两个人偶然碰上的时候，该有的话不会少，该有的关心也一定都有。有时候他出门，能看到对面又敞着门，易辙又在屋里四处翻着钥匙。他过去调侃两句，易辙就不好意思地朝他笑笑，说自己也没办法，就是怎么都改不了这臭毛病。

一如往常的场景，都会给许唐成一种恍惚的感觉，仿佛放假前的那一段纠结无措、进退维谷，仅仅是他不清醒，迷糊地做了一个梦而已。

但每次夜里，在因为各种原因突然醒过来时，他又都会在昏沉间再次看到那双眼睛——还是带着愣怔迷茫的神情，在人声鼎沸中，越过一片光亮，定定地看向他。

明明那双眼睛的主人并没有要表达什么，看在许唐成的心里，却好似都是无声控诉。

每次看到这里，他都没办法再让那晚的情景在他的脑海里继续演下去。易辙的道歉，离开，连着那片纷扬消融的大雪，渐渐地，都成了他不敢碰触的回忆。

于心有愧，所以每每都是戛然而止，只余了那时大雪未能扑灭的两盏车灯。

辗转伏枕，他没想到，一句"舍不得"，竟然是这样心酸刺骨的滋味。

　　许唐成总顶着一对大黑眼圈在家里晃荡，弄得周慧还以为他又在钻研什么赚钱的门道。

　　"你这是股票又赔了吗？"

　　许唐成被周慧问得莫名其妙："没啊。"

　　"我以为你又成天不睡觉看股票呢，你可别再那么不要命了啊，家里钱够够的了，别掉钱眼里去。"

　　在许唐成刚上大学的时候，赶上许岳良做手术，许唐蹊又正好换了一种进口的药，家里资金突然显得有些紧张。倒也不至于影响生活，但许唐成防患于未然惯了，再加上他给自己设定了一条科研的路，知道离自己正式挣钱还远得很，就开始琢磨怎么搞点副业。他觉得打零工挣钱太少，大一又要照顾学习，平时不可能有大把的时间花在校外。想来想去，当时的他就想到了买股票上。

　　现在想来，那时候自己也是无畏得很。一共一万元的本金，就敢投到这种风险很大的事情上。大概还是年轻，所以把事情想得直接简单。但那会儿他也是真的拼命，一个门外汉要炒股并不容易，为了琢磨那些，他经常整夜整夜地不睡觉，看资料、做分析。虽说最后的结果是好的，但他那副豁出命去的样子可把周慧吓得够呛。

　　"哪儿跟哪儿啊！"许唐成叼着一块面包，被周慧的话噎得哑口。

　　这一年的三十和往常也没什么两样，易辙家依然黑着灯，许唐成从大伯家吃了饭回来，让许唐蹊先上了楼，自己蹲在楼下抽了几根烟。易辙在这时发来了一句"新年快乐"，他看了半天，才回了同样的四个字。

　　再抬头，上方的天空已经又铺满了五彩的烟花。

明明是万分绚烂的景色，却没来由地引出他的一阵失落。他看着一颗一颗烟花把黑暗炸亮，叫嚣着冲破天际。此起彼伏的争艳，映衬着光芒的欢呼，都像是在告诉他，原来不管是谁经历了怎样的故事，新年都还是热闹的。

世界这么大，容纳了这么多的事物情感，时间永远在正常前行，一个个节日循环往复，从不会在乎哪盏灯亮着、哪盏灯灭了。谁去了哪里，有着怎样的心情，也根本不会对这番热闹有任何影响。

说到底，你于亲近的人而言是不可或缺的存在，于整个世界的空间而言，却不过是一粒普通泛滥的浮尘，生或死，喜或怒，都实在微不足道。

烟花的颜色消逝于眼底，一个可怕的假设就这么成了形。

许唐成仰着头，眨着眼，忽然想，万一，有人从来没遇到那份不可或缺呢。

嗓子刺痒得难受，他夹着烟，低头咳了半天。平静下来之后才发现，自己这段时间抽烟也抽得太凶了点。

许唐蹊在这个假期热衷于烘焙，经常跑到同学家去鼓捣，有时候还会很兴奋地带回几块曲奇、小蛋糕，要许唐成他们尝。见她这样喜欢弄这些，许唐成便悄悄合计了一下手里的钱，拿出了一些，给家里买了个很不错的烤箱。为此，周慧数落了他好半天，说这烤箱能用几次，明明家里有微波炉就够了。许唐成笑笑，拿着说明书，一条一条地给她解释烤箱能做什么微波炉不能做的事情。

他把一个烤箱吹得花里胡哨的，周慧却非常不以为然："得了吧，我还不知道她，她今天喜欢这个明天喜欢那个，哪次不是十分钟热乎劲儿？我看这个烤箱她能用五次都是好的。"

一旁的许唐蹊当然不服气："不可能，我都跟我同学学了好多了，明天我就给你们烤曲奇。"

周慧断言她烤不出来，许岳良倒是在旁边一边看新闻一边呵呵地笑，说要等着吃。

许唐蹊立了志，许唐成自然要带着她去买材料。两个人在午饭后出门，正碰上易辙一步两级地跨上楼梯。

看见上来人的表情，许唐成微微一愣："怎么这么高兴？"

易辙两只手都插在羽绒服的兜里，他又往上走了一级，离他们近了一些，才说："易旬要过来。"

"易旬？"许唐蹊疑惑地重复了一声。

易辙的父亲和弟弟搬走这么多年，从没回来过。所以对许唐蹊来说，"易旬"这个名字早已变得模糊极了。站在一旁的许唐成则先是被易辙感染得一样高兴，接着，便有些奇怪易旬怎么突然要来这边了。

但看到易辙一直微微翘着的嘴角，他也没说什么，觉得只要易辙高兴，就挺好的。

易辙却像是看懂了他的疑惑，简单解释说："他要到北京去看个什么音乐会，我就问他要不要回来看看，他说看完音乐会就来，还要住几天。"

听着他们的话，许唐蹊也记起了易旬到底是谁。说起来，小时候她还是经常和易旬一起玩的，毕竟易旬直到搬走的时候，都还是个什么事都不懂的小孩。他没有易辙的敏感，没有因家庭而起的自卑退避，当然也不知道什么叫保持距离。他很爱往许唐成家跑，说周慧阿姨做饭好吃，唐蹊姐的故事书非常多，唐成哥会带他玩游戏，对他特别好。

"你们去干吗？"易辙问。

"去买做曲奇的材料，"许唐蹊笑，然后忽然想到什么，赶紧说，"易辙哥，等我做好了曲奇给你送过去，正好，等易旬来了我可以给你们做可多好吃的。"

易辙点头应下来，之后侧开身，想让他们先通过。许唐成却在走到他身前的时候停下，看了看他，说："你要没事一块儿去溜达溜达吧。"

说出这话的时候，许唐成心里是忐忑的。从前他一直觉得，自己对于易辙非常了解，易辙会做什么决定，会不会答应一件事情，自己心里都非常有数，也从来猜不错。但经历了之前的事情，他已经不再那么确定了。

因为似乎不管易辙愿不愿意和他们一起出去，都有非常充分的理由。

然而，易辙却没留给他多少忐忑的时间。他很快点点头："好。"

易辙跟在许唐成的身后往下走，认为直到现在，自己的表现都是可圈可点的。

放假的这几天，他自己想了很多，最主要的思考内容，就是到底要以什么样的态度面对许唐成。在许唐成面前该说什么，不该说什么，该做什么，不该做什么，这些问题早就在他的脑海中过了很多遍。最终，易辙总结出了很有用的一点——自己表现出来的对他的好，要比实际想对他好的程度弱一点。

这些天向西菓没回来过，他一直都是自己在家，夜里睡不着的时候，就打开电视随便看。这个时间，电视剧频道总会播放一些译制片，大部分都是日韩家庭剧，琐碎冗长，五十集起的那种。易辙无事可做，就任由电视里的人喊着、念着。

他也是在这样的夜里总结出了那么一条相处原则，很巧合地，刚总结出来没两分钟，就听到电视机里一个烫了妈妈头的中年女人说："克制是成长的第一步。"

这句话冠冕堂皇，易辙却像是被用铁锤敲了一下心。一句空泛无聊的话，一旦你有切身的体会，便会有了自己的理解。他就觉得这句话挺有道理的，什么东西不能碰，他早就应该掂量清。

画面中，女主人公在大雨中声嘶力竭地喊着："你根本就不懂我。"

易辙忽在这明灭的灯光中觉出些荒谬，自己竟然在这样一部肥皂剧里，捡到了"成长"两个字。

但有时候就是这样，人或事，亦或道理，你注意到之后，才会发现，其实你一直在生活中同其不停地偶遇。只不过，从前你没意识到有一个穿绿衣服的人，即便他无数次和你擦肩而过，你也没给他分去过半点注意力罢了。

许唐蹊的曲奇到底没能做成功。充斥着淡淡香味的厨房里，许唐成看着那软趴趴的一坨，很谨慎地开口："你确定……曲奇是这么做的？"

许唐蹊举着沾满了黄油面粉混合物的双手，犹犹豫豫："嗯……我觉得没错啊……"

两兄妹对视，半天，竟然谁也没说出话来。

这坨不明物体被周慧嘲笑了好一阵，气得许唐蹊晚上拿着本烘焙指南跑到许唐成屋里研究，说明天一定要做成功，证明自己。她看着看着就睡了过去，许唐成把她抱回屋，放到床上，她眯着眼都还在念念不忘地嘟囔："哥，你帮我做。"

"帮你做，"许唐成忍着笑，轻声答，"睡吧。"

给她关了灯，关了门，许唐成回屋后，又自己对着烘焙指南和电脑研究了好一会儿，第二天就把曲奇做了出来。

许唐蹊端着一小盘，小碎步地跑着去了周慧他们屋，嚷嚷着要让他们尝尝胜利的果实。许唐成则看着那堆曲奇思考了一阵子，装了一些，给易辙送过去。

没想到敲了半天门都没人应，他打电话一问，才知道是易旬已经来了，现在他们正在外面玩。

"已经来了啊？"许唐成端着曲奇又回去，进屋后想了想说，"那你们要有空的话来家里吃个饭？我之前跟我妈说这事，她还说真的太久没见着易旬了，估计都长成大小伙子，不认识了。"

电话那端的人似是犹豫了两秒，说："我问问他吧。"

挂了电话，许唐成看了那盘曲奇半晌，松了口气。他捏了块最难看的放到嘴里，坐到椅子上慢慢嚼着。

虽然不是那么成功，但味道口感也算是说得过去。

一点成就感，却盖不住更大的失落感。

几天都在筹措，到了邀请的时候，他竟然都忘了说一句：大过年的，也想让你来吃顿饭。

易旬的确已经变成了大小伙子。所以说，许唐成不得不尊重并敬佩基因这个东西，易旬还没上高中，竟然就已经比他高了。许岳良和周慧都赞叹了一声易家两个孩子都长得好，许唐成在两个大高个儿身边站着，忽然觉得自己已经没了大哥的威严，有种"岁月催人老"的意思。

周慧以前就挺喜欢易旬的，最开始也是心疼他一个小孩子，在家里饭都吃不好，便总招呼他和易辙来自己家吃。相比沉默的易辙，易旬要嘴甜得多，永远都是一口一个"好吃"，而且像无底洞似的给多少吃多少。对一直把重心放在家庭的周慧来说，不会撒谎的小孩子肯定自己的厨艺，那可是再高兴不过的事了。

易旬过来还带了不少礼物，许唐成无意中扫了一眼，顿时有点发怔。他看了易辙一眼，发现易辙也在看着自己。

周慧做了一大桌子菜，还特意做了易旬小时候最喜欢吃的糖醋排骨，摆桌时，就一个劲儿说今天菜多，让他和易辙都多吃点。许唐成到厨房准备碗筷，临进去的时候给坐在沙发上的易辙打了个眼色，易辙立马站起身，也跟着进了厨房。

四下没人了，许唐成才小声问："易旬怎么买这么贵的东西？"

刚才看到那些袋子，他真的有些惊讶。几样东西都价值不菲，单看牌子，就属于许唐成平时看都不会看的那种。周慧和许岳良不懂这些牌子什么的，虽然连声说着不用买这些，但易旬一口一个自己的心意，他们也就收了下来。

当时的情况许唐成不好说什么，但怎么想都觉得不合适。

易辙不知道怎么解释，事实上，易旬的吃穿用度一直都是这种标准。但他并不想告诉许唐成这些，因为他也觉得易旬这么个花钱的方法非常奇怪。无论什么东西，他好像只买最贵的，易辙陪他去商场，易旬看上什么的话，连价钱都不问就直接结账，好像过于大手大脚了些。

"他应该就是觉得……很久没见你们，所以想送点好的礼物吧。"易辙违心撒了谎。

许唐成握着筷子皱皱眉，不知在想什么。

见他没再说话，易辙也不想再继续谈论这个问题。他端过一摞碗刚要往外走，身后的许唐成却又叫住他，问："你们这两天住哪儿了？我看你们没住家里。"

顿住脚步，沉默过后，易辙"嗯"了一声。

"在星凯。"

星凯算是他们这儿最高档的酒店，属于酒店的定位就不是给大众住的那种。提起这件事，易辙心里依然不太舒服。他知道易旬应该不愿意住家里，所以早就已经挑好了一家酒店。谁知，易旬和他坐着出租车到那里，都没下车，只隔着车窗看了一眼就说这地方太破了，跟司机说去市里最好的酒店。

这些年向西冀养易辙的方式就是每三个月给他一次钱，连转账都懒得弄，直接扔给他一摞现金了事。易辙的花销很小，只用了那些钱里很少的一部分，剩下的都一股脑扔到了柜子里。

在很多事情上，其实易辙的原则性强得可怕。星凯的费用他并不是真的负担不起，但他认为，为了住这么个酒店去花向西冀那么多钱，完全没有必要。

弟弟来找自己玩，还是弟弟出钱住宿，就算是易辙不喜欢人际那一套，也会觉得这样真的是尴尬又别扭。

许唐成察觉到易辙不想多说这些事，立即转了个话题，结束了关于易旬的询问。他那时其实也没太当回事，只觉得易旬是被父亲娇惯了，在用钱上不知道节制而已。

却没想，短短的几天，易旬完全颠覆了他记忆中那个小弟弟的形象。

第三十三章

白与黑

　　C市就这么大点，普普通通的北方小城，也不是什么景色优美的旅游景区，实在没什么好玩的。易旬在外面逛了两天之后就觉得没意思，索性直接扎根在了许唐成家，每天临近中午或下午过来，晚上离开，有时带点好玩的东西，有时带点吃的，一点都不认生。

　　也多亏了他的不认生，让许唐成在假期末尾这几天，得以每天见到易辙。

　　尽管目前他们两人间的气氛好像没有从前那么自然，但许唐成认为这种情况终归是好的。起码不至于像之前那样，一天到晚见不到他，只能暗暗猜测，担心着他的情绪。

　　不同于易辙的沉默，易旬非常善于与人交流。不大的孩子，却是什么话题都能接过来说上几句，从不会让任何尴尬尤言的场面出现。他会打听各种事，会嘘寒问暖，好听的话更是张口就来，许岳良和周慧都被他哄得紧，经常笑个不停。

　　短短的几天，却给了许唐成一个错觉，仿佛易旬始终同他们生活在一起，从未离开过。

　　但有时，他坐在客厅的沙发上，易旬和许唐蹊在一旁争论着某位外国影星到底在哪部片子里更帅，平凡温馨的景象，却会让他突觉沮丧。

　　因为明明留在这边生活的是易辙。

每次有了这种想法，他便会沉默下去。易辙通常都是静静地坐在易旬身边看着电视，客厅里有四个人，却是分割划界般的两人一种氛围。

疏离陌生，熟稔热络，一切都像是错了位。

许唐成总是控制不住地想要去看易辙，也始终在竭力思索着一些能与易辙聊起来的话题，但易辙朝他轻轻瞥过来一眼，他就像是做什么坏事被发现了一般，脑中混沌一片。

见茶几上的水果没剩多少了，他起身，舒了一口气后走进了厨房。易辙不知什么时候也跟了进来，在他把苹果捡到盆里之后，说了声"我来"。

看着易辙微躬着身的背影，许唐成忽然间察觉，原来有些情感是没办法压抑的。心疼，想靠近，都是源源不断产生的原始情感，他再努力抑制，也敌不过对方的一个眼神、一个背影。

只不过一个短暂的假期而已，他却好像已经不堪重负。似乎，在他没意识到的时间里，刻意的压抑竟变成了积累。

两个人洗好苹果，装盘时，易辙突然问许唐成，那家他说好吃的生煎在哪里。

"要去买？"

"嗯，"易辙低头，端起苹果，"易旬后天就走了，给他买点好吃的。"

许唐成点点头，告诉了他地址，又怕他没去过那条街，找不到，还特意口头给他标注了几家铺面显眼的店。

"既然后天走，那咱们一起回北京吧，后天早上出发，先把他送到机场，我们再回学校。"

短暂的犹豫后，易辙点头应了下来。出门前，他又对许唐成说："唐成哥，谢谢你。"

许唐成站在他的身后，看他说完这句话，大步走出了厨房。看了半晌，许唐成才拿起抹布，慢慢将落了水的桌面擦拭干净。

下午，许唐成到超市买了点抹茶粉。他站在货架前挑选，在大包和小包之间犹豫不定。最后，想到这几天易辙在吃甜点时的表现，还是拿了大包的。

干脆就多做点，给他带着。

易辙在第二天一早送来了四份生煎，许唐成穿着睡衣迷迷糊糊地站在门口，有些惊讶："你不是不住家里？"

"嗯，"门外的人点点头，脸上还有因为运动浮现出的薄红。他向前走了一步，离许唐成更近，像是要挡住从门口灌进屋的冷风。许唐成因为他突然的靠近恍惚了，竟一时愣住，盯了眼前的那张脸好一会儿。

"我看队很难排，好不容易排到了就多买了点，给你们吃。"

"啊……"许唐成的言语依旧迟滞，"那易旬呢？"

"他还没起。"易辙说。

楼道里气温太低，易辙怕许唐成冻着，便不耽搁地转身要离开，还连声催促他赶紧回屋去。许唐成大概还处于刚刚起床的不清醒状态中，把生煎拎在手里，看看他跃下楼梯，朝自己挥手，却忽然思绪飘远，想到了记忆中一个很不起眼的场景，尽管那个场景与现在并无关联。

读高中的时候，班上的一个男生谈了个女朋友，男生每天早晨都要带着早餐去女孩家接人。许唐成偶然碰见过一次。他走在他们身后，无意间，看到两个人的手握在一起。姿势特别，不是简单的拉手，也不是十指相扣，而是男生握住了女生攥起的拳头，在凛冽的风中，勇敢地裹着那只小小的手。

有些恍惚地关上门，重新被室内的温暖裹住，许唐成才后知后觉地感受到这个清晨的美好——像是易辙送来的不是生煎，而是一小束温暖的火苗，带着光亮，微弱，不张扬。这一小点光亮就类似于这个记忆中的场景，是很微小的感动，在波澜壮阔前不值一提，却一路噼噼啦啦烧进他的心，以蜿蜒温柔的架势，催融某些固守的东西。

他靠在门上，将手中的生煎提至面前，又抬起另一只手，拨着袋子转圈。袋子向着一个方向不住旋转，直把手提袋拧到最紧，再无前路，又在一根手指的轻轻一拨下慢慢转开。

朝着另一个明朗的方向。

一个假期的时间里，许唐成的烘焙技术可以说是突飞猛进，但毕竟是第一次做抹茶味道，他对各种材料的用量拿捏得并不准。虽说制作上和原味曲奇差不了多少，但加入抹茶粉之后，要让抹茶的味道不被掩盖，还要保持原来的浓郁奶香，许多材料的用量就要做出些改变。好似人与人之间的关系，增加一个不确定的自变量，要想让局面重回平和，便有很多需要细微调整的因变量。

第一批出了炉，许唐成尝了尝，判断好像黄油加得有点多了，抹茶的味道有些弱。于是他又查了些资料，调整了材料配比，烤了第二份。

等待饼干出炉的时间里，他对照着烘焙书，打算尝试做一个戚风蛋糕。刚刚将材料准备好，身后响起了脚步声，许唐成以为会是易辙，没想回了头，却看到易旬咬着一个苹果走了过来。

"好香啊。"易旬晃到他身旁，看着桌上整齐摆着的几样东西，问，"唐成哥，你在做什么？"

"现在是想做个蛋糕，不过我没做过，多半会失败。"说完，他指了指烤箱的方向，"你闻到的是抹茶曲奇。"

一旁的易旬微抬下巴，朝那个方向看了一眼。

"真厉害。"

"吃吗？"许唐成问他，"可以去尝尝。"

他这么说完，却见易旬一副兴致缺缺的样子。差不多明白刚刚那句"厉害"只是客气表面的夸奖，他便识趣地没再说什么，拿起鸡蛋，打算继续做他的蛋糕。但低头的一瞬，瞥见易旬腕上的手表，在碗沿敲着鸡蛋的手顿了顿。

这一顿，自然没敲好，掰开鸡蛋的时候，有一小片蛋壳落进了碗里。许唐成微微皱起眉毛，小心地用筷子将那片蛋壳挑出来，才开口，不经意般说了句："你这表挺好看的啊。"

"这个啊？"易旬将目光从那只碗里移开，抬起手腕晃了晃，"哦，我之前想买块表，就随便挑了一块。"

许唐成不关注什么与奢侈相关的东西，但这块表倒还能认清。他又赞了一声好看，继而笑了笑，又说："挺贵的。"

易旬努努嘴，不甚在意的态度："还好吧。"

窗台上放了一排西红柿，他随手拿起一个，一副想吃的样子问许唐成："这个洗了吗？"

许唐成摇摇头："你吃的话自己洗洗吧，别人家自己种的，没打药……"

他想说没有打药，比寻常卖的西红柿要多一股清香的味道，却在话说了一半的时候，看到易旬挑挑眉，立马把西红柿放了回去。接着，易旬就在他身旁不管不顾地拍了拍手，拂掉手上的尘土。

许唐成微一愣，后不动声色地把手底下的东西挪远了一点。

"其实我也不懂表，是让我朋友给我挑的。"

许唐成盯着那个西红柿，反省自己是不是太小题大做了一些。易旬只是一个初中男生，犯懒，不爱干活儿，注意不到一些关乎礼貌的细节，应该都是正常的事情。

"是吗？那你朋友眼光挺好的。"抛开方才的小插曲，他看看易旬，终于将话题往一直想说的事情上引，"你爸给你的生活费很高吗？我一直还想跟你说，你第一天来买的那些东西太贵了点，你还在上学，不用给我们买这些。"

"心意嘛。"易旬转过身，悠哉地插着兜，靠到料理台上。

"就算是心意也要适度，点到为止就行。"

易旬撇撇嘴："可是对我来说这些不贵啊。"

看着许唐成似是愣住，易旬笑了："真的，估计你们想象不到我爸给我多少钱花。"

体味到他脸上得意傲慢的神情，许唐成点点头，意识到这一场交流好像已经完全没有继续的必要。但易旬似是被他挑起的这个话题触动，许唐成不说话，他也没有停下来，一个人说得很欢畅。

"说真的，唐成哥，以前在这边的事我都记不清了，我就记得我以前挺爱往你家跑的。"

许唐成抬起头，朝他扯了扯嘴角。

"说来也奇怪，你说，小时候那么多事我一概都不记得，偏偏就只记得一个场景……"

易旬说到这里时做了一个很长的停顿，明显是在等许唐成给他递话。而许唐成不知是从哪里生出一阵不舒爽，径自往蛋黄糊和牛奶的混合物里筛着面粉，没理这个茬。

"就是我爸妈离婚之前，他们两个在屋里吵架。我那会儿觉得很奇怪，不明白为什么明明我爸从不理我妈，那天却吵得那么凶。"易旬侧侧脑袋，问，"你知道他们在吵什么吗？"

许唐成先是没答，一言不发地绕过易旬到水池洗手，余光瞥到他还在盯着自己，只得从鼻子里挤出一声，当作回应。

"他们在吵，离婚之后，谁要哪个孩子。"

一直听得漫不经心的人像是突然被打了一针，一下子神经紧绷。他隐隐约约感觉到接下来的对话不会美好，又因涉及易辙，涉及易辙的往事，使得他想要继续听下去。

易旬这次却没再像刚才那样急着说，停了很久，他才嗤笑一声："他们竟然都坚持要我哥。"

易旬语气中的不屑让许唐成无法忽略。他垂下眼眸，抖着手甩掉过于泛滥的水珠。等擦干手，转回身，脸上已经带上了几分严肃和认真："为什么？"

"不知道啊，"易旬耸耸肩，看着他，"我也一直想不明白为什么，明明那会儿是我更讨他俩的喜欢。"

大概是因为回忆到了并不美好的事情，易旬的语调也不再似刚刚那般轻快，他的声音蓦地低沉了下去，眼中的漠然看得许唐成竟有些心惊肉跳。

他不知不觉间握紧了手里的毛巾，连呼吸都变轻了许多。

"但不管是为什么，一个小孩听到爸妈谁也不想要自己的时候，当然很伤心了。不过现在无所谓了，我过得挺好的，而且我本来也想跟着我爸。"

说到这儿，易旬才又笑了一声："所以我觉得我爸当初挺牛×的，明明家里大部分钱都是他赚的，自己却一分财产都没要。我哥也挺牛×的，竟然真的选我妈。"

许唐成一愣，他听出易旬分明是话里有话，却有些不敢相信自己的耳朵。

"什么意思？"

他万分期待易旬接下来的话并不是自己想的那样，希望易旬是真的知道易辙为什么选妈妈，知道易辙有多在乎他。然而现实却总偏向于让人失望，想都没想过的事情，有时就荒谬真实地存在着。

　　厨房里有着甜点特有的香气，甜腻，温和，他却在这样的香气里，听着一个再残忍不过的故事。

　　"明摆着的啊，那会儿我妈有钱，我爸穷光蛋一个，所以他选了我妈啊。不过也是，谁不想过更好的生活呢？"

第三十四章

西红柿

易旬口气宽容，仿佛早已看透一切，又宽恕了每一个于自己有罪之人。

许唐成只觉得手指都开始发凉。

他消化着这句话，好一会儿，才撑着案板，抬起头。他平静地望向易旬的眼睛，缓缓问："你，是这么觉得的？"

"什么？"易旬没太听明白。

"他选了向姨的原因，你觉得是因为向姨那时候比较有钱？"

方才还是平静的，但在重复了易旬的这个说法之后，许唐成却发现自己连呼吸都颤了起来。他无意识地咬了咬下唇，那里有爆起的干皮，被他用牙齿咬着，撕拉着扯掉。

"不然呢？还能是什么？"

人间荒诞，喜剧多悲。

许唐成无论如何也想不到，易辙一直牵挂着的弟弟，竟然自始至终在这样揣测他。易旬语气中的理所当然，让他突然变得小肚鸡肠起来。他可以理解他们兄弟两个分离太久，相处时间太少，所以对对方的了解并不详细，但他无法原谅这样误解到等同污蔑的话语。

他忽然气到说不出话，只能死死攥着手里的毛巾。

的确，没有人不想过更好的生活。但易辙定义的好生活是什么呢？一个是整天讽刺怒骂、没有一刻好脸色的母亲，一个是温文有礼的父亲，易辙会因为钱去选妈妈？

"可惜，他当初选错了。"一旁的人对于许唐成强压着的愤怒毫无察觉，还在自顾自摇头叹息，"也是年纪小，目光短浅。虽然我跟着我爸确实过了一阵苦日子，但现在已经完全不一样了，我念的学校，一年的学费大概能顶他几年的生活费。而且我爸的公司正在往国外拓展，我马上就会出国去念高中，之后应该就移民了。"

许唐成还没从刚才的颠覆中回过神来，他有些麻木地低下头，开始混乱地摆弄案板上的各种东西。他也是今天才知道，原来自己能这么冷漠地去听别人的讲述。

许唐蹊在外面叫易旬，易旬遥遥地答应了一声，起身欲离开。临走，许唐成的第二盘曲奇刚好出炉，他将烤盘端出来，易旬跟在他的身旁，伸手要拿。

"吃那盘，"许唐成端着手里香喷喷的曲奇，微微转了个身，躲过易旬的那只手，"刚烤出来，还不好吃。"

易旬当然不知道刚烤出来的曲奇到底好不好吃。他看了许唐成一眼，无所谓地转了个方向，从那份放了好一会儿的曲奇中拿了一块。

许唐成自己站了一会儿，等想要继续做那块戚风蛋糕，却发现那些材料刚才早已被自己搅得一团乱。蛋白没打霜就倒进了蛋黄糊，本该分几次放的糖也不知何时被他全部倒空。他吸了口气，在呼出的同时将手里的不锈钢盆扔在了案板上，索性放弃这一团糟，拿了块抹布去清理烤箱。

一直尽力压着心头的那股火，却终究还是没压住。

明明已经是不小的人了，也知道这世界不是那么美好单纯，不是所有的好心都会有好报，不是所有的好意都能被感知，他却还是受不了。他重重撞上了烤箱的门，看着上面自己的倒影，幼稚又不可抑制地想，他们凭什么呢？

即便别人都不知道易辙当初为什么那么选，但他知道得清清楚楚。

那个夏天，他看着易旬他们的车离开，满腹疑惑地回到自家楼下，正看见背着书包的易辙。夕阳下形单影只，他一动不动地望着车辆离开的方向。许唐成与他对视上，也亲眼看到了在他的眼瞳内，随着晚霞落下去的光辉。

许唐成揽着他的肩膀，请他去了拉面店，热气腾腾中，许唐成也问了这个问题。

为什么选妈妈，不选爸爸？

那时是怎样的情景呢？

对面的小小少年低着头，默默吃完了最后一口面，才看着他说："不想让易旬跟着她生活。"

那个眼神，许唐成完全能理解，因为易辙有易旬，而他有许唐蹊。

那时候他只觉得易辙懂事，也不过是小学六年级，就已经这样勇敢，可以做出这样一个会影响自己整个人生的选择。

许唐成是眼看着他一路走过来的，那时有多觉得他懂事，现在就有多么心疼，多么替他不值。

他在为故事里的人谋求更好的人生，故事里的人却从未善待他。

易辙进厨房来的时候，正看见许唐成很用力地关烤箱的门。他觉得不大对劲儿，静静站在那儿等着许唐成转身，却很久都不见许唐成动弹。

"唐成哥？"他轻轻叫了一声，"烤完了啊？"

许唐成转过身子，看见门口的人之后，本来的愤怒落了一些，却又盖上了很重的一层酸疼。

他忽然想，他在责怪易旬，自己又算什么呢。他明明大可以去和易辙说明白，说明白自己的顾虑，自己的懦弱，却牵着，绕着，选择虚伪地装作什么都不知道。自己不说任何话就躲着他、避着他，害得他惴惴不安，害得他懊恼悔恨，还害得他来跟自己道歉。

早上生煎的味道还能回想起来，放到现在，成了赤裸裸的质问。

他怪别人糟践易辙的好，可易辙给自己的那份好，哪里比给别人的少半分。

"嗯。"他不想让易辙察觉什么，尽量控制着，让自己平静下来，"你尝尝吧。"

第二盘曲奇还在烤盘里列着，易辙径自走向了已经被收到盘子里的第一份。但伸出手，刚要拿，盘子却忽然被许唐成一下子端走。

易辙愣了愣，看他。

"吃烤盘里的。"

易辙歪头看看烤盘，又看看许唐成手里的，奇怪地问："不一样吗？"

斗气一般，许唐成看着易辙，语气坚定，并格外加重了几分，回答："不一样。"

他说完就又转身去收拾，易辙看了他一会儿，才抿抿唇，到烤盘里捏了一块。嚼了两下，他还是犹豫着，又蹭到了许唐成旁边。

许唐成正擦着刀，身边忽然低下来一个脑袋，吓了他一跳。

"真好吃。"易辙微弯着腰，凑近他的脸，细细地盯着他的眼睛，"唐成哥，你不高兴了啊？"

许唐成顿了顿，摇头，却是喉咙哽着，不想说话。

易辙迟钝地猜不出什么，也不敢乱说，就一个劲儿变着花样夸他做的曲奇好吃。

"明天我给你装着。"听他不重样地絮叨了这么半天，许唐成的心里也稍微轻松了一些，"那个烤盘里的全给你，另一份没做好，没这个好吃。"

"哦，"易辙答应了一声，又迟疑地说，"那不用都给我，给唐蹊留着吃吧。"

"不用，"许唐成立马说，"都给你，我再给她做。"

别人拿他不当回事，自己给他最好的。

听许唐成这么说，易辙只觉得今天的他有点不一样，不知道到底是不是因为心情不好，反正是有点孩子气，像是在跟谁怄气一样。

"哦。"他乖乖应了一声。

观察着许唐成的脸色比刚才自己进来时好了很多，易辙在心里确定，至少许唐成生气绝不是因为他。他又同许唐成商量着明天几点走，中午在哪儿吃饭之类的事情，许唐成也都耐心地和他一一确认，神色也逐渐缓和。

这样一来，易辙多多少少就放松了一点。

易辙一面帮忙收拾着，一面寻着继续询问的时机。等到终于因为不会往刀架里插刀逗笑了许唐成一次，易辙才又放缓了声音问他，到底为什么不开心。

许唐成随手拿起放在桌上的不锈钢盆，放到易辙面前。

"戚风蛋糕做失败了。"

易辙这下终于彻底地长长舒了一口气。

"我还以为是什么事，"他端着那个盆看了看，笑着说，"下次再做不就行了，你已经很厉害了，要让我烤曲奇，我一年都烤不出来。"

"别胡说了，"尽管能看出明显的勉强，许唐成还是朝易辙笑了笑，"对着教程，只要你耐心点都能做出来。"

"我没耐心，"应该还是想逗他开心，易辙在这时话变得多了起来，"而且那教程上写着多少克多少毫升，我没概念，不知道多少是多少。"

"那你买个量杯，再买个天平。"

接下来就都是一些玩笑话，许唐成渐渐恢复了平静，又因为多生出来的那股珍惜，也慢慢开始像平时那样弯着眼睛笑。

见他的脸上终于像是放了晴，易辙顿时觉得浑身都舒服了。

抬头扫了一眼，看见放在窗台上的西红柿，易辙才想起来自己来厨房是要干吗。他伸手拿过来一个，打开水龙头。

许唐成看到，动作一僵："你干吗？"

易辙绝不会不征求他的意见就自己拿什么东西吃。

"易旬刚才说你让他吃西红柿，说是绿色食品，好吃。"

许唐成听了，刚压下去的火立马又飙了出来，他也知道今天的自己格外暴躁，但想都没想，他就已经脱口而出："他自己没手啊！"

说这话时，许唐成声音有点大，语气也是明显的不好，吓得易辙一个没拿稳，手里的西红柿骨碌到了水池里，狼狈地滚了好几圈。

易辙看着眼前这个有些陌生的许唐成，眨着眼，没敢动。

"哦……"

明显看出许唐成不愿意让他给易旬洗这个西红柿，易辙赶紧关了水龙头。可一个西红柿洗到一半，也不是个办法。瞥到许唐成已经低下头去，他就偷偷把水池里的西红柿又摸起来，接着洗。

但他洗完也不敢拿去给易旬吃。

　　拿着一个西红柿不知道怎么办，易辙朝许唐成探了探身子，把手递出去，小声问："你吃吗？"

　　许唐成转头看着他，半晌，从他手里拿过西红柿，咬了一大口。

　　"吃。"

第三十五章

闹哄哄

和易旬的那一段对话，许唐成半个字都没对易辙说。即便知道这样不对，但看着易辙努力将目光塞进人与人之间的狭窄缝隙，去寻找已经在等待安检的人，许唐成还是选择将这件事情掩盖下来。

对弟弟的感情，大概始终属于易辙心中最柔软的那个位置，这么多年都被他小心护着、照料着。若说单是付出，没有期待就罢了，可他分明在期待着，也一直以为对方有着和自己同样的心情。不然也不会总在假期的时候，大老远跑过去看他们。

曾经的"牺牲"，现在的关怀，甚至是特意找他问了地方去买的那份生煎，都来源于这份毫无保留的爱。而这份爱的底下，是一颗金贵的心。

易旬不懂，许唐成却是珍视的。他想要保护那个记忆中习惯沉默的少年，不忍心让他经历一次心底最柔软之地的土崩瓦解。哪怕早晚要面对，也起码不是现在——不是在他尚未尝过被爱的感觉时，让他连爱人的感觉也失去。

两个人并肩穿过大厅时，过强的热风使得许唐成有了短暂的恍惚。许唐成一直看着地面想些轻易理不清的事情，没注意，就被迎面而来的人撞了身子。

旅人匆匆，撞得他滞住脚步，歪斜了身体。一只手立即扶住他，将他拉向身侧，避开了涌过来的人流。

"没事吧？"

听到这声音，许唐成才抬头。零碎的言语在肚子里盘旋了半天，被拖曳着列队，但还没成形，好似又被这一撞弄得飞散。

四周乱得很，他应了一句"没事"，也不知到底有没有传到易辙的耳朵里。

前方走来一个戴着耳机的女孩，在与她擦肩而过的时候，许唐成听到她在哼唱着一句歌词——

"但愿你以后每一个梦，不会一场空。"

他对这首歌的印象不算太深，因为在王菲的歌里，这并不是他最喜欢的。但曲好词好，他便也听过许多遍，听这个被温温柔柔唱出的人间。

许唐成记得这首歌中唱了许多句"但愿"，可这许多美好的希冀中，给他触动最深的，竟然只是一个"闹哄哄"。

很普通的词，却在他初听这首歌时带给他最多的震撼与思考。到现在，他都觉得这个词真正的意思，是温暖。因为第一次听到王菲以慵懒的咬字唱出这个词，他就感到了周身的暖意。

现在的机场也是闹的，但不是这种闹。

人活于世，讲的是活在一个宽泛的人间，声音万种，包罗万象，却大部分都是和自己无关的。无关的声音，是噪声，也是清寂。而将一个人视为宝贝时，他的喜怒哀乐都会在自己的世界被无限放大，无论亲人、爱人，还是朋友。他喜或笑，自己便随他喜、随他笑，他的悲或泪，也会成为自己的无限烦乱。

这便是人间。远远不同于那个宽泛大众的概念。

想到这儿，许唐成忽然停下，望着易辙的背影。

他不知道易辙的人间是怎样的，但他想，那一定比自己的寂静许多许多。

易辙习惯性地微偏头向后看，没看到许唐成，他立即停住，转身去寻。但隔着三两个人，他却看到许唐成在直愣愣地望着自己。

他大步走回来，微微低头问："怎么了？"

许唐成摇摇头："没事。"

北京大雾，航班晚点。他们本来预计午饭后将易旬送走便回学校，却没想到，开车从机场出来的时候，天边已只挂了半个太阳。

车停得有些久，以至于车内温度过低，刚刚开起来时，方向盘把许唐成冰得够呛。他用手掌抵着方向盘，手指蜷在一起，相互蹭了蹭。

易辙注意到，问："很凉吗？"

"有点。"许唐成转了转头，很快地看了他一眼，"也可能是因为我本来手就凉，现在觉得像是攥着块冰坨。"

易辙正想着手凉要怎么解决，却看到许唐成突然朝他伸出了一只手。

"你感受感受。"

也是时机实在巧，快要落下的太阳就在他们的右前方。余晖肆意，竟跃上了许唐成的指尖。

易辙看着他微微屈着的手指，忽生出一种很奇异的感觉，仿佛不是光在他的指尖，而是他的指尖长出了星星。

他被自己这小学生般幼稚的想法弄得愣住，没注意自己带来的一阵沉默。

许唐成像是很有耐心，他用另一只手稳稳地把住方向盘，视线始终看着前方，也始终没收回伸出去的那只手。

　　然而表面镇定，等待却不可谓平静。两个人都没再发出声音，像是某个庄重的场合下，一次小心翼翼的试图接近。

　　那只一直放在腿上的手动了动，牵得许唐成的心都跟着一颤。但没等下一步动作发生，电话铃声突兀地响起，搅扰了车内有些变形的空气。

　　像是被惊醒，许唐成立即收回了手。他略微低头，拿起电话，没来得及看来电显示，便已经摁下了外放。

　　电话那端是截然不同的氛围，嘈杂的环境中，陆鸣很大声地问许唐成回京了没有。

　　许唐成清了清嗓子，勉强平静下来："回来了，正往学校走呢。"

　　讲着电话，他却还在分神想着刚才的事情。

　　他承认那是他刻意的举动，他从昨天就开始想要组织一番言辞，可始终不知道该从哪里开始说起。曾经选择错误，慌不择路，使得他错过了和易辙最为靠近的那个时机。如今，他唐突地接近，却不知易辙究竟已经退到了哪里。

　　"那你过来跟我们玩啊，今天于桉学长过生日。"

　　"我不去了吧……"许唐成没有心思参加什么聚会，第一反应就是找个理由拒绝。但没待他找到这个理由，陆鸣已经又嚷嚷开，一定要他过来。

　　"我今天刚回来，又去机场送人，挺累的……"

　　话没说完，他突然停住，惹得对面的人以为是断线，连着"喂"了好几声。

　　"是挺凉的。"

　　方向盘上，覆住自己右手的手很快移开。作为一个司机，很危险地，许唐成的大脑中有了那么一瞬的空白。

他转头去看易辙，却见其神色如常，伸手在空调按钮上轻轻摁了两下，将车内暖风的温度调高。而自己手背上那短短一秒钟的温度似乎还顽强残留着。

陆鸣大概是隐隐约约听到了易辙的这句话，此刻在大声吼着，问许唐成刚刚说了什么。

暖风流出，带起躁动的呜呜声，和了陆鸣不断增大的音量和逐渐提高的语速。

悸动来得突然又细微。

许唐成使劲儿捏了捏方向盘，就在这一刻决定，什么适当的言辞，什么需要组织的话语，他都放弃了。

"我们去。"许唐成说了这么一句。

"你们？"陆鸣顿了顿，立即就这个主语发问，"你跟谁在一起？"

"易辙。"

他并不想在这个问题上做纠缠，说完这个名字，便接着补充说："台球厅我们就不去了，你把饭店告诉我吧，我们正从机场往回走，赶上你们吃饭算了。"

他没有征求易辙的意见便独自做了决定，感觉到易辙当时转过了头看自己，也假装没察觉，故意不理会。

等他挂了电话，易辙才说："我不去了吧。"

许唐成却说："去吧，估计他们一定要喝酒的，没准儿饭后还要去KTV，生日会的时候有些酒推不掉，我怕我喝多了。"

这倒是，易辙对于许唐成的酒量再了解不过，也对酒后的许唐成再了解不过。他有私心，有想要藏起来的东西。这么一想，便立即忽略了这是于桉的生日聚会，觉得自己是一定要去的。

"嗯，那我去。"

说服起来毫不费力气。这一认识的加深，居然也会让许唐成觉得开心。

五岔路的路口，红灯的时间格外长。九十秒的时间，已经足以供应情绪的变化。那一点甜丝丝渐渐退了个干净，紧接着，变成了后悔、愧疚。

身边的这个人能被他一句"怕喝酒"说服，连他那么一点的尴尬都能注意到，能替他抹掉。他照顾着自己全部的感受，而自己却在那么长的时间里，置他于一个情感窘迫的境地，甚至在几分钟之前，他都还在权衡对错与进退。

他的习惯性思维使他永远出于全局考虑事情，从没有抛开一切外界因素，单纯地问自己一句，想不想，要不要，喜欢不喜欢。

红灯过了，他还没有走。后方的车辆鸣笛催促，易辙也叫了他一声，提醒他："绿灯了。"

车辆向前，仿佛要驶进即将落幕的白日。

他纠结未来，顾忌家人，所有他曾考虑过、惧怕过的问题，到了今天依旧没有答案。他面临的难题和一个多月前没有任何不同，唯一不同的，是他想明白了一件事——

有些事情并不是你知道是一起事故，就可以让自己不去做的。所有的情感都生于清醒，而清醒却不意味着不能疯魔。

即便前路混沌，同他走过，才算人间。

他们紧赶慢赶，还是没能按时赶到。桌上的人逮到迟到的两个人便开始兴奋，一定要他们自罚三杯。许唐成应对这一套还是有些经验的，他笑着说："你们说的不算，寿星说才算。"

他隔着桌子望向桉，问："桉哥，用喝吗？"

许唐成是知道于桉了解他的酒量才这么问的，以前实验室出去聚餐，于桉还会帮着他跟要和他喝酒的师弟解释，甚至帮他挡一挡。他以为于桉一定不会让他喝，却没想，寿星将两只胳膊挂在桌子上，也笑着看他："给我准备生日礼物了吗？有生日礼物就不用喝。"

许唐成刚刚才知道他过生日，哪里有什么生日礼物。

"没有吧，"于桉自然料到，"那你……"

"我喝。"

于桉刚给出一个意味深长的长音，易辙就扔出两个字打断了他。他二话不说先干了桌上给他们摆好的三杯酒，没等剩下的人闹许唐成，就直接又说："是因为我迟到的，他的我也喝。"

将另外三杯酒喝了一杯，底下的人才反应过来，立马开始嚷嚷说"不行"。许唐成也赶紧拉住了易辙还要去端酒杯的手，从他手里夺过了第二杯酒。

易辙扭头看他，以为他会解释自己开着车，却没想许唐成直接将一整杯酒递到了嘴边。他开始灌，别人在叫好，易辙却急忙去拦。

"哎，"陆鸣冲着易辙喊，"我成哥喝酒，你拦什么拦？"

"他开着车呢，不能喝酒。"

"那没事。"陆鸣拍拍手，"待会儿去旁边唱歌，唱完走不了的楼上住宿，学长说了，今天请客请到底。"

许唐成一直没理陆鸣他们说的话，他用另一只手拉着易辙的手腕拽开易辙，仰头又干掉了剩下的两杯。这家饭店的酒杯很大，许唐成灌完那三杯酒，坐下的时候已经开始发晕，直到于桉招呼他吃饭，他才发现自己到现在还一直拽着易辙的手腕。

手底下有什么东西，硬的。许唐成有些迟缓地低下头，拉开易辙的袖子，发现是他送给易辙的那块手表。

他盯着看，手里攥着的手就往回躲。他使劲儿拉着，又抬头，在喧闹的酒席上去看身边的人。

许唐成觉出自己应该是有些醉了，眼前人的脸一直在晃，但不管晃到哪儿，那双眼睛都在看着他。

蒙娜丽莎吗？他笑，那也是他自己的蒙娜丽莎。

易辙不知道许唐成突然在笑什么，但他笑，自己就不由得握了握手，不小心，攥住了他放在自己掌心的一排手指。

没来得及松手，没来得及退避，已经被人拽着倾了身。

许唐成侧过身，一只脚蹬住椅子下面的横栏，拉着易辙的手放到自己的膝盖上，然后凑近易辙的脸去同他说悄悄话。

"待会儿估计还要喝酒，去KTV可能也还要喝。如果我喝多了，你记得把我弄走。我们就不回宿舍了，免得吵到别人，在这边开个房住。"

易辙点点头，抿着唇，犹豫了几秒钟，还是问："能不住他请的酒店吗？"

"当然可以，"许唐成飞快地说，"你想住哪儿住哪儿。"

"好。"

难得，许唐成在这时还能想到一个很实际的问题。他拽着易辙的手晃了晃："带钱了吗？"

要不是他这一晃，易辙都快忘了自己的手还在大庭广众之下被他攥着。或者说，自己也忘了松开他。

好在有桌布掩着，桌上的人又都在忙着插科打诨，互相调侃，没人注意到这边。

"带了。"

易辙垂着目光，看着两人交握的那处，又看着自己慢慢将握着他的手放开。

许唐成察觉到，立即用两只手握住他的手，不让他撤走。许唐成的两根大拇指无意识地滑动，易辙微微愣着，目光在跟着他的手指动。

感觉有点像是在初春的户外，毛茸茸的柳絮蹭过略微干燥的皮肤。

许唐成一直重复着这个动作，两个人像是静止般坐在那儿。好一会儿，易辙才听见他说了句，什么真好看。他没听清是说的手还是表，便凑过脑袋去，问："什么？"

一直在笑的人却不答，而是忽然离他更近，说："给我找个干净点的酒店。"

易辙觉得今晚的许唐成不太一样，因为易辙发现自己看不懂他的沉思，也看不懂他笑着的眼睛。他猜测着，或许是酒精形成了一道屏障，阻碍了他对许唐成的数据读取？

但又觉得不是。上次他喝醉，明明很好懂。

不待他想明白，许唐成已经松开他的手，转回身去，夹了一块烧茄子放在他的餐盘里。

第三十六章

晴天了

那天晚上许唐成喝了不少，易辙在饭桌上想帮他挡酒，许唐成却统统不让，他来者不拒般一杯杯喝着，好像酒量不好的那个人根本不是他一样。不过等到了KTV，别人再给递酒，许唐成就说什么都不肯再喝了。于桉玩笑着劝了一句，许唐成便一转手拽了拽易辙。

"他替我喝。"

他这样说，易辙自然伸手，要去接酒。于桉却立即将自己的手挪开，没让易辙碰着酒杯："我跟你喝，他替不了吧。"

若是一个清醒的许唐成，大概绝不会在这时拂了寿星的面子。但易辙非常庆幸许唐成现在并不清醒。他垂着眸等着许唐成说话，却突然被一只胳膊钩住脖子，逼得他不得不微微弯了腰，靠近了身边的人。

"替得了。"许唐成迷迷糊糊地笑着，搭在易辙肩上的手还抬了抬，抚了两下他的耳朵。

易辙发现许唐成一喝多就爱动手动脚，上次也是，易辙记得他一直捏着自己的脖子玩。

无论于桉说什么，许唐成都是一句"替得了"，于是，这杯酒终还是进了易辙的肚子。

易辙喝了，于桉却不动。他一直看着许唐成，好一会儿，才偏偏头，朝易辙露出一个意味不明的笑："我要喝吗？"

易辙懒得理他，便抬抬眼皮，说："你随便。"

从第一次见到于桉起，易辙就不喜欢他。原因有两个，一是他发现于桉总盯着许唐成看，二是他发现于桉总莫名其妙盯着自己看。现在也是这样，于桉动了动身子，半笑不笑地盯住他，忽然问："我怎么从没听你跟我叫过学长或者哥什么的？"

没想到他突然朝自己伸出了矛头，易辙不知道怎么回答，也根本没有要回答的打算。他挤出一声"嗯"，算是在人家的场子，自己所给予的最大程度的礼貌待遇。

于桉倒也不恼，只笑了一声，然后拍了拍许唐成的膝盖，对着一直在摆弄人家耳朵的人说："你这弟弟挺有个性的。"

本来应该被喝掉的酒又被于桉原封不动地端了回去，但再有人要和许唐成喝酒的时候，都被他劝住，说许唐成喝多了。

没人再来打扰他们，许唐成像是彻底安静了下来。他没去点歌，也从没拿过话筒，就一直挨着易辙坐着，背靠在沙发上。没有动作，没有声音，易辙甚至有好几次都以为旁边的人已经睡着了。

但转头去看，才发现他一直都是睁着眼睛的。大屏幕闪过的画面都在他的眼中落下了踪迹，而易辙每次都是匆匆一瞥，便又急忙转回头。

他本想着，许唐成喝醉了的话，自己就早点带他去睡觉。但身旁的人这样不吵不闹，似乎也没有要走的意思，他便开始猜测，或许，许唐成的酒量比自己想的要好。

肩上一沉，有软软的头发碰到了他的脖子。

意识到发生了什么之后，易辙心里忽地停顿了一拍，再然后，便是猛然涌出的酸涩。

他在枕着自己的肩膀。亲密到像是依靠。

现场会唱歌的人不少，包厢内气氛热烈，欢呼声和起哄声也从不被吝啬。一片嘈杂混乱中，易辙只觉得整个人都在被各种鼓点敲击着，变幻的灯光晃在他的眼前，不真实的凌乱感被照得更强。

是真的醉了吧。

他从没想过，他与许唐成之间还会有这样毫无戒备的姿势。即便出现这一幕的原因只是许唐成喝多了，所以忘记了一些不恰当的事情，易辙依然觉得像是突然得了一份馈赠，圆了一个不切实际的梦。

而许唐成一直没说话，也没再动，好像这只是个再自然不过、又让自己很舒服的姿势。

直到混响强烈的音响中响起一阵吉他前奏，肩上的脑袋忽然蹭了蹭，易辙感觉到温热的气息擦着他的皮肤，脖子痒痒的。

"你听过这首歌吗？"

抬起一直垂着的视线，易辙朝前方看去。

画面的颜色并不算明丽，但很纯净。一个男人走在海边，穿着一身不太正规的黑色西装。

他摇摇头："没听过。"

许唐成刚刚约是抬了头，而易辙说完这句话之后，感觉到他又蹭回了原来的角度，应该又在看着屏幕。

他没了后文，易辙则因为许唐成突然问的这一句，留心去听了这首歌。陆鸣唱得很好听，但让他投注了更多注意力的，是那一句句歌词。明明都是并不华丽的字眼，却像是平实地写到了人的心底。

包厢内的音乐声很大，大到易辙连自己说话的声音都听不清。但等陆鸣唱完第一段，插进的间奏结束，易辙却很清晰地听到了有另一个声音，在唱这首歌。

许唐成没有拿话筒，那一点点音量便始终被四方的声音盖着，但又因为这声音就在易辙的耳边，所以全场唯独易辙能听到。

像是他说给易辙的悄悄话。

这场景于易辙而言无比珍贵，易辙很想扭头看看他，却又怕惊动了他，他醒过来，就不唱了。于是易辙便不敢动，一直小心地维持着原来的姿势，盯着屏幕。

大雨声中，伴奏骤停，突然回荡的大提琴声低沉，竟像是那段本该戛然而止、却怎么都无法从他心里剥除的感情。

易辙听得愣怔了。而提琴声过，他听到许唐成在唱："从前从前，有个人爱你很久。"

年会舞

临近年底，许唐成愁得不行。倒不是因为多个项目都临近验收节点，而是愁公司的年会。往常虽然也有年会，但其实节目不多，也就是公司里擅长唱歌跳舞的人给大家施展施展才艺，然后热热闹闹吃顿饭，总结公司这一年的辉煌业绩。

本来许唐成挺期待这项活动的，毕竟每年公司选的举办地都挺好，属于平时许唐成和易辙不会主动消费的那种餐厅。每个人都可以带家属或朋友参加，许唐成就每年都带着易辙来蹭吃蹭喝。次数多了，易辙跟许唐成的同事们都非常熟悉。同事们还经常笑称许唐成和易辙就是年会上他们部门的吉祥物、代表作，俩帅哥坐在那儿，就跟提前给大家拜年似的，谁看了都高兴。

但今年也不知道老板是怎么想的，非要将这年会大搞特搞，规定每个部门都得出一两个节目，最好能做到全员参加，还不能应付了事。许唐成的部门刚好有个特别会唱歌跳舞的女孩子，连着三年的年会都是她挑大梁，自然，今年的这个任务也就落到了她头上。

周末，许唐成正跟易辙打着游戏，部门微信小群里就弹出了消息。

"舞蹈已经编好啦，大家先看看视频熟悉一下，明天下午四点半开始正式排练哦。"

这条消息后面还特意跟了个非常喜庆的庆祝表情，但很显然，除了两个刚入职不久的小姑娘，其他人根本感受不到这份喜悦。

游戏马上要开局，许唐成把手机放到一边，本来想先集中精神打完这局游戏，结果还是没忍住，愁眉苦脸地叹了口气。

"怎么了？"易辙奇怪。

"明天要开始练舞蹈了。"

易辙一听，顿时来了精神。

"郑书爱已经把舞蹈编好了？有视频吗？"

"给我们发了，我还没看。"

"等会儿给我看看。"

许唐成自顾自沉浸在愁苦的情绪里，直到易辙说完了这句，他才发现，眼前这个人的语气，怎么听都和自己刚才有气无力的回答相差甚远。

"怎么，我听着你还挺期待的呢？"

"我……"易辙正要开口，结果一偏头，瞥见了许唐成正眯着眼看他。

说不期待是假的，许唐成跳舞，这事易辙之前哪儿想过。当他从许唐成口中得知这个消息后，第一反应就是，许唐成这身材，那跳舞岂不是得非常好看。别说他会好好练一个月了，就是不练，在那儿随便扭两下，易辙估计自己都得看得乐开了花。

不过心里这么想的，易辙嘴上可不敢这么说。毕竟跳舞这事给许唐成的负担稍微有那么一点重，以至于最近许唐成心气不大顺，连打游戏输了都会哼哼几声，表达自己的不爽。

事态紧急，易辙赶紧收拾了面上的表情。

"我这不是想帮你看看难不难吗，我怕太难了，你学起来辛苦。"

许唐成哪儿能不知道易辙心里那点小九九，两个人认识这么久了，对许唐成来说，易辙那张脸就像个实时更新心思的小白板，上面的字体还都是加粗加大的。不过许唐成没拆穿易辙，两个人草草结束了这把游戏，就凑到一块儿看舞蹈视频去了。

群里有几个已经看过视频的人在发表感想，看着那一行行哀号的对话，许唐成的心已经凉了半截，等看到视频的时候，就已经彻底克制不住自己了。

"怎么还是串烧？"

"怎么还有女团舞？"

"这时长七分钟是怎么回事？"

听着许唐成的一句句疑问，易辙努力地进行着自己的表情管理。他尽量不让自己笑出来，可是许唐成一转头，就看到身边这个人正在抽搐的嘴角。

许唐成垂下眼，戳了易辙的腰窝一下，易辙便一下子破了功，笑倒在旁边。

"你就笑吧你，看热闹挺开心是不是？"

"不是，不是，"易辙拽住许唐成还要戳他的手，一个劲儿解释，"我就是觉得你尝试尝试跳舞挺好的，正好也锻炼身体。"

易辙其实没少为锻炼身体这个事督促许唐成。到现在为止，只要没特殊情况，易辙都坚持每周去两次健身房，他的身体一直很好，医保卡几年都用不上一次。但许唐成就不一样了，他不大喜欢去健身房，顶多就是在晚上被易辙拉着在小区里跑跑步，运动量少得可怜。

事已至此，许唐成再怎么不愿意也只能硬着头皮上了。第一天排练他就被折腾得够呛，四肢僵硬，身体板直，怎么也找不到郑书爱口中的那种"律动的感觉"。

两个年轻女生还好一些，剩下的他们几个男生半斤八两，动作一个比一个奇怪，使得郑书爱的教学过程变得非常艰难。

易辙这边开着会，手机上的消息总是在某个时间段密集地涌过来。他回了几句加油打气的话，开完会便跟领导打了个招呼，提前下班，冲去了许唐成最喜欢吃的那家菜馆。

两人的公司不顺路，又只有一辆公交车，平时基本都是许唐成开车去上班，易辙坐地铁。他们把各自公司附近的饭馆都摸索了一个遍，找出了喜欢吃的几家。有时候想改善伙食了，下班早的人就会去找另一个人，在公司附近吃个晚饭。许唐成总说易辙公司附近好吃的东西比较多，列出的爱吃榜单也都是将易辙公司周围的饭馆排在了前面。但其实易辙知道，许唐成最爱吃的那家餐厅并不在他的公司附近，许唐成只是不想让他跑那么多路，所以总是过来找他吃饭。

易辙打包了几个许唐成爱吃的菜，然后掐着时间到了许唐成公司楼下。见着易辙，前台值班的小姑娘主动打了个招呼，还给他倒了杯水，拿了几块公司新买的糖。

一块糖含在嘴里，还没怎么融化，易辙就看见了拎着衣服走过来的许唐成。

许唐成今天头发明显比平时乱一些，脸上因为跳舞而出现的薄红还没完全褪去。看见易辙，尽管还隔着远远的距离，许唐成就已经将头一歪，朝他撇了撇嘴角。

第一天跳舞，许唐成是真的累得够呛。平常都只吃一碗米饭的人今天愣是多吃了半碗，饭后还多拿了一个苹果，说是感觉身体缺乏能量。

这样的锻炼效果使易辙非常满意，他甚至还想买个游戏机，给许唐成弄个最近很火的舞蹈游戏玩玩。不过在得知了他这一想法后，许唐成立刻抽走了他的手机，防止他浪费钱财。

啃完一个苹果，感觉消化得差不多了，许唐成打算再去练练今天学的动作。他习惯了认真，所以虽然参加这个表演并非他所愿，但真的被放到舞蹈队伍里了，他也想好好完成这件事。

听着身后响起了脚步声，许唐成在卧室门口站定。他转身，拿手指比了一条线，命令易辙不能进来。

易辙对此非常不满，他耐着性子在客厅坚持看了十分钟电视，便彻底无视警告，探着脑袋去看许唐成练习了。

"干什么，"许唐成本就因为两个动作一直做不好而烦恼，看见易辙伸进来的那颗脑袋，立马轰人，"你看电视去。"

"我不，"易辙摇摇头，"电视有什么好看的，你就让我看看吧。"

"练好了再让你看。"

"别啊，"易辙说，"你让我进去，我还可以给你看看哪儿有问题。"

"你也没跳过舞啊。"在许唐成看来，易辙这话实在没有什么可信度，更像是为了能进来看他痛苦的练习过程而随便说的。

"快去看你的电视，我今天得把学的动作都练会，不然明天跟不上别人了。"

许唐成一边说着一边将易辙往外推，眼见着门就要合上，易辙赶紧用只手抵住："哎哎哎，别。"

"去吧，你在这儿我没法专心练习。"

"我真可以帮你看看，"事到如今，易辙只能实话实说，"小时候其实我学过那么……一小段时间的街舞。"

"你学过街舞？"

这事，许唐成是完全不知道的。

"嗯，不过真的只是小时候啊，"易辙看许唐成的眼神都变得不一样了，又怕自己等会儿露了怯，赶紧又主动降低一下许唐成的期待值，"那会儿我爸不想让我学，所以学了一阵就不学了，这么多年基本也没跳过。"

"你还有这历史呢……"

许唐成回忆着易辙的小时候，发现要想把印象里那个总是板着脸的深沉小男孩变换成一个跳街舞的样子，实在有些困难。

他从震惊中回过神，伸手赶紧把易辙拉了进来："你不早说，来来来，虽然我不懂舞蹈，但童子功总不能完全丢了吧。"

进屋后，易辙的手上就被塞了个手机，手机里还在循环播放郑书爱的教学视频。这舞其实动作不算难，易辙之前看的时候就觉得郑书爱应该是考虑到了这一群零基础的人，所以编的舞蹈动作都属于简单又好看的，只要节奏跟上，做动作不要偷懒，应该效果会很好。

但话是这么说，真到了易辙对着镜子跳的时候，他还是非常后悔——一是后悔自己这么多年怎么荒废了这门才艺，没有多偷偷练练；二是后悔刚才话说得还是太早了。

不过，许唐成经历了下午的艰难练习，看到易辙在这么短的时间里能跳成这样，已经毫不怀疑他小时候是个街舞大师。

就这样，许唐成由一个人练习，变成了每天晚上和易辙一起练习。

最终，无论是练舞的过程还是表演的结果，都比许唐成预想的好太多。

为了不辜负他们这一个月刻苦的训练，他们正儿八经地准备了好看的演出服，郑书爱还给他们每个人手上都系了一条闪亮的丝带，说是要增强舞台表演效果。

那天晚上易辙也坐在台下看，舞蹈结束的时候，许唐成看到他站起来，两只手都举起来朝自己比大拇指。周围掌声热烈，许唐成却好像还是能清晰地听到易辙喊出的无声话语。

后来许唐成想，之所以那支舞蹈对他来说没那么痛苦了，大部分应该都是易辙的功劳。给了自己指导是一方面，另一方面，则是在练习的第一天，看到易辙跳的舞以后，一直萦绕在许唐成心里的那种孤军奋战的无力感便彻底消失了——过去的时间使得他与易辙之间已经建立起了足够的信任，他知道，有易辙在，即便他身体再僵硬、再没有舞蹈天赋，易辙也一定能想办法教会他。

这是他们一直以来的默契。

许唐成抱着一束花下了台，刚才因为紧张而蜷缩的胃好像也一下子放松了下来。他大口吃着易辙帮他拿的一盘好吃的，手上还没来得及摘掉的丝带就一个劲儿地晃荡。

吃到了一块味道非常不错的炸鱼片，许唐成便想让易辙再帮自己去拿一点。一转头，他却看见易辙的脑袋正跟着晃荡的丝带小幅度摇摆。

丝带往左，易辙便跟着往左；丝带往右，易辙又再跟着转回来。

这场景似曾相识，热闹的空间里，许唐成忽然回忆起了很久以前的那段画面。

许唐成记得，那是他们的第一次见面。他抬头跟那位新的邻居叔叔打招呼，余光却瞥到一旁这个比他矮一截的小朋友一直盯着他的胸前看。一开始他还在奇怪，这个小孩在看什么？直到他无意间晃了两下身子，发现这个小孩的脑袋也跟着自己胸前的校牌晃荡。

他记得自己当时又故意多晃了几下，因为觉得那颗小脑袋跟着自己晃来晃去的，挺可爱的。后来实在忍不住笑了，他便一只手攥住校牌，微微弯下腰，跟他打招呼。

那时……他说了什么呢？

"你好，我叫许唐成，你叫什么名字？"

不知怎么，他说完这话，男孩就跟着了魔一般没了反应。男孩呆呆地，一直看着他，不说话。直到被易远志拍了拍脑袋，他才说："易辙，我叫易辙。"

那时许唐成也没想到，这个名字，会这样深刻地刻入他的人生。

"唐成！易辙！"

两声呼唤，打断了许唐成的回忆。许唐成抬头，循着声音望过去，看到是同事举着一台拍立得，在帮他们拍照。

两个人习惯性地又往一起凑了凑，"咔嚓"一声，留下了一张照片。同事将已经成像的照片拿给他俩，又给了他们一支笔，让他们在照片上写句祝福话，说要留作活动素材。

许唐成执笔，鬼使神差地，没写什么吉利话，而是写了他们两个的名字。

"怎么……"看着照片上的黑字，易辙有点奇怪，"不是要写祝福语吗，怎么写咱俩的名了？"

许唐成这才反应过来。他拿着照片抖了抖，笑了："写名字不也挺好的。"

易辙又没听懂许唐成的话，有些疑惑地看向他。

许唐成自顾自把照片揣进了兜里，小声说："不给他们了，咱们回去贴冰箱上吧。"

© 中南博集天卷文化传媒有限公司。本书版权受法律保护。未经权利人许可，任何人不得以任何方式使用本书包括正文、插图、封面、版式等任何部分内容，违者将受到法律制裁。

图书在版编目（CIP）数据

白日事故 / 高台树色著 . -- 长沙：湖南文艺出版社，2021.6
ISBN 978-7-5726-0188-0

Ⅰ. ①白… Ⅱ. ①高… Ⅲ. ①长篇小说—中国—当代
Ⅳ. ① I247.5

中国版本图书馆 CIP 数据核字（2021）第 087192 号

上架建议：畅销·青春文学

BAIRI SHIGU
白日事故

作　　者：高台树色
出 版 人：曾赛丰
责任编辑：刘雪琳
监　　制：邢越超
策划编辑：柚小皮
特约编辑：尹　晶
营销支持：文刀刀　周　茜
版式设计：李　洁
封面设计：小　武
封面插图：离　城
内文插图：踏月锦
内文排版：百朗文化
出　　版：湖南文艺出版社
　　　　　（长沙市雨花区东二环一段 508 号　邮编：410014）
网　　址：www.hnwy.net
印　　刷：三河市百盛印装有限公司
经　　销：新华书店
开　　本：640mm×915mm　1/16
字　　数：251 千字
印　　张：19.5
版　　次：2021 年 6 月第 1 版
印　　次：2021 年 6 月第 1 次印刷
书　　号：ISBN 978-7-5726-0188-0
定　　价：49.80 元

若有质量问题，请致电质量监督电话：010-59096394
团购电话：010-59320018